乙女ゲームの舞台装置として死ぬ…わけにはいきません！

転生令嬢は

ロキ
メルディーナの相棒の精霊。メルディーナのことが大好きで大切に思っている。
リアム・アーカンド
獣人の王国の第二王子。穏やかで優しく、誠実な性格。
ルーチェ
リアムの相棒の精霊。子どもっぽく甘えん坊な性格。
メルディーナ・スタージェス
乙女ゲームの世界の悪役令嬢に転生してしまった少女。少し気が弱いところがあるが、真っ直ぐで真面目な性格。

ニール・キドニー
クラウスの側近。体面を気にし、空気を読むタイプ。
イーデン・スタージェス
メルディーナの兄。自信がなく保守的なところがある。
リリー・コレイヤ
メルディーナと同じ転生者で、乙女ゲームの世界のヒロイン。可愛らしい見た目に反して、エゴイストであざとい性格。
クラウス・セイブス
セイブス王国の第一王子でメルディーナの婚約者。王族としての意識が高く、実直で堅物。
登場人物紹介
Characters

転生令嬢は乙女ゲームの舞台装置として死ぬわけにはいきません！

目次

星見うさぎ
Hoshimi Usagi

イラスト
花染なぎさ
Hanazome Nagisa

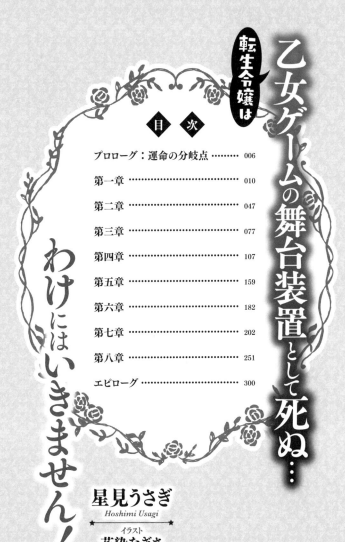

プロローグ：運命の分岐点

五歳の私はその日、侍女のサリーと一緒に街に遊びに出かけていた。

ずっと行きたいと思っていたお店の少し手前で馬車を降り、さあ店の中に入ろうかと思ったその時。悲痛な鳴き声が耳に飛び込んできたのだ。

「キャンキャン――……！」

「おわっ！　きたねえな！　この忌《い》まわしい獣《けだもの》めっ！」

「どこから入り込んだんだか……おーい、誰か、衛兵を呼んで来い！」

「チッ！　せっかく美しい広場の石畳が……汚れた血がついてしまってるじゃないか……」

思わず視線を向けると、そこにはボロボロになった小さな犬のような生き物。血で汚れていて、はっきり何の生き物なのか分からない、ひどい有様《ありさま》だった。

「お母さーん、何か転がってるよー？」

「しっ！　見てはダメよ、あれは不浄《ふじょう》の生き物だからね」

「不浄ってなあに？」

「とっても汚くて悪いものという意味よ」

「ふうん……？」

その時、人に避けられ、歪《ゆが》んだ表情を向けられているその生き物が、一人の少女の足元に縋《すが》りつこうとした。とても身なりの良い少女だ。私と同じ、貴族のお忍びだったのかもしれない。

「お嬢様……？」

サリーの怪訝《けげん》な声も聞こえないほど、私はなぜかその光景から目が離せなかった。

（ああ、あの子はあの女の子に助けられるんだ、よかった）

そう思い、ほっとしたのも束の間――。

「やだ～止《や》めて、触らないで！」

「キャンッ！」

あろうことかその少女は、汚れ、ボロボロになったその生き物を強く蹴り飛ばしたのだった。咄《とっ》嗟《さ》だったのかもしれない。それを咎《とが》める者は誰もおらず、むしろ誰もがその少女に同情するような視線を向けていた。

「お嬢様！　大変です！　早く屋敷に戻り今すぐ全てのお召し物を焼きましょう！」

「きゃー！　ブーツに血が付いたわ！　やだやだっ！　替えの靴を早く用意してっ」

その言葉に側に控えていた従者らしき少年がすぐに走り出す。

「あのお嬢ちゃん、かわいそうに……」

「誰か早くアレを始末してくれないかしら」

「誰も不浄のものに触れたくないからなあ」

「衛兵はまだなのか？」

「クゥーン……」

悲しい声でひと鳴きして、その生き物はぐったりと体を横たえた。誰もが遠巻きにし、興味を失ったかのように目を逸《そ》らす。

この国で、怪我をした獣は厄災《やくさい》を呼び込む不浄の生き物として忌み嫌われる。そもそも食用や家畜以外の動物は基本的に受け入れられない国なのだ。そのためこの国に、人に管理されている以外の動物が入り込むことはほとんどないのだけど……。

距離もあって、間に溢れんばかりの人の波。ここは王都の中心街でありたくさんのお店が立ち並ぶ人気の通りだから。それなのに、そんな人、人、人の合間を縫うように、覗《のぞ》き見えたその生き物と目が合った。

遠くからでもよく分かった。綺麗《きれい》な金色の瞳《ひとみ》……。

その瞬間、心臓がドクンと大きな音を立てた。

「お嬢さまっ⁉」

サリーの叫びを背中に、私は瞬間的に走り出していた。どこかで冷静な自分もいて、持っていたストールをフードのように頭からかぶる。自分の立場とこれからしようとしていることを考えると、幼心に私が誰であるかを知られるのは良くないと思ったのだ。

周りの声はもう聞こえなかった。

まるでぼろ雑巾《ぞうきん》のように転がるその生き物を抱え、そのままその場を走り抜ける。護衛は慌てているだろうけれど、心の中で「ごめんなさい」しながら認識阻害《そがい》の魔法を自分にかけた。

そうしてひっそりとした人気のない路地裏までたどり着くと、そっと治癒の魔法をかける。

荒い息が徐々に落ち着き、瞼《まぶた》がゆっくりと持ち上がる。綺麗になったら分かった。この子は狼《おおかみ》だ。

じっと見つめるその瞳。

綺麗な綺麗な金色の瞳から、しばらく目が離せなかった。


私は知らなかった。

この出会いが私の運命をすっかり変えてしまうことも。

それにより、信じられないような悪意を向けられることも。

自分が特別であり、数年後に王宮で予言される『精霊王の代替わり』に大きく関係していることも。


この時の私はまだ、何も知らなかったのだ。


「もう！　これで何日目？　この時期にこの辺りで攻略対象の一人と出会うはずなのに……どうしてどこにもいないの？　このままじゃ回想で語られる『思い出の出会いイベント』がこなせないじゃない～！」

すぐ近くで一人の女の子が訳の分からないことを捲《まく》し立てていたことも、私は知らない。

第一章

聖女様が初めて王城へ上がられる日。私――メルディーナ・スタージェスは、謁見《えっけん》の間で殿下の婚約者として立ち会った。

麗《うるわ》しい姿を初めて拝見したその日が、私の運命の日になった。

「お初にお目にかかります、リリー・コレイアと申します」

礼儀半分、あとは愛嬌《あいきょう》でなんとかするとばかりに、にこりと笑った聖女様。

愛くるしい茶色の瞳がこちらを向き、目が合った瞬間、全身に電流が走ったかと思うほどの衝撃！

次の瞬間、頭の中に異様な映像が濁流のように駆け巡った。

見たこともない景色、大きなものから小さなものまで鉄の塊《かたまり》がたくさん出てきて、でも私はそれを知ってるの……ありえないほど短いスカート、あれは『制服』だ。小さな部屋で小さなテーブルで、だけどびっくりするほど温かい食卓。人の顔ははっきり見えない。ああ、見たいな。懐《なつ》かしいのは覚えてる。誰だっけ、どんな顔だっけ、お願いだからまた皆の笑顔が見たい……。

――思い出した！

そうか、これは、前世の私の記憶――

呆然《ぼうぜん》と、手足の先が冷え切って、指をほんの少し動かすこともできない。こちらを見て、心底嬉《うれ》しそうににんまりと笑った聖女様。私はその姿をよく知っている……ずっと、ずっと前から。

前世から。

気がつけば、私は屋敷に戻り、自室のソファに一人座っていた。

この屋敷の中に私を気に掛ける人は誰もいない。今まではそれを随分《ずいぶん》寂しく感じていたけど、今はそのおかげで、一人でゆっくりと頭の中を整理することが出来た。

ここは……ここは、前世で流行《はや》った乙女ゲームとよく似た世界。私はこの『あなたに捧げる永遠の愛』というゲームの世界に生まれ変わってしまったらしい。

私、メルディーナ・スタージェスは現在十六歳だ。母親譲りのハニーブロンドの髪に神秘的なアメジストの瞳が少しだけ自慢。

四つ年上に兄のイーデン、一つ年下に弟のエリックがいて、父は王宮での仕事が忙しく家にいることはあまりない。お母様はもう亡くなってしまった。

そして私は、聖女様に嫉妬《しっと》して嫌がらせを行い、それがエスカレートしてその命を奪おうとしたことで処刑される、いわゆる悪役……。

「嘘でしょ……?」

私の役目はそれだけではない。

私が死ぬと、愛されず蔑《ないがし》ろにされ続けた私がこの身の内にためにためた絶望と憎悪が命の終わりとともに吹き出し……一体どうしてそうなるのか、代替わりを控え力の弱まっていた精霊王が私の生んだ瘴気《しょうき》にのまれて死に、その影響で魔王が復活するのだ。

いや、死んでまで悪役として仕事しすぎでしょ……。

私の死はゲームの前半から中盤の時期。障害である私がいなくなってヒロインと攻略対象は一気にその仲を深めていく。そして時間差で魔王復活のタイミングはハッピーエンド一歩手前。最後の一盛り上がりのスパイスでしかない。そんなのなくったってヒロインは誰とでも結ばれるだけ愛を向けられるし、聖女なのだから誰と婚姻することを選んだって反対もない。ただ皆の憧《あこが》れ度と、名声アップが約束される。

そのための代償が大きすぎるわ……。

復活した魔王は聖女様が、それまでに紆余曲折《うよきょくせつ》を経て愛を育《はぐく》んだ、彼女を愛する素晴らしいヒーローたちと共に討伐する。それからその聖なるお力と愛のパワーで次代の精霊王を誕生させるのだ。

ゲームではその後平和になった世界で、相手を一人選び結ばれてハッピーエンド。

攻略対象は四人。私の婚約者でこの国の第一王子クラウス・セイブス殿下、私の弟であるエリックと、幼馴染《おさななじみ》で殿下の側近の騎士ニール、そして隣国の獣人《じゅうじん》。お相手に選ばれなかった後もそれぞれ全員が彼女に永遠の愛と忠誠を誓い、誓いの通りに生涯彼女を守り続け、誰一人伴侶《はんりょ》を持たない。ちなみに殿下はその場合、なんと王位継承権を第二王子に譲るのだ。次期国王が妃を持たないなんてありえないからね。まさに人生をかけた愛。このゲームのそういうところが人気だった。選ばなかった相手もずっと自分を好きでい続けてくれる。

あまりの人気に、乙女ゲーム好きの友人に勧められてメインルートの王子攻略だけプレイした。確かこのゲーム、裏設定が凄《すご》いと評判になり設定集も出たはずだけど……正直私はこれくらいの基礎情報しか知らない。

ただ、ひとつだけ確かなこと。

私は……彼女が最高に盛り上がった状態で幸せなエンドを迎えるための、いわば舞台装置……。


私とクラウス殿下が婚約したのは私が四歳の頃。殿下はお兄様と同じ四つ年上だ。輝くサラサラの金髪、落ち着いた深い海のような藍《あい》色の瞳、『一目見るとみんな恋に落ちる』と言われるほどの美貌で、ゲームの中でも一番人気だった。お兄様と殿下、もう一人の攻略対象である騎士ニールは幼馴染だ。

スタージェス侯爵家は家格こそ上位であるが、その実『可もなく不可もなく』という存在。より上位の公爵家にはもちろん、一見同格である他の侯爵家より権力を持っているなんてこともない。昔からの歴史ある家だということだけが自慢の我が家。

じゃあ、なぜそんなスタージェス家の私が第一王子殿下の婚約者に選ばれたのかって？

「姉上、早くしなよ！　今日はクラウス殿下とのお茶会だろ！　全く、唯一《ゆいいつ》買われた治癒の能力ももうない無能のくせに、本当に愚図《ぐず》なんだから」

ブツブツと忌々《いまいま》し気《げ》に吐き捨てながらこちらを急《せ》かすのは弟のエリック。小さな頃は何をするにも私の後をついて回る可愛い弟だったけれど、もうずいぶん長い間その笑顔を見ていない。

可もなく不可もない家柄なのに第一王子殿下の婚約者に選ばれた理由。それは私がほんの小さな頃から稀有《けう》な『治癒魔法』を使えたから。

――でも、それも昔の話。どうしてなのかは分からない。昔はいくらでも、どんな傷でも一瞬で癒《いや》すことのできたその力は次第に衰え始め、今では全く使うことができなくなってしまった。

そりゃ、こんな無能でお荷物な姉、嫌いになるに決まっているよね。

エリックの、お母様譲りの私ともよく似た紫《むらさき》色の瞳には、いつだって蔑《さげす》みの色が浮かんでいる。

前世を思い出した今でこそ冷静でいられるけど、それまでは随分エリックの顔色を気にして傷ついていた。

「全く、殿下もおかわいそうに！　本当はさっさと姉上なんかとの婚約を破棄したいだろうに。はっきりもう価値がないからという理由で破棄してくれて構わないのにね！　スタージェス侯爵家には僕がいるんだから」

フン！　と鼻を鳴らして吐き捨てる。

あえて破棄という強い言葉を使うあたり、エリックがいかに私を嫌っているかがよく分かる。もし今婚約がなくなるとしてもせいぜい解消がいいところなのに、わざと嫌な言い方を選んでいるのだ。我が弟ながらちょっと性格悪いぞ、お姉ちゃんは悲しい。言えないけどね。

身内の贔屓目《ひいきめ》を差し引いても天才のエリック。火・水・風・土の四大属性の全ての魔法を使いこなし、魔力量も膨大だ。確かに、この弟がクラウス殿下の側近になれば、スタージェス侯爵家としては王家との繋がりを保てる。天才の弟は無能な姉の存在が許しがたいらしい。

私だって、すぐにこの婚約はなくなるものだと思っていた。それなのに今もまだ解消されていない。

きっと、婚約を結ぶことになった経緯が問題なのよね。

それはまだ私が四歳になったばかりの頃。

お兄様とクラウス殿下、キドニー公爵家の次男でもあるニールはよく王宮で遊んでいた。私もお兄様について一緒にその場にいることが多かった。もちろん、八歳の男の子の遊びについていけるわけもなく、わけもわからずその場にいるだけだったけれど。ちなみに三歳のエリックはその時一緒にはいなかったと思う。

ある時に遊びで三人は木に登り、クラウス殿下が誤って二メートルの高さから落下し、打ちどころが悪く、大けがを負ったのだ。

考えるよりも先に体が動いた。真っ青な顔で涙を浮かべるお兄様とニールを押しのけ、すぐにクラウス殿下の怪我《けが》を跡形もなく癒して見せたのだ。

当時まだ小さな子供。

『痛そう！　血が出てる！　治してあげなくちゃ！』

そんなとても単純な気持ちだった。

王家から何度も婚約を打診されることになったのはそのすぐ後だった。

そんなふうに王家からの申し出により結ばれたこの婚約を、私が無価値の無能になったからとなかったことにするのは外聞が悪いということなのだと思う。それともヒロインである聖女様が現れるまでは婚約解消になるはずがなかっただけだと思うべきか。

ちなみに、ゲームではそんな事情は一切出てこなかった。舞台装置でしかない私の過去など何も語られないのだ。それこそ設定集には何か書かれていたのかもしれないけれど。
婚約こそ解消されはしないものの、クラウス殿下はエリック同様、今の私に冷たく当たる。
今でこそもう慣れたし、記憶が戻った今となっては納得の現状ではあるんだけど。私と仲が良かったら、殿下がヒロインと恋に落ちるのは完全なる浮気野郎だもんね！（婚約者がいる時点でどうかとは思うけど）
だから……私の初恋が、クラウス殿下だっていうことは墓場まで持っていくと決めている。

王宮に着き、馬車を降りるとニールが迎えてくれた。

「メルディーナ、俺が庭園までエスコートするよ」

今でも変わらず接してくれるのは、この年上の幼馴染だけ。なんて寂しいことかしら？

ニールはクラウス殿下の側近として、二十歳になった今では近衛騎士になっていた。そして、こうしてよく私の王宮でのエスコートを買って出てくれていた。……クラウス殿下は決して私を迎えに来ないから。

「ありがとう、ニール。いつも助かるわ」

「お安い御用だ。さあ、行こう」

ちなみにお兄様はクラウス殿下の側近にはなれなかった。魔法の才がなかったのだ。この国の貴族は魔法が使えるかどうかがとても重要視される。これでスタージェス侯爵家には私とお兄様、才能を持たない子供が二人。父は才能あるエリックだけをかわいがり、エリックはお兄様のことも馬鹿にしている。

お母様が生きていて私がまだ治癒を使えた頃。まだ私はお父様の自慢の娘であり、エリックにとっても自慢の姉だったと思う。家族みんなが仲良く過ごしていた。いつでも笑顔が絶えなかった。

お母様が病気で亡くなったのは、私が六歳になり、治癒の力をなくして少し経った頃のこと。

『お前の治癒が今使えれば……肝心な時に役立たずめ……！』

お母様を心から愛していた父は私を憎んだ。そうしなければ喪失感に耐えられなかったのかもしれない。あの瞬間から私は、愛されない『スタージェス家の無能な娘』になった。

お兄様も多分私を嫌っている。正確には無関心だ。どうしてだろうと悩んだこともあったけれど、同族嫌悪というものに近いのかもしれない。きっと自分と同じく才能を持たない私を見るのが辛《つら》いのだろう。

ニールのエスコートでお茶会の準備が整った庭園に入る。クラウス殿下はすでに席に着き私の到着を待っていた。ちらりと一瞬こちらを見てすぐに目を逸らす。表情が厳しい。これもいつものことではあるけれど、私はいつも傷つくのだ。毎回懲《こ》りもせずに沈んだ気持ちになる。心の中でため息をついた。

「殿下、お待たせして申し訳ございません」

そう言いながら、礼をとる。

「……ああ」

返ってくるのはそっけない一言だけ。重く苦しい雰囲気でお茶会が始まった。これは一応婚約者としての交流のために設けられた時間なのだけど……とてもそんな和《なご》やかな空気ではない。クラウス殿下もきっと嫌でたまらないのを我慢して席に座ってくれているのだ。

小さな頃はこうじゃなかった。

お兄様と、クラウス殿下と、ニール。幼馴染の三人について回って、皆私を可愛がってくれた。

婚約したばかりの頃はクラウス殿下も『メルディーナと婚約できて嬉しい』と言ってくれていた。

嘘だったのかもしれないけど。それでもそうやって笑ってくれる程度には大事にしてもらっていたと思う。いつの間にか変わってしまったけれど。

でも、どうせもうすぐこの時間も終わる。ついにヒロインが現れたのだから。

殿下との婚約が解消されることは構わない。それが運命だしね。だけど、私は死にたくはないし、魔王復活のきっかけになるのもごめんだ。

お願いだから私に関わらないで、平和に愛を育んでほしいと本気で願っている。魔王復活なんて一大イベントは起きないまま穏便な精霊王の代替わりが終わること、私がその後も生き延びることだけが望み……！

だから私はひとつだけ、心に強く決めている。聖女様には必要以上に関わらない。嫌がらせや、ましてや命を奪おうとするなど……絶対にしない。

（お！　メル、あいつ今日も来てるぞ）

不意に、頭の中に声が響く。

（ふふふ、よかった。教えてくれてありがとう、ロキ）

同じように頭の中で返事をした。

クラウス殿下に変わった様子はない。当然だ。この声は、私にしか聞こえていない。

——ロキ。

私をメルと呼ぶ声の主。小さな頃は姿も見えていた。手のひらくらいのサイズしかない、白銀の髪に銀色の瞳が美しい不思議な存在。彼は気がついたときにはもう側にいた。ロキは、自分を『精霊』だと言った。私の側《そば》はとても心地いいと笑い、いつも周りをふよふよ飛んでいた。

精霊はどこにでもいるとされている。ただ普段は見えないだけ。私達人間の魔力や、魔法を使った後に出る魔力の残滓《ざんし》を取り込んで生きているらしい。どういう因果関係なのかは詳しく分からないけど、もしも精霊がいなくなれば一切の魔法も使えなくなるんだとか。

私にはロキの姿が見えたけど、それはちょっと特別なんだって。ロキのこともゲームにはなかった。だから、安心して心を許せるの……。

治癒の力を失った頃、ロキの姿が見えなくなった。だけど声だけは今も聞こえている。こうしていつも側にいてくれているのは分かる。何があっても、いつでも、ロキは側にいてくれた。ロキの存在は、死んだ母にしか打ち明けていない。

お母様は驚き、他の人にはロキの姿が見えていないこと、声も聞こえていないことを教えてくれた。そして、ロキの存在は、ロキのことが見えない人には内緒にしようと言った。

いかにそれが精霊と言えど、人と違うことで私が周りから奇異の目で見られることを危惧《きぐ》していたのかもしれない。

そして、もうひとつ、私を裏切らずにいてくれる存在……。

沈黙の多い気まずいお茶会が終わり、馬車に戻るふりをしてそっと王宮の裏手の側にある森の入り口に向かった。少し森の中に入るとそこには小さな泉のようなものがある。

そこに、その生き物はいた。

「お待たせ、黒い狼さん」

その獣が、泉を覗き込んでいた顔をゆっくりと上げる。

真っ黒で艶《つや》やかな毛並み、金色の輝く瞳。体の大きなその狼こそ、小さな頃に私が助けた、あのボロボロだった獣だった。この狼はあれからずっと、こうして訪れる。

数少ない、私を裏切らない存在……飽きもせず、ただ会いに来てくれる。


小さな黒い狼を助けた時のことは、今でもよく覚えている。

あの時、怪我の癒《い》えた狼はすぐに身を翻《ひるがえ》し去っていった。その後私はもちろん護衛やサリーにうんと叱られたけど、それでもあの美しい獣を助けられたことに大満足だった。

ボロボロの体を抱きしめ血濡れになっていた自分の服やストールは、路地裏から出る前に浄化魔法で綺麗にしておくのも忘れなかった。おかげで何をしていたのかはバレずに済んだのよね。

黒い狼が人目を忍んで会いに来るようになったのは、それから少ししてのこと。

(メル、この間助けた黒い狼がお前に会いに来ているぞ)

初めてロキにそう教えられた時は本当にびっくりした。

このセイブス王国では、食用の家畜以外の動物は基本的に嫌われる。もしも誰かに姿を見られてしまえばきっと無事ではいられない。国に対して許可申請していない動物は全て駆除対象なのだ。

私はもちろん、もう来ないようにと何度も言い聞かせた。それでも狼は数日すると現れる。仕方ないから強硬手段！　ロキに訪問を教えられても会いに行かなかった。

それでも黒い狼は会いに来た。狼が諦《あきら》めるより、私が折れる方が先だった。

それからずっと、こっそりと、不思議な交流は何年にも渡って続いている。

「わっ！　ふふふ！　くすぐったいわ」

数年で小さかった狼もすっかり大きくなった。今では私が全身で抱き着いても余るくらいすっごく大きい！　その大きな体がすりすりと擦り寄り、もふもふとした毛並みが手や頬《ほお》をくすぐる。

ああ～！　もふもふだわ……本当にもっふもふ！

いつも通り全身で抱き着き、ふわふわの体を撫でまわした。前世を思い出して初めての触れ合い。もふもふは尊いという感覚を思い出してこの大きな体に包まれると、より強く幸せを感じる。

「はあ、癒し。本当に癒し。たまらない。幸せ」

（メル、すっげーだらしない顔してるぞ）

ロキの呆《あき》れた声は無視。どうせ誰にも見られないのだから。

抱き着かれ、撫でまわされている狼は心地よさそうに目を細め、されるがままに身をゆだねてくれる。一応バレることを恐れているのか、声はほとんど出さない。

こんなに可愛くてもふもふは幸せを与えてくれるのに、どうしてこの国はこれほど動物を嫌うのかしらね？

――隣国、アーカンド。そこは獣人たちが暮らし、治める国。獣人たちは動物たちと密接に暮らしていると聞く。セイブス王国が動物を嫌うようになったのは古く昔のこと、アーカンドとの関係が悪化してからのことらしい。

政治的な理由からアーカンドのものや彼らと縁の深いものを拒絶するようになり、いつしかそれが国民全体の当たり前の価値観として刷り込まれていった。

　はっきりそうだと教えられたわけではない。だけど、妃教育で学んだことを自分なりにつなぎ合わせていくとそういう事実に辿《たど》り着いた。ちなみに直接的に教えられる内容はもっと単純で偏《かたよ》っている。

『獣人は野蛮で卑怯《ひきょう》で悪意にまみれた亜人種であり、友好を築くことは不可能。獣人に追従する獣と共存することもまた、人間としての尊厳を捨てることと同義である』

　王家が、家族が、家庭教師が、そして人々が神の慈愛を求めて通う教会がそう教えるのだ。

「だけど私は、そんなことはないって知ってるよ……」

　私の呟《つぶや》きに、側に座り、大人しく頭を撫でられていた黒い狼さんが不思議そうに顔を上げる。金色の瞳が瞬《まばた》いていてとっても綺麗だ。……こんなに綺麗で優しい生き物との共存が、人間としての尊厳を捨てることになるなんてありえない。

「獣人さんって、どんな人達なんだろう……」

　狼が大きく体を起こす。小さな声で優しく鳴いて、頭を擦りつけてくる。これは「そろそろ帰るね」の合図だ。私はもう一度その大きな体を、両腕を目一杯広げて抱きしめた。

「優しい狼さん、またね」

　狼は森の中にすぐに消えた。

　これは推測だけれど、あの子はアーカンドから来ているのではないかと思う。

　一見恐ろしくも見えるあの大きな狼がこんなにも優しいのだ。あの子と共に暮らす獣人族が、教えられている通りの種族であるとはどうしても思えない。

おまけに……攻略対象にも獣人がいる。そのルートはプレイしていないから、内容は全く知らない。私はサブエピソードなどを楽しむタイプでもなくて、淡々とメインルートをこなすだけだったからなあ。

でも多分、将来は聖女様が獣人と人間の懸け橋になるんだろう。現実的に獣人や動物たちと共に生きていく未来がすぐそばにある。

その時に……ゲームではすでに死んでいた私は、どこでどう生きているだろうか？

「いつか、アーカンドに行ってみたいな」

狼と会っていたなんて万が一にもバレないように、全身に浄化魔法をかける。治癒魔法はうんともすんとも発動できなくなったけど、実は簡単な魔法くらいならば今でも使えるのだ。

というか一度は全然使えなくなったものの、必死で練習したらまた使えるようになった。

無能無能と言われる中、そんなことはなんの意味もないので誰にも言っていないけど。それに黙っているとこういうときに便利なのだ。証拠隠滅《いんめつ》にもってこい。絶対にバレないってこと。ふふふ！

（……お前はそのうち、嫌でもアーカンドに行くことになるよ）

「えっ？　何か言った？」

（いーや、なんでもないよ！　そろそろ戻らないと、迎えの馬車が来るんじゃないのか？）

そうだった！　頭の中でロキにありがとうと伝え、そっと王宮の方に戻る。さりげなく人目につかない辺りで認識阻害の魔法を解いて馬車に向かった。

「兄上、どうして兄上はメルディーナ様に冷たく当たるのですか？」

クラウスの執務室で、第二王子のカイルが不満そうに兄に尋ねていた。

「お前の心配することではないよ」

「でも、メルディーナ様がおかわいそうです！　いつもすごく寂しそうなお顔をしています」

カイルはクラウスの年の離れた弟であり現在十歳の少年だ。カイルはメルディーナを姉のように慕い、よく懐いていた。婚約者であるクラウスよりよほど仲良くしている。

「噂のように、メルディーナ様が治癒能力を失われたからですか？　そんなものなくともメルディーナ様は聡明で優しく、素晴らしいご令嬢なのに……」

言っていることは大人ぶっているが、カイルは口を尖《とが》らせ子供らしく不満を全開にさせている。

そんなカイルの様子にクラウスは苦笑し、ため息をついた。

「そういうことじゃないよ……カイル。私だって、彼女ともっと仲良くしたいとは思っている」

「でも、それならどうして……」

カイルはそれ以上言葉を続けられなかった。兄の顔があまりにも寂しそうに見えたからだ。

「だって、メルディーナは……きっとこの婚約を――」

「？」

クラウスの独り言は、カイルの耳に届く前に空気に溶けて消えた。

今から二年ほど前に、王宮で予言された『精霊王の代替わり』。精霊王とは、全ての精霊の親のような存在で、生き物が暮らしていれば必ず生まれてしまう瘴気をその身に集め、世界を浄化してくれている偉大なる存在だ。

古くからの言い伝えでは、精霊王の代替わりの時代には、多くの場合で魔王が生まれるとされている。そして魔王の脅威を払うために、その時代には聖女様が現れると言われていて――今回もまた、予言の中には聖女様のことも含まれていた。

曰《いわ》く、温かなピンク色の髪を持つ乙女であること。

曰く、類《たぐい》まれなる聖属性魔法を操ること。

曰く、右の鎖骨の下に独特の痣《あざ》が浮かび上がること。

そして、予言通りに聖女様は見つかった。

ちなみに、ゲームではこの予言がプロローグとして語られる。

聖女の証《あかし》の痣が浮かび上がり、王城へ謁見に上がったところからがストーリーのスタートだ。

ゲームのスタートの瞬間、私は前世の記憶を取り戻したってこと。

「姉上、今日は王宮へ上がる日だろう？」

最近のエリックは機嫌がいい。

なぜなら……。

「ご苦労なことだね。どうせこの婚約ももうすぐなくなるだろ。今日もリリーとクラウス殿下の仲睦《むつ》まじい姿を見に行くようなものなんだから」

「エリック、聖女様のお名前を敬称もなく呼ぶなんて……」

「うるさいな、リリーにそう呼んでくれと言われたんだ！　ああ、姉上には分からないだろうね、あの優しく清らかなリリーのようにはなれないんだから」

聖女様であることが正式に確認された、リリー・コレイア男爵令嬢。ゲームのヒロイン。

ピンク色の髪、可愛らしい容姿、予言通り聖属性魔法を使うことができて、右鎖骨の下の痣も無事に確認されたらしい。

そして、今セイブス王国ではある噂《うわさ》が広まっている。

「クラウス殿下がついに最愛の人を見つけられたんだ！　おまけに相手は聖女様である可憐《かれん》なリリー。姉上はせいぜい、婚約を破棄される心の準備でもしておくんだね」

これこそが、エリックが上機嫌である理由。

今この国は聖女様出現の興奮と、彼女とクラウス殿下の恋物語でいっぱいだった。

ちなみにエリックは十五歳でありながら王宮に併設された魔法院への出入りを許されている。正式に入省できるのは十七歳から。さすが天才！　多分、そうして王宮を通るときにリリー様と会う機会があるんだろう。

エリックもすでに聖女リリー様に夢中になっているように見えるけど、私とクラウス殿下の婚約がなくなることの方が嬉しいらしい。

とっくに分かっていることだけど、あまりの嫌われっぷりでお姉ちゃんはやっぱり悲しい。


王宮に着く。いつもエスコートに来てくれていたニールも最近は姿を見ていない。あれはただの厚意であってそれに甘えさせてもらっていただけなのだけど、ちょっとだけ落ち込んでしまう。彼はどうやら、聖女様に側にいるようにと望まれているらしい
一人で馬車から降りていると、たまたま通りがかった衛兵が慌てて駆け寄り手を貸してくれた。

「申し訳ありません、ありがとうございます」

「い、いいえ！　とんでもございません！　あの……よろしければ私がスタージェス侯爵令嬢のエスコートをさせていただいてもよろしいでしょうか⁉」

「まあ……でも、ご迷惑ではございませんか？」

「とんでもありません！　どうかお任せください」

まるでエスコートをしたいかのような言い方に、心が温かくなる。

今、私の立場はとても危うい。以前からクラウス殿下に蔑ろにされていることは知られていたけど、聖女様が現れてからはあからさまな嘲笑《ちょうしょう》を向けられることも少なくはない。

この衛兵はとても優しい人なんだと思う。私に気を遣って、お願いしやすい空気を作ってくれている。久しぶりに向けられる優しさが嬉しい。

「では、どうぞよろしくお願いいたします」

「……はい！」

笑いかけると、目をそらされてしまった。……ちょっと調子に乗りすぎたかもしれない。

――メルディーナはまさか衛兵が自分を慕い、照れているだけだとは気づかない。


心優しい衛兵のエスコートで、いつものようにお茶会の準備が整えられた庭園に向かった。

これまたいつものように、クラウス殿下はもう席についていた。

だけど……殿下だけではない。

「うふふっ！　クラウス様ったら、そんなに褒《ほ》められるとリリーは恥ずかしいです」

華やかな声が聞こえる。

実は、今日が初めてじゃない。むしろ最近はずっとそう。ずっしりと気持ちが重くなる。

(（大丈夫か、メル？　別に嫌ならいかなくてもいいんじゃないか？）)

私の心が鉛《なまり》のようになったのを感じたのか、ロキの心配そうな声が聞こえる。

(（大丈夫よ。それにそういうわけにはいかないのよ……でも、ありがとう）)

ここまでエスコートしてくれた衛兵にお礼を言って別れる。すごく気まずそうな顔をしていてちょっと申し訳なかった。

「ごきげんよう、殿下、聖女様」

そっと近寄り、挨拶《あいさつ》した。

クラウス殿下より先に、驚いた顔のリリー様が反応した。

「あら！　メルディーナ様！　今日はどうされたんですか？」

どうされた、って……咄嗟に言葉が出なかった。

どう答えたものかと迷う。「元々私と殿下の時間なんですけど」とは言えないし。そもそも聖女様とあまり関わりを持ちたくないんだってば……。

視線をさまよわせると殿下と目が合ったけれど、バツが悪そうに目をそらされるだけだった。

側にはニールもいた。固まっている。控えている侍女や護衛もみんな微妙な表情。

リリー様だけがきょとんと心の底から不思議そうな顔をしている。

その表情を見ていると、そういえばと思い出した。

そうだ、ゲームの中ではここで悪役の私は激怒するんだ。

『どうされた、ですって？　殿下が迷惑していることも気づかずに我が物顔で隣に座り、いかに聖女様と言えど無神経なのではなくて？　そもそも私は殿下の婚約者。その私の前で殿下にそのような態度……聖女であるからと清廉《せいれん》だというわけではございませんのね』

そして、私は苦々しい顔をした殿下に不敬だと叱られる……。

『そもそもリリーを隣に望んでいるのは私だ。君のような無神経な女が婚約者など……いや、今は止めよう、リリーの前だ』

——ああ、そっか。もうすでに私は邪魔者でしかないんだ。

今更ながらはっきりとそう自覚すると、思わず笑いが出た。私の急な笑顔に殿下が一番びっくりしていた。

というかゲームの私、ずーっと殿下に冷たくされてきたのに、本人がいる前でよく婚約者面《づら》で聖女様に突っかかれたわよね……どうかしてるとしか思えないんだけど……。

さっきロキに「そういうわけにはいかない」と言ったばかりだったっけ。でも、なんかもうどうでもいいや。一瞬で気力がなくなった。どうせ婚約はなくなるだろう。ヒロインである聖女様がお相手なんだもん。正当な理由が出来たってこと。だから、あと少しくらいこの辛いだけの交流も頑張ろうと思ってた。

でも……どうせあと少しなら、もう頑張るの止めてもいいよね？

「いいえ、所用で王宮へ参りましたのでご挨拶だけでもと伺《うかが》わせていただきました。楽しい時間を中断させてしまって申し訳ありません。それでは私はこれで」

礼を取り、顔を上げると同時に踵《きびす》を返した。

ちょっとはしたない行動だけど、お優しい聖女様が万が一「あなたも一緒に」なんて言いだしてはたまらない。

胃がしくしく痛んで、後ろからいくつもの針で刺されているような気分だった。まさに針の筵《むしろ》ってやつね。あれ？　ちょっと違う？

とにかく、私は惨《みじ》めに逃げ出したのだ。

スタージェス邸の自室に戻った私は、クローゼットの奥にそっと隠した荷物を引っ張り出す。

「生きていける方法と居場所を、確保しなくちゃ……」

シナリオ通りに処刑されずとも、そのうち婚約は解消されるだろう。

それがいつになるか……どう変わるか読めない以上、早まる可能性も捨てきれない。そのときは、できれば貴族籍を抜けて市井《しせい》で生きていきたいな。どうせ無能として必要とされていないのだし、この次にろくな縁談も望めはしないだろうし。

記憶がよみがえる前から婚約が解消になる覚悟はできている。

だから、そのための下準備をずっとしてきたのだ。

王都の、石畳が美しい広場と、そこを取り囲むように立ち並ぶたくさんのお店。

その一角、あまり目立たない隅の方に小さな植物店がある。

そしてその小さな店のさらに奥の一角が……今の私の一番の居場所。

「ディナ！　回復薬は出来てるかい？」

「回復薬は全部終わって、頼まれていた風邪薬を作ってるわ」

「さすがに早いな……」

〝ディナ〟は私のここでの名前だ。本当の名前も身分も隠して、隠れて屋敷を抜け出してはここにお世話になっている。店主のビクターさんが私の薬作りの師匠だ。最近では私の作る薬はどれも街の皆に評判で、こうして来られるときに出来るだけ作り置きしておくようになった。

今自分がいる場所以外で生きていく道を探そうと思って、最初に頭に浮かんだのはもう失った治癒の力。どこかで『出来たはずのことを、代わりの何かで補いたい』という気持ちがあったのかもしれない。他にも選択肢はあったはずだけど、その結論には簡単にたどり着いたと思う。

薬師《くすし》になろう。治癒が使えないのなら、他の方法で誰かを癒せるように。

最初に本を読んだ。薬草の基本的な図鑑から始めて、薬の調合の基礎、薬学入門、初級から中級、どんどん難易度を上げて、薬草や治癒に関する神話なんてものまで片っ端から読んだ。本の知識の誤りや不親切な表現、『間違ってはいないけど、それだけが正しいわけじゃない』なんて、本に載っていないようなより詳細な内容はロキが教えてくれた。

次に、実際に薬草を探しに行ったりした。私は愛されない子供だから、屋敷を抜け出すのも難しくはなかった。食事はきちんと与えてもらえたので、昼食後から夕食前までの時間に戻ってこられる距離限定。近場で薬草が自生している場所を把握していくのは結構楽しかったな。多分普通の貴族令嬢には絶対に出来ない体験だし。ちょっと冒険みたいだった。その途中でできたちょっとした傷に、見よう見まねで作った薬を試したりもした。

そして、次の段階として私は協力者を探し、出会ったのがこの植物店を営んでいるビクターさんだった。

植物店の奥にある調合室。そこで作業する小さな背中を見ながら、ビクターはふうっと息をついた。

ビクターの亡くなった祖父は元宮廷薬師だった。その祖父が城での仕事を辞して始めたこの植物店。最初は薬草特化の専門店だったが、客のニーズに応えていくうちに薬草以外の植物も扱うようになっていった。祖父が亡くなった後は自分が継いだ。父は全く別の仕事をしている。

そこに、今目の前にいるこの少女が突然現れたのは二年前。精霊王の代替わりの予言がなされた少し後だった。

「どんなことでもします。私をここで働かせてください。薬草の作り方を学びたいんです」

ビクターの家は爵位のない平民だが、実は代々緑を司る精霊の加護を頂いていた。そのため特に優秀な者は祖父のように宮廷にも務めることが出来た。

すぐにメルディーナが貴族であることは分かった。熱心に頭を下げるメルディーナに、彼はひとつの種を渡す。

「一週間以内に、この種を咲かせて綺麗な花を俺に見せることが出来たら考えてやるよ」

渡したのは、とても珍しくマニアックな花の種。メルディーナでも知らないものだった。

実はその種は普通に育てるだけではまず咲かない。土魔法を得意とする者や、何年も植物を専門にしている者でも咲かせられる者はほんの一握りだろう。技術だけで咲かせるのではない、精霊の助けがなければ咲かない特殊なものだった。

昔はそこまで特別な花ではなかったらしい。何かコツがあるのかもしれないが、ビクターもそれが何かを知らなかった。貴重なものであることから、種だけはせめて劣化しないように保存魔法をかけ大切に保管していたが、長い年月の間に何人かがその育成に失敗し、その残りもあと数粒というところ。見た目はまるでクルミのようなころりと大きな種。

メルディーナの美しい金髪と鮮やかな紫色の瞳を見て、貴族がお遊びで訪ねて来たと思ったのだ。

（馬鹿にしやがって。お貴族様の気まぐれに付き合ってるほど暇じゃないんでね）

この美しい少女はきっともう二度と来ないか、もしまた来ても咲かない種を片手に激怒してやってくるだろう。その時はどう追い返してやろうか。

予想に反してメルディーナは再びやってきた。ただし、それは約束の一週間もたっていない、ほんの五日後のことだった。

暗い顔をして現れたメルディーナに、ビクターはため息をつく。

（なんだ、あと二日も残してギブアップか？　ま、賢明な判断だな）

しかし、お客さんを見送った後にもう一度店の外に行き、戻ってきたメルディーナが手にしている物を見て驚愕《きょうがく》する。彼女が持ってきたのはひとつの鉢。その中で、たくさんの白い花がこれでもかと美しく咲いていた。

「は……？」

（本当に、咲かすことが出来たのか……!?）

書物でしか見たことのない花の姿に、驚きに言葉を失うビクター。しかし彼はさらに驚くことになる。

「あの、この花って、恐らく特別なものですよね？　どうしても認めてほしくて、約束の一週間後までにできるだけたくさんの花を咲かせようと頑張ったんですが……」

おずおずとメルディーナが差し出してきたのは、両手いっぱいの種だった。

「成長速度が異常に速くて。花は咲くのですが、すぐに枯れてしまうんです。すみません、最初の種はすでに花を咲かせた後種を残して枯れてしまい、この花はその時の種をまた育てて咲かせたものです……これでは認めてはもらえないでしょうか？」

一週間を待っていると、また全ての花が枯れてしまうと思ったのだと言いながら、もう一度頭を下げるメルディーナ。ビクターには信じられなかった。

「……この花の種はすごく高価でなかなか使えないが、とてもいい回復薬になるんだ」

（そして、花を咲かせるのも難しければ、どうにか咲かせることができても滅多《めった》に種を残せない、本当に気難しいと言われる植物なんだ……）

「は、ははは……！」

もう、笑うしかなかった。

不安そうにこちらを見つめるメルディーナに、ビクターは姿勢を正して向き直る。

「君、魔法は使えるのかい？」

「え？」

「魔法じゃなくてもいい。この辺じゃあその髪の色と瞳は目立つから、出来れば色を変えてくるように」

「！」

遊びだと心の中で笑った五日前の自分を殴りとばしてやりたい。この少女が自分の態度にへそを曲げて「もういいや！」となるような人でなくて本当に良かった。

目の前のこの少女は……よほど精霊に愛されている、天才だ。

その日からビクターはメルディーナの師であり、良き理解者になる。そうならない選択肢など、もう存在しなかった。その後、彼女がよりによってスタージェス侯爵家の令嬢という、思った以上に高貴な存在だと知ることになっても、二人の関係は変わらなかった。

そうしてメルディーナは貴族令嬢である自分とは別の、市井での居場所を得ようとしていた。

ビクターさんに言われた通り、屋敷を抜け出しディナとして活動するときは髪と目の色を変えるようにしている。前はこっそり調達したちょっとぼろいローブを着て、そのフードを頭からひっかぶるだけだった。それで十分だと思っていたのだ。

蔑ろにされる時間を積み重ねていって、どこかで自分が透明人間に近い存在とでも感じていたのかも。ローブやフードも服の質を隠すくらいの気持ちだったし。そこまで豪華じゃなくても侯爵家で購入する物、質は段違いにいい物だからさすがにまずいかなと思うくらいの判断力はあった。だけどそれだけ。それでバレないと本気で思っていた。

今日も髪の色と目の色を、よくあるこげ茶に見えるように調整する。見た目や性質を変えるのは高度な技術が必要になるものの、魔力自体は少なくて済むので、今の私にもできる。なんて、実は結構練習したんだけどね。

店に向かうために、いつものように通りを歩いていた時だった。

(――メル、隠れた方がいいかもしれない！)

「えっ？」

馬鹿な私はロキの声に、咄嗟に顔を上げて視線を巡らせてしまった。道の反対側に数人の騎士がいて、その中にニールの姿があった。目が合う。こちらに向けた顔が驚愕に染まった。やばい。

ちょうど差し掛かった曲がり角でなるべく何でもない風を装って曲がり、騎士たちがいたあたりから死角に入った瞬間に走った！

顔を変えることは今の私の魔法ではできなかった。

ニールにバレたかもしれない。ディナとして植物店で働いていることはバレたくない！　大事なもうひとつの私の居場所。少なくとも、婚約解消がすんで私が無事に平民として生活できるようになるまでは……。

（メル！　まだ姿は見えてないけど、追いかけてきてる！）

急いで次の角も曲がる！

ニールは優しくて注意深い性格だから、私かもしれないと思った時点で何をしているのか確かめたがるのは想像がついた。仮にも侯爵家の令嬢で王子の婚約者だもんね。護衛も侍女もつけずにこんな格好で一人で歩いてるなんて普通ではありえないことなのだ。

（だめだ、まだついてきてる！）

どうしよう、逃げ切ることが出来ればもしも次に会った時に何か聞かれても、しらを切ればニールの勘違いで押し通せるはずだ。けれど、捕まってしまえばそうはいかない。

「……っ⁉」

（メルっ！）

次の角まであと少しというところで、暗い路地裏に引っ張り込まれた。

真っ黒なローブ。頭一個半分ほど高い背丈。フードを目深《まぶか》にかぶっていて顔は見えない。その得《え》体《たい》のしれない人物に壁に押しやられている。思わず声を上げようとしたところで口を塞《ふさ》がれた。

「しーっ、少しだけ我慢してください」

何を！

逃げ出そうにも、大きな体に抱き込まれるような体勢では私が少し暴れようとも大した抵抗にならない。

「大丈夫、こうしていればバレません」

そう言われた瞬間、口を塞ぐ手がとても優しいことに気付いた。よく考えれば私に危険があるならばもっとロキが騒ぐはずだけど、今は静かだ。

この人……私が逃げているのに気づいて助けてくれただけ？

（メル、今通り過ぎていったよ）

ロキの声が聞こえた瞬間、口を塞いだ手が離れていった。

「もう大丈夫そうですね。突然すみませんでした。驚かせてしまいましたね」

「いえ、あの……ありがとうございます。助かりました」

見えている口元がゆるりと笑みを形作る。

「あなたの助けになれたのならよかったです。――それでは僕はこれで。あなたはここでもう少し待ってから行かれるといいでしょう」

その人がふわりと身を翻すと、なぜかほんの少し懐かしいような匂いがした。

「あの！　あなたのお名前を教えていただけませんか？」

咄嗟に、立ち去ろうとする後ろ姿に声を掛ける。

どうしてだろうか、知らない人に親切を受けて嬉しかったからかもしれない。

「……次にお会いしたときにお教えします。それでは、また」

その人はそう言うと、そのまま去ってしまった。

（メル、もう騎士たちはいないみたいだ。そろそろ行こう）

それから助言通りに少し待ち、ロキの声の通りに路地裏から抜け出す。

しかし、いつも通らない道に入り込んでいたので、自分がどこにいるのかいまいち分からない。

とにかく大きな道に出そうな方を目指していると、どんどん辺りが不穏な空気になっていった。

そのうち少し開けた広場に出たけれど、明らかに様子がおかしい。

「ここって……」

（貧民街の入り口みたいだな）

ここまで来て気付いたけれど、実はこの辺には来たことがある。ビクターさんと一緒に一度だけ回復薬を配りに来たのだ。確かに貧困層が集まった地域ではあるけど、それでもそれなりに清潔で、よくある浮浪者や人らしく暮らせない人がいるほどの場所という印象ではなかった。

奥の方に井戸がある。そこがこの一帯に暮らす人達の生活の要だ。

吸い込まれるようにそちらに向かった。数人が蹲《うずくま》ったり、横になったりして呻《うめ》いている。

ぐったりした男性に付き添うように側にいる女性に、何があったのか尋ねた。

「井戸の、水が……水が、瘴気に冒されて…………」

井戸が？　それじゃ、ここの人たちは生きていけなくなる……。

「もう、四日も井戸が使えなくて……数人が耐えられず水を飲んだんです。そしたら、こんなことに……」

女性は消え入りそうな声で続けた。

四日も……！　貧民街の情報はほとんど外に出ない。そもそもここに普通の人は来ないのだ。王宮までこの現状はきっと届かない。

井戸の……水の、浄化なら……私にもできるだろうか？

試しに、井戸に近づいてみる。

瘴気が濃いと体に異常をきたしたり、感情が不安定になる、暴力的になるなど、精神的にも様々な症状がでることがあると聞いた。

井戸の縁《ふち》に手をかけて、ぐいっと頭を突っ込むような体勢で覗き込んでみる。

……とりあえず、気持ち悪い感覚もないし、具体的に頭痛や吐き気がするなんてこともない。

そんなに強い瘴気じゃないのかな？　側で男性についてじっとしている女性の方に振り向く。

「どうしてこの井戸が瘴気におかされていると分かったんですか？」

見た目も異常はないし、正直私にはさっぱり分からない。先ほども色々と答えてくれた女性に聞くと、簡潔な答えが返ってきた。

「魔石《ませき》が……使えなくなったから」

彼女が指差したのは井戸の屋根の内側の部分。覗き込むと、そこに確かに水色の魔石が埋め込まれていた。

この国の貴族は魔法が使えるかどうかが重要になる。もしも使えない場合は無能とされるけれど、それでも『使えない』というのはかなり大きな表現で、本当に全く使えないのはごく稀《まれ》なケース。

ほんの基礎の魔法は使えることがほとんどだ。

お兄様も少しの飲み水を出したり、火をおこしたりなどの魔法は使える。私はお兄様よりもう少し使える。どちらにせよ、これくらいなら貴族的には『使えないのと一緒』だということ。

そして、本当に全く使えない者も多い平民たちは、魔石の力を使って生活するのだ。

この魔石は……井戸の水を清潔に保つための効果と、地下の水脈とこの井戸を繋げる役割を担っている。魔石が壊れない限り水が物理的に汚染されたり、病気がここから蔓延するなんてことは起こらない。

そして水が瘴気におかされた今、魔石の力が作用しなくなった時点で地下の水脈との流れは絶たれているはず。井戸に新しい水が入ってくることはないし、この水が他の場所に流れることもない。よく出来ていると言えば出来ている。

この場所を見捨てれば、他に問題が飛び火することはないんだもの。

「確かに、魔石はまだ壊れていないわね。そういうことね」

経年劣化や魔石に込められた魔力が失われる以外で作用しなくなることはあまりない。その少ないパターンのひとつがこの女性が言ったように『瘴気におかされた場合』だ。

井戸の外に転がっていた水汲み用にロープに繋がれた桶《おけ》を井戸の中に垂らし、試しに水をくみ上げてみる。上から覗き込んだだけでは分からなかったけど、ほんの少し黒いモヤのようなものが水から漂っていた。

(瘴気で間違いないな)

ロキも言うならまず他の理由は考えられないだろう。

「ひっ……!」

側で見ていた女性がモヤを目にしたのか、小さく悲鳴を上げた。

――浄化。

手をかざし、魔力を注ぐ。試しに自分の体にいつもかけているように浄化をかけようとするも、あまり効果はなさそうだ。まあそんなに簡単には払えないわよね……。

思わず大きなため息をつくと、漂うモヤがほんの少し揺らいだ。

「えっ？」

もう一度、今度はふうーっと息を吹きかけてみる。やっぱり少し揺らぐ。

……瘴気って、こんな物理的な力の影響を受けるものなの？

意外な事実だ。知らなかった。空気中にも多少の瘴気はあると聞くけど、こうやって少しでも目に見える形で集まっているのはあまり見たことがないしね。

「それならこれはどう？」

収束――！

もう一度手をかざし魔力を込めると、私の手のひらに向かって黒いモヤが渦を巻き、少しずつ螺《ら》旋《せん》を描きながら集まっていく！

そのまま続いて、――浄化！

そして、集まった瘴気の黒いモヤは私の魔法に合わせて消えたのだった。

「いけそうね！　これを井戸の水全体に応用すれば……」

再び体を起こし、井戸の上にかざすように両手を広げる。ちょっと大変そうだけど……。

収束――――！

私の魔力がまるで磁石になったかのように、見えないほど奥の方で漂っていた黒いモヤが吸い込

まれるように流れを作りながら上に吹き上がってくる！　集中力を切らさないように丁寧《ていねい》に……集めて、集めて、そして、

浄化………。

――成功はしたけれど、さすがに井戸の水全部を一度に浄化するのは無理だった。自分の弱い力がもどかしい。きっと聖女様だったらこんなの簡単に払っちゃうんだろうな……。

何度か繰り返し、どうにか全てを浄化するころには随分時間が経ってしまっていた。井戸の側で苦しんでいた人達にも浄化をかけ、たまたまカバンに入れて持っていた回復薬を渡す。まだしばらくは苦しいだろうけど……私にはこれが限界だ。治癒が使えればもっと楽にしてあげられたのに。

少し顔色が良くなり眠った男性の側で、ずっと見ていた女性がこちらに向かって跪《ひざまず》いた。

「ありがとうございます……！　ありがとう、ございます！」

「そ、そんな……」

思わずうろたえ、少し後ずさりしてしまった。

ふと気がつくと、彼女だけではない。いつの間にか貧民街の住人たちが何人も集まり、私が井戸を浄化するのを見ていたようだった。私を囲むように立っていた人々が女性に倣《なら》い、次々に跪く。

それぞれが、感謝や祈りを口にしながら。

「⁉　顔を上げてください！　私は少し井戸の水を浄化することが出来ただけで……治療も満足にしてあげることが出来なかったのに……！」

なんとか頭を上げてもらったけれど、そのほとんどの人の目には涙が浮かんでいて。無能と言われる私でも、こうやって誰かのほんの少しの助けにはなれるんだ……そう心が温かくなったのだっ

た。


メルディーナは知らない。

『井戸の水を浄化する』こと。それがどんなに難しいことだったのか。

知らないままに、メルディーナは自分が人の役に立てることに喜び、またひとつ自分にもできることが増えたと希望を抱いた。ここで、自分は生きていける、誰かを助けながら居場所を作っていける。そんなふうに思って。

それからしばらくして、『市井に現れた聖女様の話』があちこちで囁《ささや》かれるようになる。

第二章

ヒロインである聖女様、リリーが現れてしばらく経った。

彼女は王宮に部屋を与えられてそこで生活し、魔法省のサポートを得ながら聖属性魔法を磨《みが》く毎日を送っているらしい。

私が最後にリリーを見たのはあのお茶会から尻尾《しっぽ》を巻いて逃げ出した日。あれ以来私は王宮へは行っていない。呼ばれもしないし、幸い妃教育はほぼ終わっている。勉強頑張って本当に良かった。記憶が戻る前の私、偉い！

エリックはリリーのサポートに名乗りを上げたらしく、毎日のようにうきうきと出かけていく。

そして帰ってきては聞いてもいない『今日の聖女様』を報告してくれるのだ。

「今日もリリーは美しく、みんなが見惚《みと》れていた」

「クラウス殿下とリリーは本当に仲睦まじく過ごしている」

「自分も騎士ニールもリリーを慕っているが、殿下が相手では仕方ない」

攻略が順調に進んでいるようで何よりです。正直、ほんの少しほっとする。

――大丈夫、私が悪役として仕事しなくても、ちゃんとリリーの恋愛は進んでいる。

これならきっと、無理に舞台に上がらされることもないよね？　このままどうか、平和で楽しいだけの恋愛をしてください……！

同時に、彼女の聖女様としての評判もよく耳にするようになった。どうやらお忍びで街に繰り出しては人々を癒したり、瘴気が多く溜《た》まったことで発生した澱《よど》みを払ったりしているらしい。

さすが聖女様、そしてさすがヒロイン。お忍びでってところがまたいいよね。きっといつかは王家が介入して大々的に聖女のお披露目《ひろめ》をするんだろうけど、それはもう少し先なのだろう。

そうなる前に自らの足で民《たみ》を救って歩いてる。

今の時点できっと、原作のゲーム以上に街の人たちに愛されているんじゃないだろうか？　これで私の命のかかったイベントなんてなくたって、聖女様と王子様の婚約、結婚は喜んで受け入れられるはず。

……殿下に対する思慕はとっくの昔に整理をつけている。それこそリリーが現れる前から。

ゲームの私が命を失うまでクラウス殿下に執着し、最後まで攻撃的に足掻《あが》いたことを考えると、記憶を取り戻す前から深層心理にあった前世の記憶が、もともとの悪役だった『私』をすでに少し変えてしまっていたのかもしれないとも思う。叶《かな》わない恋だと、本能的にとっくに感じ取っていたわけだ。

というわけで、今の私は心からリリーの恋と、聖女としての彼女の活躍を応援している。

井戸の時のように、たまに私でも対応できそうな瘴気は浄化するようにしているけれど、少しでも彼女の助けになっているといいな。

そうして前より時間に余裕が出来た私は、『ディナ』として活動する時間を増やしていた。

おかげで作れる回復薬の数も増え、その質もどんどん向上しているように感じる。やっぱり数をこなすことは大事ね。ちなみに、薬の代金は質と売り上げに合わせてビクターさんが貯めてくれている。屋敷に持って帰っても仕方ないからね。そのお金を使うときはどうせ『ディナ』だし、その時の拠点はいつでもこの植物店だ。ろくな準備もできずに家を出ることになっても安心だ。

これでもう、いつ婚約解消を打診されても大丈夫。

――その夜、王宮から戻ったエリックが私の部屋のドアの下から手紙を差し入れてきた。

差出人はクラウス殿下。内容は、お茶会への呼び出しだった。

「さすがにあまりにも交流がなさすぎると問題ってこと？　それとももう婚約解消？」

呼ばれれば、応じないわけにはいかない。

私は憂鬱《ゆううつ》な気持ちで返事を書くためペンをとった。

私はこのセイブス王国の王太子、クラウス・セイブス第一王子。

数年前からこの国でも徐々に瘴気が濃くなり、このままでは民に影響が出ると危惧されるようになった頃、王宮が誇る『先読み師』により、精霊王の代替わりの予言がなされた。

そしてその予言通りに聖女が現れ、これでひとまずこの国も安泰だとほっと一息ついたのも束の間。私は焦《あせ》ることになる。

「殿下、スタージェス侯爵令嬢との婚約はいつ解消なさるのですか？」

ある大臣が、まるで当然のような顔をしてそんなことを言ってきたのだ。思わず顔を顰《しか》め、やっとのことで言葉を紡《つむ》ぐ。

「何を言っている？」

「婚約期間も随分と長くなってしまわれた。解消後すぐに次の婚約を結ぶというのもさすがに少し外聞が悪いでしょうから。早く婚約を結ぶためにも、今の婚約の解消はなるべく早くお願いします」

こちらの戸惑いにも気づかず、なんでもないことのように話を進める大臣。待て。何の話だ？

「……何度も言うが、私は婚約を解消するつもりはない」

メルディーナが治癒能力を失ってから、何度も打診された婚約者のすげ替え。その度《たび》に断り続け、最近は大人しくなりやっと諦めたかと思っていたのに。今更また蒸し返すというのか？　何度言われても私の気持ちは変わらないとなぜ分からない？

うんざりした気持ちで憮然《ぶぜん》と答えると、大臣は本気で驚いた顔をする。

「王太子殿下、聖女様を妃に迎えるのではなかったのですか？」

今度は私が驚く番だった。

「誰がそんなことを言っている⁉」

「誰もがですよ！　殿下とスタージェス侯爵令嬢の不仲は周知の事実！　最初はなぜ早く婚約を解消しないのかと……あなた様にも何度も打診されたはず。皆、本当に迎えたい相手を迎えるときに困らないよう、お飾りとして婚約を続行しているのだと、そう思ってこれまで何も言わずにいたのですぞ！」

そうして予言の後は聖女を迎えるために待っていたのではないかと。そう宣《のたま》う大臣に思わず頭を抱えたくなった。

――どうしてそうなる！

「ばかばかしい！　私はそんなつもりでこれまで彼女と婚約し続けていたのではない！　聖女を妃に迎えるなどと一度でも私が言ったか？」

聞いたという者がいるならば連れてきてほしい。間違いなくソイツは嘘つきなのだから！

なんのために、どれだけ反対されてもこの婚約を守り続けてきたと思っているのか！　――メルディーナを、彼女を私の隣に迎えるため以外にあるわけがない。

「しかし！　事実殿下は聖女様と仲睦まじく過ごされているではないですか！　誰もがあなた方が想いあっているのだと思っています」

「そのような事実はない！」

「殿下！　聖女様は婚約を望んでおられます！」

「ばかな！　そんなわけがないだろう。彼女も私に婚約者がいると知っている」

「ええ、そうでしょう。何年もまともに会話をしていない、形ばかりの婚約者がいることは皆が知っていますから。……本当にスタージェス侯爵令嬢と婚姻をされるつもりならば、なぜここまで蔑ろにしているのですか？　今だけの婚約だと思っていたからこそ誰も何も言わずいたのですよ？」

その言葉に咄嗟に次の反論が出てこない。

――そうだ、確かに私は彼女を蔑ろにしてきた。だが……。

思わず彼女の姿を思い浮かべる。私の前で固い顔を作り、俯《うつむ》きがちであまり目の合わないメルディーナ。分かっている、そうさせたのは自分の態度が全てだと。しかし。

交流のために設けたお茶会。その度にニールの手を取り、微笑んで歩く姿。

昔から、そうだった。彼女はニールの前で心の底から気を許した態度をとっている。恐らく彼女は……ニールを慕っているのだろう。分かっている。始まりは政略だった。貴族の婚約は感情だけで結べるものではない。彼女と婚約を結ぶことになった当初、浮かれた私は彼女の気持ちなど考えもせず……ただ喜んだ。

彼女の気持ちが自分にないのではないかと思ってしまった瞬間から、上手《うま》く接することが出来なくなった。――彼女はこの婚約を厭《いと》っているのかもしれない。私だけが彼女を隣に望んでいるのかもしれない。彼女は私を……恨《うら》んでいるかもしれない。彼女が治癒能力を失い、婚約の解消を周りから打診された時、素直に応じ彼女を解放してやるべきだったのかもしれない。

それでも、彼女が欲しかったのだ。

それならば誠心誠意彼女と向き合い、その心を得るために努力せねばならなかったのに、現実はいつまでも婚約が解消されないという事実だけに甘え、この体《てい》たらくだ。彼女がどんなに嫌だと思っていても彼女が私の妃になることは決まっている。

婚姻し、もう逃げられないとなって、ゆっくり愛を伝えればいいと思っていた。

拒絶されるのが、怖かったのだ。

「……殿下、本気でスタージェス侯爵令嬢を妃に迎えたいのならば、早急に現状を変える必要があります。もしも聖女様が妃になる気があると発言でもすればもう取り返しはつきませんよ」

大臣は何も無理に聖女と私を結ばせたいわけではないのだ。全ては私の態度が招いた誤解。ぐずぐずと悠長《ゆうちょう》にしてはいられない。こうなってはなりふり構っている場合ではない。

聖女が発言すれば、おそらく誰もが信じ現実になる。

それは、広く知られている真実。聖女は……嘘がつけないのだ。

聖属性魔法を使える者の特徴なのだろうか。聖女は真実しか口に出来ない。

だからこそ、それが彼女の思い違いだろうと、彼女がそう信じ発言すれば誰もが信じる。聖女の言葉が嘘であるなどありえないのだから。

ここに至るまで事態を変える勇気が出なかった私のなんと情けないことか。それでもやはり、改めて考えてもメルディーナ以外を妃になど考えられない。

私は今度こそ彼女の心を得るためにと、茶会の誘いをしたためた。

「これをメルディーナに」

手紙を託した侍従までもが驚いた顔をする。それほどに私の態度は悪かったのだ。

彼女はもう、私になど愛想を尽かせているかもしれない。ニールのことなど抜きにしても。事実、彼女が王宮へ来なくなってしばらく経つ。――それでも。

焦る気持ちで、窓の外をじっと見つめた。

この茶会で、恥もプライドも捨て、君を想っているのだと、これまですまなかったと伝えようと

……そう心に決めて。

殿下とのお茶会の日までの数日間にも何度か街へ出かけたけど、その度になぜか喧嘩《けんか》に遭遇した。なんだか街中が少しピリピリしている？

相変わらずちょこちょこ瘴気を目にする機会もあり、その度にささやかながら浄化してるけどそれも地味に頻度が多い。おかげで回復薬や風邪薬なんかの売れ行きはいいみたいだけど。

そんないつもと少し違う空気感に無意識にあてられているのか、毎日なんだか無性に疲れていて眠いのだ。そういえばロキの口数も少ない気がする。私と同じで疲れてるのかな？　常に一緒にいる存在、私の魔力を取り込んでいるわけだから、ひょっとして疲れも共有しているのかもしれない。

最近は黒い狼さんにもあまり会えていない。

疲れているからか寂しく感じる。あの大きな体に抱き着いて癒されたい。

なんとなく最近のこの空気、居心地の悪さを感じている。


久しぶりのお茶会はあまり気分が進まないものの、欠席するわけにはいかなくて、なんとか重い腰を上げて王宮に向かった。

王宮に着くと、久しぶりにニールが迎えてくれた。だけどなんだか少し慌てているように見える。

「メルディーナ！　待たせてすまない。だけど、随分早くきたんだな」

「え？　いつもと同じくらいの時間じゃない？」

「殿下から時間を遅らせたいと連絡があっただろう？」

そんな連絡なかったけど？　首を傾《かし》げる私に対して、少し険しい顔をするニール。

なんか……ちょっと感じ悪いんですけど。思わずムッとしてしまった。

とりあえず来てしまったものは仕方ないから、エスコートしてもらっていつもの庭園へ向かう。

こちらもバタバタと慌てた様子で、お茶会の準備がまだ少し終わっていないようだった。

……そんな様子を見ていると、悪いことをしてしまった気分になるけれど、時間変更の連絡なんて本当に受けていないんだもの。

遅れてくるらしいクラウス殿下の代わりに、私を迎えたのはリリーだった。

「メルディーナ様、バタバタとしてしまってごめんなさい！　まさかこんなに早くいらっしゃるとは思わなくて」

……嫌味なの？

「いいえ、私が時間を勘違いしてしまったようです。こちらこそ申し訳ありません」

「クラウス様がいらっしゃるまで、私がお相手させていただきますね！　メルディーナ様は……私のこと、あまりお好きではないかもしれませんが」

なぜかそう言って寂しそうに笑うリリー。確かにあんまり関わりたくない！　だけど、どうしてそんな言い方するの？　まるで私が普段からリリーを嫌って邪険《じゃけん》にしているかのようだ。「嫌われてるかも」と感じるほど関わりなんてないでしょう？　むしろだからなの？

私がリリーを警戒しているからそう感じるだけかもしれない。だけど、どうもやんわりと悪いように言われているような気がしてならない。そんなわけないよね？　リリーはすぐにまた明るく人好きのする笑顔に戻り、私を席に座るよう促した。

私達のやり取りを聞いていた使用人たちは微妙な顔をしているし、ニールもやはり難しい顔を隠さない。また今日も、心がもやもやと重くなっていく。

席に着くと、リリーがあっ、と声を上げた。

「ごめんなさい、お茶は今、私が侍女に代わって持ってきたんですけれど……まだ皆準備に忙しくしていて、そちらを急いでもらっているんです。だけど、お茶を淹《い》れてくれる人を残すべきでした。私はまだ上手くお茶を淹れられなくて……」

確かに何人か使用人や侍女が行きかっているものの、皆少し忙しそうにしていて声をかけ辛い。私のせいでこうなっている雰囲気があるわけだし。ニールも護衛として側にはいるけどクラウス殿下の侍従と何か話しているし、そもそも彼はお茶なんて淹れられそうにない。仕方ないか。

「僭越《せんえつ》ながら、私が淹れさせていただいてもよろしいでしょうか？」

「いいんですか？　確か妃教育で学ばれたとお聞きしました！　メルディーナ様の淹れるお茶は美味しいと聞いていて……一度飲んでみたかったんです！　嬉しい！」

リリーの返事を聞いて、側に置かれた紅茶の茶葉を手に取る。お茶を淹れ終わる頃には侍従との話を終えたニールも戻ってきた。

そうして自分と彼女の前にカップを置くと、リリーが申し訳なさそうに私を見た。

「メルディーナ様、ごめんなさい……聖女としての教育の一環で、お茶を振る舞っていただいた場合は如何《いか》なる状況であっても淹れてくれた相手と自分のカップを交換してもらうようにと言われているんです……」

思わず顔が引きつる。そうする理由は、毒を入れられる可能性を考えてのものだ。そりゃリリーは聖女様だからそういう対応が必要なのも分かるし、教育をきちんと身に着けようとしているのも分かるけど……申し出たのは私だとはいえ、今のはリリーに頼まれて私がお茶を淹れたようなものなのに。

——リリーは聖女として、覚えなければならないことも多い。こうしてストレートに申し出るのも妃教育を受けている私なら事情が分かるだろうという甘えなのかも？　それとも相手を不快にさせない上手いやり方まで気が回らないか……それはこれから覚えていくってとこなのかしら。

気を悪くしても仕方ないのでニールに向けて頷くと、彼が私とリリーの前にそれぞれ置かれたカップを入れ替えた。

いつのまにか他の準備も全て終わったらしく、お茶菓子を持ってきた侍女が、お茶がすでに淹れられていることに気付いてサッと顔色を悪くした。多分本来は彼女の仕事だったんだろう。

気にしないで、私も気にしていないから。心の中でそう言っておく。

内心ため息をつきながらカップを手に取り自分の淹れたお茶を飲んだ。

「殿下も、もう少しでこちらへいらっしゃると思います」

そう言ってニールがにこりと笑った。

ああ、早く帰りたい……。

間もなく、クラウス殿下が庭園に現れた。

「遅くなってすまない」

いつもは殿下が先に座り私を出迎えていた。殿下が少し慌ててやってくる姿はなかなか新鮮だ。

「クラウス様！　お忙しいのにわざわざすみません。こちらは全然大丈夫ですわ」

私が答える前に、ふわりと笑いかけるリリー。わざわざって言ったけど、呼ばれたのは私の方なんだけど。やっぱり言葉選びに棘《とげ》がある？　私は黙って立ち上がり、頭を下げる。

「かしこまらなくていい。座ってくれ」

殿下はリリーの隣に座った。というかそこに椅子が用意されていた。

丸いテーブルに、わざわざ一人と二人で向かい合うような配置で置かれた椅子。なるほど、リリーと殿下が寄り添う姿がよく見える。これはきっとわざとこうされているのね？　自分の立場を思い知れという無言のメッセージを感じる。リリーの指示かしら？　それともクラウス殿下？

殿下の斜め後ろに立つニールがまた難しい顔をしている。今度は何を思っているの？　そう思うけど、あれこれ考察する気力がわかない。頭がぼーっとする。思考が……頭にモヤがかかったみたいで……。何かがおかしいと思った時には遅かった。

――急激に襲ってきたのは、体の異変！

目の前でリリーと殿下がべたべたと見せつけるように触れ合っている気がするけど、よく分からない。あれこれ感じる余裕もないくらい、お腹の底が気持ち悪い……！

頭もガンガンと痛んで、視界が眩《くら》む。

「メルディーナ⁉」

誰かが私の名前を叫ぶように呼んだ瞬間、私の体はぐらりと傾き、ガタンと椅子が音を立てて倒れる。気がつけば芝をはった地面に横たわっていた。巻き込んで一緒に落ちていったカップが目の前に転がっている。

あ……お茶…………。

残っていた中身が零《こぼ》れ、芝を濡らす。何？　何かおかしい。芝が……芝が、みるみるうちに枯れていく。

次の瞬間襲ってきた、言い表せないほどの痛みと苦しみで飛びかけた意識が覚醒する！

「うっ……！」

ゴボっと音を立てて喉の奥から何かが湧きあがる。目の前の芝が赤く染まった。

――私、血を吐いているの？

どうしてと思う暇もないくらい、今度は息が苦しい！

助けて！

必死で視線を巡らすと、誰もが歪んだ表情で私を見ていた。

「誰か！　医者を早く！」

苦しい！

「これは……毒か!?　どうして……」

殿下の声？　助けて……！

「お茶がかかった芝の色が……変色しています！」

「どういうこと？」

「スタージェス侯爵令嬢が毒に倒れました！」

「お医者様はまだ!?」

「それより毒だ！　衛兵を呼べ！」

「ニール様！　あなたはリリー様をお守りください！」

誰が誰の声だか……まるで全てが遠くの世界のようにぼんやりと耳の奥で響いている。

「殿下！　このお茶を淹れたのは……スタージェス侯爵令嬢です！」

使用人らしき大声。

「何？　どうして彼女が？」

「私がお茶を淹れるはずだったのですが……準備を終え戻ってきた時にはもう淹れられていて……勝手に！」

別の侍女が叫ぶ。そこに、リリーの震える声が続いた。

「まさか……あれが毒だったの……？」

「リリー？　何か見たのか⁉」

リリーは自分の体を抱きしめるようにしてぶるぶると震えていた。

「メルディーナ様が自分がお茶を淹れてくださると……隠し味だと私のお茶にだけ何か別の液体を入れたんです……何かの蜜だと」

「そんな、彼女が……？」

そんなの……嘘よ！

声が出ない。

必死で目を開ける。クラウス殿下が信じられないものを見るような目をしてこちらを見ていた。

「殿下！　スタージェス侯爵令嬢が飲んだお茶は元々リリー様の前に置かれたものでした！　ニー

ル様が入れ替えたのです」

「本当なのか？　ニール！」

「た、確かに自分が入れ替えました……ですが！」

何かを続けようとしたニールの声を、リリーの叫びが遮《さえぎ》る。

「メルディーナ様！　まさか本当に私を殺そうとするなんて……！　信じていたのに！」

誰かが私の体を乱暴にあお向けにした。腕を強くつかまれている。

「殿下！　リリー様はずっとスタージェス侯爵令嬢に嫌がらせを受けていました！　私はずっと相談に乗っていたのです！」

「そんな……まさか……メルディーナが……？」

思考が定まらない中、殿下が苦しげな声で、

「医者に診《み》せた後は、メルディーナを……牢へ」

そんな！

どうして！

——ニール！　助けて！

だけど、ニールも化け物でも見たような顔をして私をじっと見つめていた。その胸にはリリーが縋りつくように抱き着いていて……。

そんな……誰も、誰も、助けてはくれないの……？

呼吸が苦しいのか、心が苦しいのか分からない。

どうして。

どうして。

どうして……！

気がつくと、暗くて冷たい床に寝ていた。下には申し訳程度に敷かれたシーツ？　ここは……牢だ。おまけに貴族牢ではない。暗い、暗い、地下牢……。

多少マシにはなっているけれど、相変わらずのあちこちの痛みと息苦しさ。手足がぶるぶる震える。このままでは死んでしまう……誰か、助けて………！

視界と思考だけが妙に鮮明だ。頭が冴えている。同時に尋常じゃない痛みもはっきりと感じる。

「うっ、ゴボッ……」

目の前の石の床が血で濡れる。結局医者にも診てもらえなかったのだろうか。なんて、無慈悲なの……このまま牢で独り、死ぬということだ。

喉が焼けるように痛い。息が、苦しい……。苦しいよ………。

殿下の、ニールの、その場にいた全員の、冷たい目……。誰もが私が毒を入れ、聖女を殺そうとしたと信じて疑わなかった。当然だ。仕方ないと思う。他ならぬ聖女が証言したのだから。聖女は、嘘をつけない。この国の人間ならば誰でも知っている。いいえ、この国どころではない、精霊王に守られているこの世界の人間ならば誰でも……。それでも、誰も、何かの誤解ではないかとは言わなかった。私が彼女を殺そうとしたと、誰一人、疑わなかった。

だけど、間違いなくリリーは嘘をついた。どうして？　なぜ嘘をついたの？　なぜ嘘をつくことが出来たの？

私以外は、誰も気がつかない。つけるわけがない嘘。

聖女リリーは、恐らく明確に悪意を持って、嘘をついた。

そしてきっと……私を殺そうとしている。


第二王子、カイルの母であるセイブス王国の王妃は、カイルの出産を命がけで行い、そのまま帰らぬ人となった。

父である国王は母のことをあまり口にはしなかったが、その後他に妃を迎えることもない現状を見るに、恐らく王妃を深く愛していたのだろう。正妃を迎えるべきだと言う家臣が全くいないわけではなかったが、クラウスとカイル、二人の王子がともに優秀だったこともありすぐにそんな声もなくなった。乳母や侍女は優しくしてくれたが、母の愛を知らぬ寂しさがないわけではない。

それでも、母は自分を産んで死んだのだ。口に出して恋しがることはなかった。そんなカイルを皆が口々に聡明で大人びた王子だと言った。

「私もお母様が亡くなっています。カイル殿下よりずっと年上ですが、今でもお母様が恋しいです。

……恋しくていいのですよ」

カイルの寂しさを肯定し、認めたのは、メルディーナが初めてだった。

それがいつ頃だったのか、なんの話をしていたのか、どうしてそんな話になったのかは覚えていない。だけど、その時抱きしめてもらったメルディーナの腕の中の温かさは今でも鮮明に思い出せる。

　あれからずっと、カイルにとってメルディーナは特別な存在だ。


「兄上！　メルディーナ様を牢へ入れるように指示なさったとは本当ですか⁉」

　クラウスの執務室のドアを勢いよく開け、カイルは叫ぶようにクラウスに詰め寄った。王に呼び出され、メルディーナの件を聞き、その足でここに飛び込んだ。側にいたニールが、掴《つか》みかからんばかりのカイルを止める。

「なぜですか！　メルディーナ様が本当に毒を入れたと思っているのですか⁉」

　カイルはじたばたと暴れるが、まだ子供である。ニールに捕まえられその腕から逃げられない。

　それでも大きな声で訴え続けた。

　執務室のソファに座っていたリリーも、両手で口を覆いカイルの勢いに驚いている。

「カイル様……」

「僕は……聖女様にそのように呼ばれるほど、仲良くなった覚えはありません」

　暴れるのを諦め、俯いたカイルが絞り出すように呟いた。

「カイル！　リリーになんてことを言うんだ！」

　クラウスの叱責にも顔を上げないカイル。

　ニールの指示で、控えていた侍女が聖女リリーと共に執務室から退室していく。

「兄上……ニール様も、本当にメルディーナ様がやったとお思いですか」

「カイル殿下……俺は……」

「私も信じられない。だけどリリーがそう言ったんだ」

苦しそうな二人の年上の男を睨《にら》みつけるカイル。

「メルディーナ様は……メルディーナ様はそんなことをする方ではありません……！」

「カイル。気持ちは分かるがリリーは聖女だ。聖女が嘘をつけないことはお前も知っているだろう」

「もしも嘘じゃなかったとしても！　聖女様の勘違いという可能性もあるではないですか！」

「──私だって！」

クラウスの大声に、カイルの勢いが止まる。

「私だって……メルディーナを信じたい。だがリリーが言う以上彼女がやったことに間違いはないんだ……。何か事情があるのかもしれない。毒だと知らなかった可能性も残っている。しかしあの場でリリーが証言してしまった以上、すぐに彼女を牢に入れるしかなかった。……回復次第、話を聞くつもりだ」

カイルはその時初めて、兄が心底悔しそうな顔をしていることに気がついた。

「……メルディーナ様は、大丈夫なのですか」

メルディーナは毒を飲んだ。たくさんの血も吐いたと聞く。王族として自分たちがそうであったように、メルディーナも妃教育の一環で毒には少し慣れているはずだ。それなのに、聞いた限りではあまりにもひどい症状……恐らく、随分強い毒だったのだろう。

「牢と言っても、貴族牢に入れるように指示してある。あそこならベッドもあるし、医者もすぐに向かわせた。立場上、リリーの側を離れるわけにはいかなかったが……少し落ち着いたようだから、この後彼女の様子を見に行くつもりだ。お前も来るか？」

落ち着いてよく見てみると、クラウスの顔色が随分悪い。きっとこの兄も本当にメルディーナを心配しているのだ。

「……一緒に行きます」

側で立ち尽くしているニールはずっと、何かを考え込んでいるようだった。

カイルは心の中で祈り続ける。

（メルディーナ様、どうかご無事で……僕はメルディーナ様の無実を信じています）

そんなカイルやクラウスの様子を見ながら、ニールは違和感を抱いていた。何かが、おかしい。

（メルディーナが本当に毒を意図的に入れたなら、なぜ彼女はあのお茶を飲んだんだ？）

しかし、すぐにその疑問を口にするのはためらわれた。

おかしいのはそれだけじゃない。他にも何かがおかしい。

（なぜ、誰もその矛盾に気付かない？　誰もかれもがあまりにも冷静さをかいている。カイル殿下はメルディーナを信じているが……それでもこんなにも声を荒げるカイル殿下は初めて見た。事が事だとはいえ――）

ニールは違和感の正体をうまくつかめないでいた。ただ、少なくとも今メルディーナを庇《かば》えば、自分も共犯だと決めつけられる気がした。お茶に触れたのは自分とメルディーナだけなのだから。そうすれば恐らく牢屋行きだ。それでは自由に動けない。今はまだ、拘束されるわけにはいかない。

立場上、ニールは誰にも言えなかった。クラウスにもだ。

聖女リリーが現れてから、ずっと何かがおかしいと感じている。


牢に横たわり、どれくらいの時間が経ったのだろうか。

ずっと痛みに耐え続けている。息苦しさには少し慣れた。それでも意識が度々朦朧《もうろう》とする。何度か多分気絶したみたい……次に気絶したら、また目覚めることができるのだろうか？

意識をなるべく失わないように、必死でぐるぐると思考を続けた。

なんでリリーはあんな嘘をついたの？　そんなの決まっている。私を陥《おとしい》れたかったんだ。どうして？　どうしてだろうか……考えているうちに思い至った。

リリーも……この世界が乙女ゲームだったということ、知っているかもしれない。

つけないはずの嘘がつけたことも、もしかしてリリーが前世の記憶を持っていて、それが影響しているの？　もしそうなら、やっぱり彼女は明確に私を殺そうとしたということ……。

ああ、考えることすら、ちょっと疲れた。

穏便《おんびん》に平和に生きていけるならそれでいいと思っていた。邪魔はしないからそっとしておいてほしいと。死にたくないから誰かからの愛を望むつもりもなかったし、精霊王の代替わりが終わった後に、ひっそりと生き残っていることだけが望みで目標だった。

それなのに、悪意は向けられた。まるで運命から逃がさないと言われているようだ。

――疲れた。もう、いいかな……。

このまま死を受け入れた方が楽かもしれないと思った瞬間、頭の中に大きな声が響いた。

(メルディーナ!)

ロキ……随分久しぶりな気がする。最後に話せてよかった。

(メル! 諦めないで……俺はまだ、死にたくない! メルにも死んでほしくない!)

どういう、こと?

(俺は、すごく弱い存在だ。メルに生かされてるんだ。本当はもう死ぬはずだった! だけど、まだ、死ぬわけにはいかないから、魂が綺麗で、魔力が強くて、心が澄んでいる寄主《きしゅ》を探した。見つけたのが……メルディーナ)

ロキは物心つく頃には側にいた。いつ、どこから来たのか、なぜ一緒にいてくれるのか、考えたこともなかった。一緒にいるのが当たり前になってたから……。

私が死ねば、ロキも死ぬ?

ロキはずっと私の側にいてくれた。まだ幸せだった頃も、誰も私を見なくなってからも、ロキだけはずっと一緒に、変わらずいつも一緒に。前世の、家族に愛されていた記憶を取り戻した今なら分かる。ロキは、ずっと私に愛情を注いでくれていた……。

ロキを死なせるわけにはいかない。

なけなしの力を振り絞って、自分に浄化をかける。魔力を使うと感覚が研ぎ澄まされて、痛みをより強く感じる。

「ううっ……ううぁあ！」

それでも浄化をかけ続けた。こうなったら根性と気合いだ！　解毒……薬で解毒剤を作るだけじゃなくて、魔法でも練習しておくべきだった。自分自身は毒には慣れているつもりだったから、考えもしなかった。

生き延びることが出来たら、練習しよう。

(頑張れ、頑張れ……)

ロキの声が震えている。泣いてるの？

何度か意識が飛んだ気がするけど、無我夢中で浄化をかけ続けた。

そのうち、段々腹が立ってきた。お父様、お兄様、エリック、クラウス殿下、ニール、そして、リリー。私を冷たい目で見る周りの人達も。蔑ろにされることに慣れすぎて、憎まれること、嫌われること、仕方ないと受け入れていた。

だけど……私が一体何をしたというの？　何もせずとも傷つけられ、大切なロキは泣いている。

ほんの少し、体が楽になって来た。定期的に込み上げていた吐血も止まっている。

「絶対に、生き延びる……！」

死んでなんか、やるもんか！

大体、うじうじとやられるのを待っているのが間違ってた！　婚約解消の打診なんて待たずに、さっさと逃げちゃえばよかった！

怒りと共に、気力も湧いた。

口に何か注ぎこまれて、意識が浮上した。

「!?　うっ……」

私はまた気絶してしまっていたらしい。誰かに抱き起されるようにして、何かを飲まされている。

まさか、また毒……!?

「う、うえっ！」

思わず飲み込んでしまい、慌てて吐き出そうとする。と、背中を優しくさすられた。

「メルディーナ様！　大丈夫、回復薬です！　どうか私を信じてお飲みください！」

慌てすぎて分からなかったけれど確かに回復薬のようだ。それも、もしかしてこれは私が作ったもの？

顔を上げると、見慣れない衛兵が私を抱き起こしている。

「メルディーナ様。いえ、ディナ様。私はあなたを信じています。どうぞこちらへ！　体が辛いと思いますが、どうか頑張ってください……！」

今、ディナって……。

ふらつく体で、なんとか足に力を入れて、支えてもらいながら牢を出る。歩きながら衛兵は静かな声で話し続ける。

「私は平民です。私の母親と妹が流行病《はやりやまい》にかかり、ディナ様の浄化と回復薬で命を助けてもらいました。街に降りれば『市井の聖女様』を疑う者は一人だっていません」

「え……」

市井の聖女様と言った？　それってリリーのことではなかったの？

「私は城勤めで、あなた様のことも知っていました。すぐに気づきました、ディナ様がメルディーナ様であると。あなたは命の恩人、市井に全く目を向けない聖女様より、よほど私達にとってはあなたが聖女様なんです」

地下から上がった扉の先で、人影が！　思わずびくりと体を揺らすと、宥《なだ》めるように、

「大丈夫、ここにはあなたの味方しかいません」

どうやら私は医者にも診せられず地下牢にそのまま放り込まれ、平民出身の衛兵たちが見張りだけ命じられていたらしい。私を地下牢に連れて行くようにと、わざわざリリーが伝えに来たらしい。目を潤ませ、憔悴《しょうすい》した様子で、『こんなに恐ろしい人をお願いすることになってしまって、ごめんなさい……』と声を震わせたそうだ。……運よくその相手が彼らだったから、私の味方をしてくれただけで、普通の騎士ならば聖女直々《じきじき》の激励に喜び、私のことをより一層憎く思ったに違いない。

まさか、そこまで計算していた……？

このままここにいれば、私は恐らく処刑されるだろう。貴族牢ならまだしも、地下牢に入れられた者の末路はそう多くない。しかも私に科された罪状は聖女の殺人未遂。おまけに状況的には現行犯だ。とんだ冤罪《えんざい》だけどね。

生きるには、逃げるしかない。……でも。

「私を逃がすと、あなたたちが……」

「大丈夫です、あなたが去った後、私達は全員で眠り薬を飲みます。あなたがどうやって逃げたのか、誰も知らない。そもそも本来ならここは私たちの持ち場ではありません。おそらくそれで罪には問われません」

よく分からないけど、余裕のある表情。恐らく本来ここを見張るはずだった騎士が別にいて、仕事を押し付けられたのだろう。戸惑いを感じられないことから、ひょっとするとこういうことは日常的にあったのかもしれないと思い、苦々しく思う。けれどそのおかげで、本来この場所の担当だった騎士は、どう転んでも都合が悪いからどうにか誤魔化《ごまか》すということ？

「ごめんなさい、本当にありがとう……！」

「ここから先はついていくことが出来ません……本当に申し訳ありません、どうかご無事で」

三人の衛兵が頭を下げた。

私はきっと逃げてみせる。生き延びて、いつかまた会う機会があったら、きっとこの恩を返そう。

回復薬が効いてきたのか、少しだけ体が楽になったものの、手にも足にもあまり力が入らない。

外は真っ暗になっていて、暗闇に紛れて必死で森の方へ向かった。


森へ向かう道をこんなに遠く感じたことはない。

はやく、はやく森へ……そして、とにかくこの国から出ないと。

ああ、婚約解消の心の準備はしていた。だけど、まさかこんなふうに命を狙われて、犯罪者として逃げることになるとは思わなかった。

まさかビクターさんにお別れも言えず、必要な物もなにひとつ取りに行けないなんて。私が急に現れなくなって、ビクターさん、心配するだろうなあ。

薬はできるだけ作り置きしているけど、ここしばらく薬の売り上げが良かった。それは需要が増えたということ。ビクターさん一人じゃきっと大変だよね……。それに最近は小さな瘴気が増えていた。私が浄化できなくなって、また貧民街の井戸のようなことが起こらなければいいけれど。

そんな場合じゃないのに、頭の中では私を必要としてくれた人たちのことでいっぱいだった。

向かうのは、いつも黒い狼と会っていた泉のある場所。あの子はいつも立ち去るとき、森の向こうに消えていった。つまり、少なくともその向こうに外に通じる道があるということ――。

回復薬を飲んだのに、ふらふらする！　目が覚めてからロキの声も聞こえない。ひょっとして私が疲れ果てているから、ロキも起きてられないの？

「――おい！　いたか!?」

「いや、こっちにもいない！」

「絶対に逃がすな！」

バタバタと足音が聞こえる。森まではもう少し距離がある。どうしよう、暗闇に紛れているとはいえ、灯《あか》りを持ってこられたらすぐに見つかる！

必死で走る！　だけど、足がもつれて。

「っ！　いたっ……」

はやる気持ちと焦りで躓《つまず》き、転んでしまった。

「今、音がしなかったか!?　どこだ!?」

「近くにいるはずだ！　探せ！」

早く起き上がって、走らなくちゃ……。

すぐ目の前に森が見えるのに、力が入らない。起き上がれない。

もう、だめなの？　せっかく私を信じてくれる人達が、危険を冒して私を逃がしてくれたのに。

こんな情けない結末ってないよ！

――ガサッ！

すぐ近くで物音が聞こえる。暗くてよく見えない上に、顔があげられない。ここまでなの？

諦めかけた、その時だった。

「何も言わずに！　背中に乗って！」

不意に耳元で聞こえた大きな声。なんだか、どこかで聞いたことがある気がする――。

誰……？

僅《わず》かな力を振り絞って目を開け顔を上げると、そこには慣れ親しんだ金色の瞳。

「狼さん……？」

「ウウッ！」

黒い狼は静かな声で唸《うな》ると、私の体の下に頭を突っ込もうとしてくる。

「あっちにもいない！　まさか、森の方へ行ったのか!?」

「急げ！　森に入られれば見つけにくくなる！」

「絶対に見つけるんだ！」

バタバタと、足音が続く。

「ウウッ！　ウワオーーーーン！」

私を励ますかのような大きな遠吠えだった。

「なんだ⁉　まさか、獣⁉」

追手の怯《ひる》んだような声と共に足音が僅かに止まる。

私は必死で狼の体に縋りついた。

黒い狼は首元にしがみつく私を身じろぎひとつで背中に乗せ、森に向かって一気に走り出した！

「怯んでる場合か！　急げ！　行くぞ！」

「いや！　こっちにもいない！」

「まさかもう森に入ったのか⁉」

「でも一人で森の奥に入って生きて出られるとは思えない」

「さっきの声……獣に食い殺されて終わりなんじゃないか？」

「とにかく、夜の森には入れない！　他の場所を探すぞ！」

声のしている場所が、どんどん遠ざかっていく。

――黒い狼さん、私を、助けに来てくれたの？

すごいスピードで走っているのは分かるのに、全く落とされる感じがしない。しがみついているとはいえほとんど力が入らないのに。何かにしっかり支えられているかのような安定感だった。

それに、風も全く感じない。それどころか少しだけ体が温かくて、まるで何かの膜に覆われて体を守られているようだ。

安堵《あんど》と疲れと、非現実的な状況に、どんどん瞼が開けていられなくなる。ああ、まるで今日起こったすべてのこと、悪い夢だったみたい。

そしてそのまま、意識が――。

私はまた、気を失ってしまった。

だから気がつかなかった。優しい声が、私を守るように囁いていたこと。

「今度は僕があなたを、助けます――」

第三章

「――ろ」

温かい光景が遠くなっていく。

「――きろ、――――」

誰？　私ちょっとまだ眠いんだけど。

「――きろ、――…ナ！」

うーん、あと五分だけ、寝かせてよ――……。

あと五分したら、ちゃんと起きるからさ。

「――起きろ！　メルディーナ！」

大声に導かれるように、一気に意識が覚醒する。

どうやら私は夢を見ていたらしい。体を揺さぶられていたようで、掴まれている肩が少し痛い。

目の前には、視界いっぱいに私を睨みつける人。

「え……？　お兄、様………？」

「お前は！　一体何をして捕らえられたんだ！」

働かない頭で辺りを呆然と見渡す。

広く清潔なベッドの中にいるようだけど、この部屋は見たことがない。セイブス王国の客室よりよほど広い部屋。ここは……どこ？　私はどうしたんだっけ？　眠りにつく前のことがよく思い出せない。

「いたっ……」

お兄様の迫力に、思わず身じろぎして背中が痛んだ。背中と言うより全身がなんだか痛い。その痛みが呼び水になって、頭が冴《さ》え、記憶の整理がついていく。

そうだ、私はリリーに嵌《は》められ冤罪をかけられ地下牢に捨て置かれた。そして、衛兵に助けられて逃げ出して、森の前で黒い狼に助けられて――それからどうなった？　狼さんはどこにいるの？

「お兄様……何が何だか……ここはどこですか？」

「ここはどこ、ですって？」

答えたのは兄ではなかった。子供特有の甲高《かんだか》い声。

いつの間にか、部屋の中に小さな女の子が立っていた。

お兄様が慌てて私から体を離し、その場に跪き少女に向かって礼をとる。

何が何だか分からないままに、咄嗟に私も礼をとろうとした。しかし体が痛み、瞬間的に硬直し動けずにいる。

「ここは誇り高き獣人の国、アーカンド！　お前のような人間が今ここに存在することすらおこがましい場所よ！」

「ここは、アーカンド。アーカンド……？」

アーカンド。一度は来てみたいと憧れた獣人の国。信じられない言葉に、思わず口に出して繰り返す。こちらを睨む少女の透き通るような黄色の目がより鋭くなった。落ち着いて見ると、その少女の頭には獣人の証である獣の耳が……。

この子、獣人なの？　では本当にここはアーカンド？

「罪人はいつだってそうやってとぼけるのよ！　いい、分からないと言うなら教えてあげるわ！　お前は許可証もなく我が国に侵入した犯罪者！　……楽に死なせてもらえればいいわね！」

何が何だか分からない。反応できない私の代わりに、兄がより深く頭を下げた。

「王女殿下！　我が国の人間が申し訳ありません！」

少女――王女殿下が言葉を続けようと口を開いた瞬間、また別の声が部屋に響く。

「ジェシカ。ここで何をしている？」

声の主は部屋の扉に体を預けるようにして立っていた。すらりと背が高く、体格のいい体。さらりと靡《なび》いた漆黒《しっこく》の髪と、同じ色の耳と尻尾。何よりも美しいのが、金色に煌《きら》めく瞳……まるで、私の大好きな黒い狼さんのよう。あの子がそのまま人間になったとしたら、こんな感じかしら？　美しい男の人だった。

思わず見惚れた。

「ふん！　ただ様子を見に来てやっただけですわ！」

ジェシカと呼ばれた王女は先ほどとは少し違った口調でそう答えると、部屋を足早に出ていった。

「なんだ……？　まあいい」

こちらに向き直った獣人の男性に、ハッと我に返る。

その人はお兄様には目もくれず、じっと私を見つめている。

さっき、王女殿下は私を犯罪者だと言った。

「私があなたを見つけ、ここまで連れてきました。どうやら国王はあなたを受け入れるつもりのようだが、他の貴族たちは皆反発しています。当然だ……私が愚か者の目を覚まさせましょう。楽しみにしていると良い。ここにいるのも、あと少しです」

そういうと、彼は一度だけ兄の方を見て、すぐに部屋を出ていった。後にはお兄様と私だけが残された。

——何が何だか分からない。黒い狼さんはどうなったの？　なぜ、お兄様がここにいるの？　だけどひとつだけわかるのは。どうも私はここでも犯罪者として扱われているらしい。『愚か者の目を覚まさせる』それはつまり、私を受け入れると血迷ったことを言う国王を説得するということ……？

お兄様が体をぶるぶると震わせ、もう一度私につかみかかった。

「お前はなぜここにいる？」

聞いたことがないほどの兄の低い声に、思わず身震いし、逆らえず、私は覚えている限りのことを話した。お茶会のこと。聖女殺害未遂の罪を問われたこと、地下牢で死にかけながら逃げ出したこと、狼に助けられ、目が覚めるとここにいたこと——。

兄はわけがわからないと数回頭を振り、私を睨んだ。

「とにかく、お前はここでも命の保証はされていないらしい。お前が死ぬのは別にいい、だがここで罪に問われ処刑となると、調べ上げられ私がお前の兄だとバレる可能性が高い。……そうすれば、きっと私も無事ではいられない」

「そんな……そもそもお兄様はなぜここに？」

「私は外交官だ！　ここアーカンド担当になったばかりのな！」

お兄様がアーカンド担当の外交官？　セイブスがアーカンドとの外交を再開する話があることは私も聞いていた。ただ、とても実現しそうにないただの噂話として……。

「そんなことはどうでもいい！」

声を荒げたお兄様は、私に向かって灰色のローブを投げつけた。

「私に迷惑をかけたくなければ今すぐそれを着てここから去れ！　絶対に捕まるな！　……私の妹だとバレる場所で死ぬな」

冷たい言葉を投げつけられながら、事態が上手く呑み込めないまま。私は追い立てられるようにして慌ててローブを着込み、その部屋を後にした。

ドアの前には誰もいなかった。それどころか、不思議なことに誰とも鉢合わせすることなく、廊下を通ることができる。まだ運は私に味方しているみたい。

とにかく、考えるのは後だ。お兄様の言う通り、このままここにいては犯罪者として裁かれ、処刑される可能性が高そうだ。

――私、なんだか処刑の危機に見舞われてばかりね……。

鉢合わせになりそうになる使用人や騎士らしき人達をなんとか躱《かわ》しながら、どうにか城の外を目指す。当たり前だけど、見かける人は全て獣人だった。

メルディーナを追い出し、部屋に一人残った兄のイーデンは大きく息を吐いた。

彼女は気づかなかっただろうが、あのローブには認識阻害の魔法が込められている。アーカンドを担当し正式に国に滞在する許可を貰っている自分でも、街中を普通に歩くことはできない。獣人側からしても、人間はいまや嫌悪の対象だ。

あのローブは、人間がこの国を歩くには必要なものだった。

（メルディーナ、無事に生き延びてくれ……）

メルディーナは知らない。傷つけるような冷たい言葉で彼女を怒鳴りたてたイーデンが、本当はどんな気持ちでいるのか。

やがてしばらくすると、メルディーナが美しいと見惚れた男が部屋に戻ってきた。その男をイーデンは知っている。

獣人の国、アーカンドの第二王子。リアム・アーカンド。

部屋にイーデンしかいないことに気付き訝《いぶか》し気《げ》にこちらを見たリアムに向かって、イーデンは地に伏すように跪き、頭《こうべ》を垂れた。

「――アーカンドの誇り高き第二王子殿下。どうか、あの子を見逃してはくださいませんか。あの子は私の愛する、大切な妹なのです。……代わりに私の首を捧げます。それでどうか、許してはくださいませんか」

メルディーナは、怒りと無関心に装い隠された兄の深い愛に、気付いていていない。


イーデンは思い出す。それは春の温かい昼下がりのことだった。後で聞いた。不思議なほどに美しくたくさんの花が咲き、国の記録に残るほど、実りの多い年だったらしい。

「イーデン、あなたの妹のメルディーナよ」

「メルディーナ?」

覗き込んだ母の腕の中の小さな赤ん坊。

「たくさん愛してあげてね、お兄ちゃん」

母の言葉に、四歳だった素直な自分は『この子を一生守ってあげよう』と、騎士《ナイト》気取りで誇らしく思ったことを覚えている。

メルディーナは本当に可愛い妹だった。母にそっくりなハニーブロンドの髪に、紫色の瞳。存在自体が愛らしいのに、見た目も天使のようだった。

(メルディーナは、僕のお姫様!)

彼女が生まれてくる前は母がとられてしまうのではないかと心がささくれ立ったこともあった。けれど、出会った後にこの妹を疎《うと》ましく思うことは一度としてなかった。

いろんな事が変わってしまったけれど、それだけは今に至るまで変わらない。

「にいに!　メウ、にいにとあしょぶー!」

「いいよ！　メル、にいにと遊ぼう！　何しよっか？」

小さくて自分のことを『メル』ともちゃんと言えない可愛くて愛《いと》しい妹。メルディーナはいつも兄である私の後をついて回り。何をするにも一緒にやりたがった。

「イーデン、あなたはいいお兄ちゃんね。妹を大事にしてくれてありがとう」

「母上！　僕こそ、可愛い妹を産んでくれてありがとう！」

「まあ、うふふ」

いつも優しく微笑《ほほえ》み、自分と妹を見つめる母。

「おいで、イーデン。いいかい、兄はいつでも妹を助けるものだ。何かあれば、お前がメルディーナを守るんだよ」

「はい、父上！　もちろんです！」

父が私にそんなふうに言ったのはいつだっただろうか。母との思い出は暖かく鮮明なのに、優しかった頃の父との時間はまるで自分が作り出した夢の話のように霞がかかっている。

そんな幸せな毎日の中。一番最初に変わってしまったのは、エリックが産まれて守るべき存在が増えたことでも、母が亡くなり、いなくなってしまったことでも、父が悲しみに溺《おぼ》れ変わってしまったことでもない。

最初に変わったのは、私の心だった。

メルディーナが初めて治癒能力を使ったのは、エリックが産まれて少し経った頃。

小さなメルディーナよりもっと小さなエリックがやっと歩けるようになった頃、転び、膝《ひざ》を擦りむいた時だった。あれはメルディーナが二歳の頃だったろうか。

「わあ、エリック。痛いねえ。ねえねが治してあげる！」

小さな手をかざしながら、怪我に驚き泣きじゃくるエリックに、にこにこと覚えたばかりの歌を歌ってあげながら。

優しく温かい光がエリックの膝を包み込んだと思ったら、もうケガなど跡形もなく綺麗に消え去っていた。

母は驚き戸惑い、父は喜びメルディーナに期待した。

何も分からないエリックは、それでも自分の痛みを消し去った姉により一層懐き、いつでも後をついて回るようになった。

私は――。

「イーデン、焦らなくていいのよ。あなたはまだ六歳。十歳になるまで魔法に目覚めない子供もたくさんいる。それに、もしも魔法が使えなかったとしてもあなたが優しくて愛情深い私たちの大事なイーデンであることは変わらないわ」

私は魔法の使えない子供だった。母は慰めてくれたが、内心の焦りを隠すことはできなかった。

やがてメルディーナは、私達の幼馴染の一人でもあったクラウス殿下と婚約し、輝かしい道が約束された少女になった。

エリックも四歳でなんと四属性の魔法に覚醒し、我が家に天才がもう一人いたと一層父は喜んだ。

きっと、当時の父に他意はなかったと思うが、魔法が使えない私の心は、徐々にささくれ立っていく。

（メルディーナは治癒能力を使える。エリックは四属性。僕だけが、無能）

あんなに愛おしく、いつだって一緒にいたメルディーナの前で、上手く笑えなくなった。

『お前の治癒が今使えれば……肝心な時に役立たずめ……！』

誰もが悲しみに暮れる中、父がメルディーナに言い放った呪いの言葉。

信じられるか？　あれほど愛しいと、自分が守るのだと心に決めた大事な妹。

あの瞬間、私の心には、ほんの少し喜びが灯ったのだ。父の言葉で、彼女が無能の烙印《らくいん》を押された瞬間、「これで無能は私だけじゃない」と。そして同時に絶望した。

愛する妹。こんなにいいにでごめん。

より一層、メルディーナの前でどうすればいいか分からなくなり、私は彼女から逃げたのだ。

それは、あの子が父や婚約者に蔑ろにされようと、弟や心ない周りの人間に馬鹿にされようと、変わらなかった。ただ、心の中で謝り、無関心を装い距離を置く日々。

（どうせ、無能な私にはメルディーナを救い上げる力などない。それなら……私など側にいないない方がマシだろう）

ただの言い訳だと分かっていた。けれど、一度違《たが》えた道を正しい道に戻すのは難しかった。


（メルディーナの治癒の光、私は今でも覚えている。泣きたくなるほど、温かい光だった）

治癒能力がなくなっても、誰に馬鹿にされ、蔑ろにされようと、メルディーナはあの時のようにいつでも温かく光る、太陽のような女の子だった。

愛する私の妹。

頭を垂れたまま、過去に思いを馳せる。どうか彼女が生き延びられるように。どうか私の首で許してもらえるように。

しかし、頭上からかけられた言葉は予想外の物だった。

「……何か誤解があるようですね。しかし、やはり優しい彼女の兄は優しく温かい人物だったようだ。私の目は正しかった。――顔を上げてください。あなたのことも、もちろん妹君のことも、害する気持ちなど全くありません」

「……え？」

思わず顔を上げた私に向かって、リアム殿下は優しく微笑み、頷いた。

「自分の首をためらいもなく差し出そうとするなんて。さすが、傍から見ても分かるほど、強い守りの魔法を持つ者ですね。あなたの魔力には愛が溢れている」

「………………？」

守りの、魔法？

「……まさか、ご自分で気づいていないのですか？　あなたは眩《まぶ》しいほど温かい、稀有な防御魔法を持っている。それほど守りの力が強ければ、恐らく属性魔法や攻撃魔法などは一切使えないのではないですか？」

防御魔法など聞いたこともない。我が国で魔法と言えば四大属性を代表とした攻撃魔法だ。メルディーナの治癒の力は特別だった。

――私も、魔法を持っている？

呆然とした私に我に返るより早く、打って変わって焦ったような声をあげるリアム殿下。

「それで、誤解は解けたでしょうか？　今、メルディーナ嬢はどこに？　まだ体も万全ではないでしょう。すぐに戻られますか？」

リアム殿下がメルディーナを心配しているその向こうで、扉の陰に隠れるようにして、血の気の引いた顔のジェシカ王女殿下が立ちすくんでいた。


王宮を後にした私は、ローブを羽織り、人の目を避け歩いているうちに人通りの多い街中に出た。追手でなくともこんなに人が多い場所で私が人間だとバレたら大変なことになる！　そう思い、フードを目深にかぶり俯いたまま、とにかく必死で歩く。

セイブス王国が獣人を嫌うように、獣人も人間を嫌悪していることは私も知っている。そもそも、お兄様がアーカンド担当の外交官になったなんて今でも信じられない話なのだ。

あれほど獣人や動物を忌み嫌っているのに、どうして外交官をアーカンドに派遣することになったのだろうか。そこまで考えて、ふと気づいた。――ひょっとして、お兄様だから？

外交官とはいえ、魔法を使えないお兄様の立場は、私と同様あまりいいものではない。もしやアーカンドは体のいい閑職なのでは……？

頭を振って考えるのを止める。今はそれどころじゃない。

魔力温存のために今の私は認識阻害の魔法も使っていない。それなのに……驚くほど誰の目にも留まらない。私はそっとローブに触れる。ひょっとしてこれ、認識阻害の魔法がかかっている？

「お兄様……」

お兄様は大丈夫なのだろうか。

（……メル、これからどうするつもりなの？）

牢で私を励ましてくれた声が再び頭に響いた。

（ロキ！　あなた大丈夫なの？）

（俺よりメルの方が大変だったろ……もう大丈夫だよ。メルが大丈夫なら俺はいつも大丈夫だ）

よかった……。また全然声がしなくなっていたから不安だった。ロキの聞き慣れたその声に、緊張しっぱなしの体からほんの少しだけ力が抜ける。体が軽くなるようだ。

――というか、本当に体が軽い？　まるで酸素の薄い高い山から下りてきたかのように、息がしやすい。眠っていたことで多少なりとも体の疲れが取れたからかな？

ほんの少し顔を上げると、ローブから覗く視界の中に、行きかう人々の足元と、いろんな形の尻尾が見える。その光景にここが獣人の国であると実感する。

とにかく、どこか安心できる場所に辿り着くまでは色々考えるのは止めておこう。

（メル、どこに行くの？）

（どこに行けばいいと思う？）

……黒い狼さんはどこに行ったんだろう。

私を助けてくれた狼さん。きっとあの後、気を失ってしまった私をアーカンドまで連れてきてくれたんだろう。恐らくアーカンドについた後、あの城で会った男の人に見つかり罪人として城に連れていかれたはずの私。狼さん、私が見つかる前に立ち去ってくれていたらいいのだけど。

（うーん、森とか？　それならここより安全だろ？）

ロキの言う通りだ。今はまず安全を確保したい。

（だけど、どっちに行けばいいか分からないわ）

（俺、多分分かると思う。メル、顔を上げてみて。そのまま右の方角だ）

（どうしてわかるの？）

（空気が違うから。セイブスにいた時より体が軽くない？　これ、瘴気がここの方が薄いからだ。きっと妖精が多いから瘴気が溜まりにくいんじゃないかな。そしてあっちの方がもっと薄いから、多分森か草原なんかがあると思う）

――妖精？　というかロキ、瘴気の濃さなんて分かるの？　体が軽いとか息がしやすいとか、気のせいじゃなかったんだ……？　森や草原の方が瘴気が薄いなんて話も初めて聞いた。

聞きたいことはたくさんあるけど、とにかく今は見つかる前に早く姿を隠そう。

たくさんの獣人たちの、明るく快活な声を聞きながら、私は歩みを速めた。


ロキに導かれるままに歩いていくと、段々と街中から外れ人がいなくなっていき、自然の多い場所に出て行った。そのまま止まらずに歩き続けるうちに。

「森に出たわ……」

そこは、セイブス王国に面した場所よりもずっと木々がひしめき合っていて、まるでその森全てが緑の神殿であるかのように神聖な空気を感じる場所だった。

（すごい……こんなに瘴気を感じない場所、随分久しぶりだ）

そうなの？　目に見えるほど濃い瘴気以外、私には分からないからなあ。と、思っていたら。

（何言ってるの？　メルだってめちゃくちゃ感じてるだろ？　アーカンドは息がしやすいって言ってたじゃないか。ここ、すごく体が軽く感じない？）

（……そう言われてみれば）

そうと認識していなかっただけで、私も瘴気の濃淡の影響をばっちり感じているらしい。

（精霊の俺と繋がれるほどメルの魔力は強くて清いから、多分他の人よりずーっと影響を感じやすいと思うよ。セイブスではかなり苦しかっただろ。ただでさえあそこの妖精たちをメルが一人で生かし続けてたんだし。――ほら、呼んでる！　森へ入ろう！）

（えっ、今なんて言った？）

（早く！　とにかく森に入りたい！　行こ！）

ちょっと待って？　なんだかまた聞き捨てならないことをいっぱい言われた気がするんだけど？

というか呼んでるって何？

ロキを問いただしたかったけれど、瘴気の薄いこの森の空気に興奮しているのか、明らかにはしゃいでいて全然話にならない。仕方ないので、とにかく何もかも落ち着いてからだ！　と森に足を踏み入れる。

「――っ⁉」

数歩森の中に足を踏み入れた時のことだった。踏みしめた草が生い茂る地面に、ぶわわっ！　と次々に花が咲いていく！

「えっ⁉　なにこれ……？」

「メル！　皆がメルを歓迎してる！　メルが来て嬉しいんだよ」

「ロキ⁉」

私が思わず目を丸くしたのも無理はないと思う。

「どうした？　そんなにぽかんと口をあけちゃって？」

「あなた……」

「あれっ？」

何かがおかしいと気付いたロキもじっと私の目を見つめた。

そう、目を見つめているのだ。

キラキラと木の隙間から洩れた日の光を浴びて白銀の髪も、髪とよく似た色の瞳も輝いている。

ずーっと前に見たきり、全然変わらない綺麗な色。数年ぶりに見る、それでも少しも忘れられなかった、ロキの姿。

――えええええっ⁉　私今、ロキの姿が見えてる！

「メル？　もしかして俺のこと見えてる？」

私と同じように目を丸くしたロキの言葉にコクコクと何度も頷《うなず》いた。目を見つめたまま、ロキがおそるおそる近づいてくる。

相変わらず私の顔くらいの大きさのロキが鼻先まで近づいてきた。それでも視線が合ったままなのを確認すると、ロキはぱっ！　と満面の笑みを浮かべて勢いよく私の顔面に飛びついた。

「ぶっ⁉」

「あ、ごめん、嬉しくてつい」

鼻が少し潰れたかもしれない。

「私も嬉しい！」

赤くなった鼻を押さえながら、思わず声が弾む。

嬉しい嬉しい！　こうしてまたロキの目を見て話せるなんて……！

でも、一体急にどうしてロキが見えるようになったのかしら？

「瘴気が薄い場所に来て、使った分の魔力と、ずっと使ってた分の魔力が全部戻ってきたからかな？」

ロキはなんでもないように言うけれど、もう我慢できないぞ。

「ねえ、さっきから何度か引っかかる言葉があるんですけど。使った分の魔力は分かるけど、『使ってた分の魔力』って何？」

ロキはもう一度勢いよく飛びついてきた。

「ぶっ！」

「メルディーナ、まさか、無意識だったの⁉」

視界いっぱいに広がったロキの小さな顔が驚愕に染まっている。「全部自分の意志でやってるのかと思ってた……」なんて言いながら。

「だから、何の話なの？　私にはさっぱり。ちゃんと全部説明してよ」

「あ、ああ。ごめん、驚きすぎて……まさか、妖精も分からない？」

「ロキは精霊よね」

「わあああ。確かに一度も説明したことない気がするけど。知ってると思ってたから……正確には妖精も精霊も一緒だよ。すっごく簡単に言うと、上位精霊をそのまま精霊、下位精霊を妖精って言ってるんだ」

ロキは木の幹が大きく地面から浮き出ている場所に私を促し座らせた。

「セイブス王国には瘴気が溜まり過ぎてるんだよ、妖精たちが長くあの場所にいれば息が出来なくて死んじゃうくらいにね。俺はメルと繋がってるから大丈夫だったけど。……メルは、そんな死にかけの妖精達にずーっと、何年も自分の魔力を与え続けて生かしてたんだよ」

「ずーっと？」

何年も？　妖精がいることにすら気づいてなかったのに？

「そう、何年も」

メルの決めたことを否定してると思われたくなくて今まで何も言わなかったのに。そう続けながらロキは迷いなく頷いて見せたけど。なんだかピンとこないんだけど……。

うーんと唸っていると、ロキは不思議そうに首を傾げた。

「そもそも、俺と出会ったばっかりの頃は妖精達とも遊んでたじゃないか」

「えっ？」

「あれ？　覚えてない？　んー、メルはまだ小さかったし無理もないかー」

聞けば聞くほど、覚えがなさ過ぎて本当に私のことなのか疑問に思えてくる。特に……私が妖精たちに魔力を分けていたなんて。

戸惑う私をよそに、ロキの爆弾発言は続く。

「多分こ、の、中、に、もメルと遊んだことあるやつ何人もいると思うよ？」

――この中にも？

ほら、と私の顔の前から身を翻して、ロキが森の方へ振り向く。

私が視線を向けるのを待っていたように、近くから遠くへ向けて順々にぽぽぽぽっ！　と色とりどりの花がそこかしこに咲いていった。花の、甘く優しい匂いが広がっていく。

「うそ……」

そして、いた。花の陰から、次々と小さなその姿を覗かせている。そわそわとこっちを見つめて様子を窺《うかが》っている。ロキよりもっと小さくて、なんだか頼りなげな様子のその子達。ロキのように銀色ではなくて、自分の隠れた花と同じ色にほんのりと発光している。

思わず立ち上がり、一番近くにいた子の方に近づいて行く。そっとしゃがみ視線を合わせると、その子はびくりと体を震わせ、花の陰から上目遣いで私を見つめた。

「えっと……こんにちは？」

その瞬間、不安そうだったその妖精がぱっと明るい顔になり、花の陰から出てきた。

――と、それに続くように、あちこちから一斉に妖精たちが私の周りに集まってくる！

「わわ！」

「はは、皆嬉しそうだね！　ちなみに妖精は言葉を喋《しゃべ》れないけど、メルの言葉の意味は分かるよ」

確かに、みんな目が輝いていて。す、すっごく可愛い……！

まるでこっちこっちと言っているみたいに妖精たちが私をチラチラ見ながら移動するので、とりあえずついていく。

り。

「これくれるの？　食べられるってこと？　ありがとう！」

木に生《な》っている見たこともない果物を食べてみて！　と渡されたり。

「わあ！　こんなお花初めて見た！　こっちも！　すごく綺麗だね」

こんなこともできるよ！　とでもいうように自分と同じ色のいろんな花を咲かせて見せてくれたり。

にこにこと嬉しそうにあっちへこっちへ連れて行っては色々なものを見せてくれる妖精達。

どんどん森の奥深くへ入っていき、同時にどんどん息がしやすく、体が軽くなっていく。まるで羽が生えたみたい。今なら空も飛べそうなほど。これが本来の状態なの？　何年も瘴気が濃くて体が重く感じていたから、今こうやって感じるだけ？

体が軽くなるほどに、今までがおかしかったのだと、セイブス王国に瘴気が溜まりすぎているのは事実なのだと納得していく。

いつの間にか、ひらけた場所に出ていた。黒い狼さんと会っていた場所とは比べ物にならないくらい、大きな泉がある。

その畔《ほとり》を取り囲むように鮮やかな花々がたくさん咲いていて。もちろん妖精達もたくさんいた。

ずっと私を導いてくれていた子たちが、まるで「ようこそ！」と言っているように前に躍り出てにこにこと笑った。嬉しそうに辺りを飛び回る。

泉の側にいた妖精もどんどん私の周りに集まり、また私を泉の方に連れて行こうとする。

「ふふふ、くすぐったいよ、ちょっと待って」

微笑ましい光景だ。妖精達の放つ柔らかな色に包まれて、まるで夢を見ているみたい。

ロキの周りにも妖精たちが集まって何かを話している？　なんだかロキがお兄ちゃんに見えてきた。うーん、精霊は妖精の上位の存在だって言ってたし、あながち間違ってないのかも？

——お兄様、どうしているかな？　私がいなくなった後、どうなったんだろう。……無事でいるだろうか。

不安がよぎり、顔を上げ現実に引き戻されるように遠くへ視線を向けた。咄嗟に体が硬直する。泉を挟んだ向こう側に……真っ白な、前世で言うライオンのような獣が寝そべっていた。

「……ホワイトライオン？」

遠目でも分かる。すっごく大きい。私を背に乗せて走ってくれたあの狼さんよりもずっとずっと大きい。思わず漏れた小さな呟きだったのに、私の声に反応するように、ライオンが頭を上げこちらを見た。

その視線にひれ伏すように、周りを自由に飛び回っていた妖精たちが一斉に地に降り、頭を下げた。

圧巻だった。

ロキだけが、私の側に戻り寄り添うように肩に触れた。

「怖がらなくて大丈夫だよ？」

……ううん、怖くなんてない。なんて……なんて綺麗なんだろう。

あまりの感動に、言葉が出ない。

呆然と突っ立ったままの私を眺めながら、ライオンは体を起こし座りなおす。その動きのひとつひとつがすごく優雅で……見惚れ続ける私に、ライオンがゆっくりと口を開いた。

「――名を」

しゃ、喋れるの⁉

口をあんぐりあけた私に、白いライオンがもう一度言った。

「名を」

あ！　そうだった、名前を聞かれたんだよね？　混乱した頭でなんとか理解する。

妖精たちに倣って私もその場に膝をついて頭を下げながら。

「私はメルディーナ・スタージェスと申します……あなたは、神様ですか？」

白いライオンは吠えるように笑った。

だってあまりにも神聖なんだもん……。神様が顕現したのかと。

「メルディーナ、私はあなたのことをよく知っている。名を聞いたのは、教えられなければ呼べない掟《おきて》のため。――こちらへ」

戸惑う私をロキが引っ張る。ライオンの元へ。泉がでかくて周りをぐるりと遠回りだ。

すぐ側までいくと、ライオンは笑った……ように見える。ともすれば禍々《まがまが》しくも見えそうな大きな赤い瞳が優しく細められている。

「メルディーナ。よく来たね。私の……そして、精霊たちの愛し子」

愛し子？　私が？　聖女リリーじゃなくて？

「私の名はリオアンシャープス。獣人は私を森の守り神と呼ぶ。人に言わせれば聖獣だろうか」

「聖獣様……」

確かに、ものすごく神聖な力をびしびしと感じる。ロキや妖精たちから感じる淡い光をうんと集めたような……。普通の魔力？　とは少し違うような。

「ここにはあなたを害する者はいない。ここにいればあなたは守られ強くなり、あなたがいれば妖精たちも力を増す。歓迎しよう」

こうして私はリオアンシャープスこと、リオ様の許しを得てこの『守りの森』への滞在を正式に許された。


なんと、リオ様はご自分の子供を……聖獣の宿るタマゴを温めていた。

ライオンなのにタマゴ？　とびっくりしたけど、正式にはライオンではないらしい。普通にお腹の中で育てて産むこともできるらしいけど、そうすると普通の動物になるんだって。不思議。

タマゴとして命を産み、長い月日をかけて聖獣としての魔力を注ぎ、力を蓄えさせた子供、そうして初めて次代の聖獣が生まれるんだとか。

「それも知らなかったの？　メルって意外となにも知らないんだな……」とロキは呆れ顔だったけど、そんなこと多分人間は誰も知らないよ……。少なくともセイブス王国では知られていない。動物との繋がりが薄いまま何年も過ごすことで、そういった知識を失っていったということだろうか。

ちなみに、瘴気を多く吸いすぎた獣がそれでも死なずに生きながらえると、稀にそのまま魔落ちしてしまうらしい。それが魔獣。瘴気から生まれた生粋《きっすい》の魔物とはまた全然別の存在なんだとか。

何もかも知らないことばかりなんですけど。

リオ様はタマゴを守る間、自由に動き回ることが出来なくなる。四六時中魔力を注いでいるから、森の守りも少し弱まってしまうんだとか。

「あの……もし分かれば教えてほしいことがあるんです。リオ様は私のことはよく知っていると言ってらっしゃいましたよね？　遠くの出来事が見えているということですか？」

「見えているというよりも、妖精たちが見たもの聞いたことを私も知ることができるのだ。守りの森で生まれた妖精は私の子供同然。妖精は見えないだけでどこにでも存在しているからね」

「それなら……兄はどうしていますでしょうか？　私の兄……アーカンドの王宮で私を逃がしてくれたきりなんです。無事でしょうか」

ずっと気がかりだった兄のこと。

「ふむ。瘴気が濃くなっていてあまり詳しくは見えないが……無事でいることは間違いない。心身ともに健やかでいることはわかる」

ちなみにセイブス王国のことは、あまりにも瘴気が濃くなりすぎて何も見えないらしい。

とりあえず、お兄様が無事でいることさえわかれば十分。私は当面の間、身を隠すため、そしてリオ様と次代の聖獣の誕生をお手伝いするためにこの森に留まることに決めた。


「まだ彼女は見つからないのか？」

アーカンドの城内ではリアムが頭を抱えていた。今日の報告を終えた兵たちが退室する。

「リアム殿下……私の誤った判断によりお手を煩《わずら》わすことになってしまい申し訳ありません」

頭を下げるのはメルディーナの兄、イーデン。

「いや、頭を上げてください。あなたは何も悪くない。まさか……ジェシカがあんなことを言うなど思いもしなかった。こちらの不手際《ふてぎわ》です」

そう言いながらも、ため息をつくのを止められない。

冤罪であわや処刑という場面で、毒で体力も気力もそがれたまま、命からがら逃げのびたメルディーナ。生きたいと、必死で縋りついて……どうにか救い出すことが出来た。あと少し遅ければどうなっていたか分からない。

そんな彼女に、リアムの妹王女・ジェシカは、あろうことか死を引き合いに出し、脅すような言葉を投げつけたらしい。幼くともジェシカは王女。獣人の国に馴染まないイーデンとメルディーナの二人が、その言葉を信じるのも無理はない。

(むしろ彼女に、自分の命を投げうってでも救おうとしてくれる味方がいてくれると分かったのはよかった)

ジェシカは今、自分のしたことを自覚し怯《おび》え、自室に閉じこもっている。

問題は、今も彼女が見つからないこと……。

「リアム、ごめんね、こんな時に僕が役に立たなくて……妖精たちが皆すっかり心を隠してしまった」

耳元にそっと近づく小さな存在。リアムの幼い頃から側にいる、いわば相棒だ。

「いいんだ。妖精がお前に何も教えてくれないということは、きっと彼女は無事ということだろう」

「……?」

ブツブツと呟くように話すリアムの様子に、イーデンが不思議そうに首を傾げる。彼にはリアムが話している相手が見えていないのだ。

今は無事だろう。リアムはそう思うも、だがここは人間といまだ関係の良くない獣人の国。どこでどんな目に遭ってもおかしくはない。早く……彼女を見つけなければ。

守りの森に入って一週間が過ぎた。

ちなみに、滞在初日にリオ様に黒い狼さんのことも聞いてみたけど、

「ここにはいないが心配ないよ。それに、慌てなくとももうすぐ会えるだろう」

と、まるで予言のようなことを言っていた。

リオ様に温かく見守られ、毎日ロキの顔を見ておしゃべりし、妖精たちに囲まれて過ごす。そんな毎日のなんと平和で幸せなことか。

このまま、リリーやゲームのことなど忘れてゆったりと生きていけたらと思ってしまう。

すでに私はセイブス王国、つまりゲームの舞台から退場した。私のことなど死んだと思ってくれてればいい。そうすれば……イベントの舞台装置なんて馬鹿げた未来を迎えずに済むんじゃないのかな？　なんて、ふとした瞬間に考えてしまう。攻略の進行状況など、少し気になるけど。考えたって仕方ない。

守りの森にいるのは、リオ様や妖精たちだけではなかった。

「ほーら！　順番に、ね？　時間はたっぷりあるんだから慌てないで！」

毛並みを整えてやる櫛《くし》を手にした私に我先にと群がるのは、この森にすむありとあらゆる動物たち。グレーの毛並みが美しい狼や、小さなウサギやリス。小鳥もいればクマもいる。

クマ⁉　と最初はびっくりしたもんだ。

食べられる！　と身を固めたのは一瞬。咄嗟にギュッと瞑《つぶ》った目を恐る恐る開けた視界に飛び込んできたのはなんともメルヘンな光景。クマの肩に小鳥が止まり、頭にリスが乗って、足元ではウサギがスリスリと体を擦りつけていた。絵本の世界なの？

いたずら好きのリスや食いしん坊でよく食べ物の取り合いをしているウサギよりこのクマちゃんの方がよっぽど大人しくておっとりしている。

「ははは！　この森にはずっと瘴気を払う神聖な魔力が漲《みなぎ》っているからね。取り込む体が大きな方が聖なる存在に近いのさ」

驚く私にリオ様は笑って教えてくれた。どうりでリオ様は規格外のでかさだ。さすが聖獣様！

クマは自分に比べて随分小さな私に、跪くように顔を近づけて頬ずりをしてくれた。ゴワゴワしているかと思ったけど、聖なる力のおかげなのか？　毛並みがすべすべでふわふわのラグに触れているような感触だった。や、やみつきになりそう……。

ちなみに妖精やロキのような精霊は存在そのものが聖なる者なので動物とはまた違うんだってさ。

「俺たちはサイズじゃなくて、うーんそうだな、言うなれば純度と密度かな？　聖なる力を溜めて溜めて、パンパンになってもう入らない――！　ってなった妖精は精霊になれる」

つまり進化するってことね！

「ロキも元は妖精だったの？」

「俺は………」

なぜかロキはそこで首を捻《ひね》った。

「メルと出会うよりずっと前のことを思いだそうとすると、なぜか頭が真っ白になって何も考えられなくなるんだ」

なんだかよく分からないけど、苦しそうにうんうん唸るロキにもういいよと言った。

「ごめんね、ほんの興味本位で聞いただけだったの」

「うん………」

無理に思い出す必要もない。今ロキが私といてくれるだけで十分なんだから。

そうして平和に、暇な時間は動物たちと遊んだり、薬草をつんで薬を作ったりして過ごした。

一度、もっとできることはないかとリオ様に聞いたけど、私がいるだけで少し守りが強くなるからそれで十分だと言われた。私の魔力に触れることで妖精たちは力を増し、それによって森に聖なる魔力がより満ちていく。

愛し子とはそういうものらしい。

「リオ様、タマゴはいつごろ孵《かえ》るんですか？」

「命に関わる時間は分からない。ただ、恐らくもう少しでこの子に会えるだろう」

温かい母の顔だった。

第四章

森には恵みがいっぱいあって、食べる物にも飲み水にも困らなかった。だけど……。

「肉が……食べたい」

「メル？　なんて？」

はっとして口元を抑える。

実はずーっと思ってた。食べる物は基本果物と木の実。水は湧水。ここには川もなくて魚も食べられない。空腹に飢えることはないけど、肉が食べたい！　でも、森の動物たちやリオ様の手前、肉が食べたいなんて言ってはいけないと我慢していたのに……心の叫びがつい口をついて……。

ロキは不思議そうにこちらを見るだけだったけど、リオ様には聞こえていた。

「肉が食べたいなら近くの村に行き、分けてもらってくるといい」

「えっ⁉　お肉食べるのって、いいんですか？」

「いいも何も、今までも食べていたんじゃないのか？」

そうですけど……。なんとなく禁忌なのかなと思ってた。

「守りの森の生き物たちは聖なる存在に近いと言っただろう？　反対に、瘴気のある場所で育った獣は見た目は同じでも存在は全く別なんだよ。お前たちが食べている肉はそういう動物のものだ」

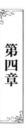

どうも、聖なる存在に近い動物・普通の動物・魔落ちした動物は、似ているけれど全く違う生き物と思っていいんだとか。

人間に育てられた動物はほぼ『普通の動物』に成長するらしく、村には少なからず食用の動物がいるはずだと言っていた。

「メルディーナ自身が瘴気を払う役目をするから多少の肉を持ち込む分には構わないよ」

ということで、私は久しぶりにお兄様に借りたローブを着込む。もちろんフードを被《かぶ》るのも忘れない。……ここに逃げ込んで以来、初めて森から出るのでちょっとだけ緊張する。

ともかく！　お肉を求めていざ出発！


リオ様に教えてもらった村は歩いても数十分という場所にあった。

「森に辿り着くまでにすっかり人気《ひとけ》がない場所になったと思ったけど、少し道を外れるとこんなに近くに村があったのね」

ロキと二人で一番近くの村、ルコロでお肉と私の作った回復薬を交換してもらった。対応してくれたのはルコロ村で羊や鶏を育てているハンナさんという方。

「こんな田舎の村にはなかなか薬師も医者も来てもらえなくてねえ。こんなに助かる物はないよ！」

ハンナさんは猫の獣人らしい。とっても親切な人だった。フードを被ったままの礼儀知らずな私にも何も聞かずに明るく笑ってくれる。

ハンナさんのご厚意に甘えてお茶を頂いていると、にわかに外が騒がしくなった。

「誰か！　誰か来てくれ！」

家から顔を出すと、男の人が顔面蒼白《そうはく》で震えていた。どうやら隣村の人らしい。

「村の皆が……死んじまう！　手を貸してくれ！」

穏やかでない叫びに、私は思わずロキと目を見合わす。

ルコロの男手《おとこで》が数人隣村にかけつけるというので、私もそっとついてきた。

村にはそこかしこに数人が倒れるように転がっている。一体何があったの？

「これは、まさか疫病か？」

集まった男の人たちが倒れている人たちを抱き起こしていき、広い集会場のような建物に運び込んで寝かせていく。

(メル、これ病気じゃないと思う)

(えっ？)

(倒れてる人たちの体に澱みが見えるよ。多分病気じゃなくて瘴気にやられてるんだと思う)

ロキ、なんだかチートになっていくわね……。精霊ってそんなものなの？

だけど、瘴気が原因なら私になんとかできるかもしれない。セイブスの井戸の瘴気を払った感覚はまだばっちり覚えている。そう思い、中心になって動いている男性に声をかけようと近づいた。

「あの……」

しかし、不用意に近づいたせいで、ドン！　っとぶつかってしまった。衝撃に思わずよろける。

「きゃっ……」

「おい、危ないだろ！　今急いでるのが見えねえのか！　――っ⁉　お前……！」

おじさんの驚きの言葉と視線に慌ててフードを押さえるも、遅かった。その視線は私の頭上に向いている……獣人じゃないことがバレた！

「なんで人間がこんなところに！　まさか、お前の仕業《しわざ》なのか⁉　村の皆を殺そうとしたのか！」

私が馬鹿だった。守りの森でゆっくり過ごし、ハンナさんの親切に甘えて気が緩んでいた。

「違います……！　確かに私は人間です。ですが皆さんに害をなすことはしないとお約束します。――だから、私に皆さんの治療をさせてください」

バレたからと言って、このまま見捨てて逃げるなんてできっこない。これだけ村全体が混乱している中で、すぐに私を殺そうとはしないだろう。楽観的過ぎる？　それでも、助けられる人たちを助けないなんて選択肢はない。

男性は、頭を下げた私を強い力で突き飛ばした。

「治療⁉　ふざけるな！　お前のような人間に大事な村の人間を関わらせると思っているのか！この疫病神が！　今すぐここから……俺たちの前から消えろ！」

その声に、周りの獣人たちも私に気付く。このままでは……治療どころじゃない。

（メル、一旦《いったん》引こう。話を聞いてもらうどころじゃない））

（でも……！）

（一旦引くだけだよ。少し落ち着いたらまた来よう。俺だってこんな状態で見捨てろなんて言わないよ）

ロキに促され、私はそっと村を出た。

ルコロの隣村の村長ディックは、深夜遅く自宅に戻り、食事もとらずベッドに横たわった。

村人たちが倒れ始めたのは突然だった。あれは何がきっかけだったのだろうか。

(確か……倒れたやつらはみんな、人の国から仕入れた動物の肉を食ってなかったか？)

人の国と獣人の国は全く交易がないわけではない。食べ物の流通は今も細々と行われていた。

(偶然か？　人の国からの、悪意なのか……それとも、人が耐えきれないほどの瘴気を動物がためこんじまうほど、人の国は澱んでいるのか？)

病気か、瘴気か……。ディックは長くこの村にいる。実は似たような症状は見たことがあった。

その時は確か、瘴気をため込んで魔獣になってしまった獣が襲ってきて……その魔獣が瘴気をばらまいた。その瘴気に動物も獣人もたくさんやられた。何人もが回復の手段がなく死んだ。

最後は王都の兵が魔獣を討伐し、なんとか収まったが……悲惨だった。

これでは今倒れているものたちは助からないかもしれない。

今回、魔獣などの姿は見ていない。昼間、自身が突き飛ばした少女。やはりあの人間が関係しているのか？

夜遅くまで看病し続け、疲労困憊《こんぱい》のディックは思考がまとまらないまま泥のように眠った。

(なんだ……？)

翌朝、ディックは外の騒がしさで目を覚ます。

「ディックさーん！」

口々に自分を呼ぶ声がする。

まさか、誰かが、夜を越せなかったんじゃ……そんな最悪の想像が頭によぎり、血の気が引いた。

慌てて外に飛び出すと、村人たちがわっと自分に駆け寄ってくる。

「ディックさん！」

その顔触れに戸惑いを覚えた。これは……どういうことだ？　集まっている面々の中には、昨日倒れ、今日にも死ぬかと覚悟していた奴までいる。

「お前たち……！　もう大丈夫なのか⁉」

一過性の症状だったのか？　混乱していると。集まった中の一人が声を上げた。

「昨日の……昨日の人間の女の子が皆を治してくれたんだよ！」

「は……？」

ディックはつい間の抜けた声を漏らす。それに気づかず、人々は口々に続けた。

「信じられない力だった……あれは聖なる力に違いない」

「一瞬でさ、すーっと体が軽くなったんだよ！　高い回復薬でもあんなふうにすぐ治らない」

「きっと、あの方は聖女様だったんだ……！」

「私達、あの子のこと酷《ひど》い言葉で追い出したのに、あんな」

予想外のことにディックが呆然としていると、村の子供がその手を引いた。

「ねえ、あの女の子はもういないのかな？　僕、お礼も言えていないんだ……」

ディックは言葉を失った。あの人間の少女が、本当に……？

あの子は確かに言っていた。『私に皆さんの治療をさせてください』と。無関係なのに、罵声《ばせい》を浴びせる自分に向かって頭を下げて。

聖女の慈悲に咽《むせ》び泣く村人たちを前に、ディックは何も言えなかった。

「俺は、恩人に向かってあんな酷いことを言ったのか……?」

獣人の村での事件は呆気《あっけ》ないほど簡単に収まった。

井戸の水が瘴気に冒されていた時は、何度も浄化をかけてやっと払うことが出来た。あの時は不甲斐《ふがい》なさにがっくりしたものだけど、今回は違った。幸いなことに、一回の浄化で苦しんでいる全員の瘴気を取り除いてあげることが出来たのだ。

この森にきて、前よりも力が漲っているのを感じる。不思議な気持ちだけど、とにかく早く楽にしてあげることが出来て良かった。

「メルディーナ、こっちへ来てごらん」

優しい声で呼ばれて、リオ様に近づく。

リオ様はそっと体を傾けズラし、私を招き入れるように微笑んだ。

「タマゴ……」

大きな体で丸まるように寝そべっていたリオ様の体の下に、私が抱えるほどのサイズのタマゴが鎮座していた。

「そう何日も待たず、孵るはずだよ。その前にメルディーナの魔力を注いでやってくれないか?」

「……いいんですか?」

リオ様の、聖獣様の大事な赤ちゃん。私の魔力を、この子に食べてもらえるの?

「お前は私の愛し子。我が最愛の子にもメルディーナの美しい魔力を分けてやってほしい」

真っ白な殻。だけど、まるでシャボン玉のように、表面が虹色に揺らめいて見える。恐る恐る手を伸ばして、そっと触れてみて驚いた。温かくて、ちょっとだけしっとりしている。不思議な感触だ。

私はそのまま、手のひらに感じる温《ぬく》もりに意識を集中させて、そっと魔力を流し込む……。

目も開けていられないほど、真っ白な光が眩しく辺りを包んだ。タマゴが、ごろごろとほんの少し揺れる。

「ありがとう、メルディーナ。この子も喜んでいるようだ。この魔力を目印に外の世界へと導かれるだろう。きっともうすぐ生まれるよ」

離れたところで、風もないのにガサガサと草木が揺れた。

近くでくつろいでいたウサギやリスがさっと姿を隠し、クマや他の動物たちものそりとその場を離れていった。何かが歩いて近づいている? 足音が聞こえる頃には小鳥たちも皆飛び去った。

身構えるも、リオ様はもう一度タマゴを包み込むように丸くなり、悠々《ゆうゆう》と体の力を抜いてリラックスしている。

「どうやら清く澄んだ魔力に導かれたのは我が子だけではないらしい」

茂みの向こうから、ゆっくりと姿を現した大きな黒い毛並み。ずっと見たかった金色の瞳が私を見つめた。……ああ、やっとまた会えた。命の恩人。私を裏切らない存在。

「狼さん……」

ゆっくりと近づいてきた黒い狼は、微笑む私に向かって、くん……と小さく喉を鳴らすように鳴くと、優しく体をすり寄せた。

🐾 🐾 🐾

メルディーナのいなくなった後のセイブス王国では、聖女リリーが王宮に与えられた部屋で侍女も下がらせて一人、顔を歪めて怒りに堪えていた。

「メルディーナ・スタージェスはどこに行ったのよ……！」

聖女毒殺未遂でメルディーナが捕らえられた夜。これで全部上手くいくとあんなに嬉しかったのに。

（まさか、牢から逃げ出すなんて……！　そもそもどうやって逃げたの？　どこに逃げたのよ！）

握りしめた手の中で、クラウスにねだった高級なドレスに皺《しわ》が寄るが関係ない。ドレスはまた贈ってもらえばいいのだ。自分は『聖女様』なのだから。

あの夜、見張りについていたはずの騎士は平民出身の下級兵に職務を押し付け、その平民衛兵達は無様《ぶざま》にも三人全員が眠っている状態で牢の側で発見された。

クラウスがすぐに罪人の逃亡に気付いたようだが、後を追った騎士達もまんまと彼女を見失い、のこのこ戻ってきて宣った。

「あの時、確かに獰猛《どうもう》な獣の遠吠えを近くで聞きました。獣が徘徊する夜の森に入って、無事でいられるわけがありません！　メルディーナ・スタージェスは恐らく食い殺されたことでしょう……」

「おいっ！」

「え？　あっ……！　申し訳ありません！　聖女様の清廉なお心に影を落とすようなことを申してしまいました……！」

清く美しい聖女様の耳に入れるには過激な言葉を使ってしまったと思ったようだが、そんなことはどうでもよかった。

（どいつもこいつも役立たずね……！）

メルディーナ・スタージェスが死んだ？　まさか！　そうであったならどれほどよかったか。

「でも、もしもどこかであの方が生きていて、また私の命を狙ってきたらと思うと怖いのです……確実に安心だという証拠がなければ夜も眠れません」

目を潤ませて、上目遣いで見つめると騎士たちは簡単に沸きたつ。

「ご安心ください！　確かに遺体は見つかっていませんし確実に命を散らしたという証拠は見つかっていませんが、まず生きてはいないでしょう」

「そうです！　万が一あの罪人が生きていたとしても、私どもが必ず聖女様をお護りいたします！」

口々に自分に侍るように近寄り、心底思いやっているような顔をする男たち。

だけど、そうじゃないのだ。そういうことを望んでいるわけではない。この無能たちは、はっき

り『死体が見たい、見つけてこい』と言わねば分からないの⁉

（それに、私に危険が迫った時にはあんたたちじゃなくてクラウス様やニールに守ってもらうわよ）

本心を隠してにっこり微笑む。

「皆さん、ありがとう！　とっても心強いです！」

チヤホヤと甘い声をかける騎士達の向こうで、こちらを見守るニールは複雑そうな顔をしている。

（私の周りに騎士たちが侍ることに嫉妬しているの？　それならそれでもっと感情あらわに周りを牽制してみせなさいよ！）

モブばかりが積極的な現状。こんな状況では満足出来ようはずもない。

クラウスもニールも、確かに自分を特別に思っているだろう。だが、それだけでは満足できない。

本当ならもっと情熱的に自分を取り合い、甘く迫ってくる姿を見れるはずなのに……。

そう、ゲームの世界では確かにそうだった。

（やっぱり、メルディーナ・スタージェスがシナリオ通りに動かないから少しずつ何かがおかしくなっているのね）

本来ならば、クラウスやニールに愛される聖女リリーに嫉妬し、醜い本性をむき出しにありとあらゆる嫌がらせに手を染め、あげく自分を殺そうとする悪役令嬢・メルディーナ。

そんな彼女はなぜか自分に嫌がらせをするどころか、最初からどこか距離を置こうとしているようだった。

（まさか、あの女も転生者なの？）

そんなことを考えるリリーこそ、前世『あなたに捧げる永遠の愛』という、大流行した乙女ゲームにハマった記憶を持つ転生者だった。

メルディーナも転生者だとすれば、シナリオ通りに動かなかったことにも説明がつく。

そのままでも多分、誰とでも結ばれたんじゃないかなとは思うけど……ただのぬるいハッピーエンドなんて物足りないものね。このゲームの何が良かったかを考えてみれば当然でしょ？

『選ばなかった相手もずっと自分を好きでい続けてくれる』という、皆の愛を独り占めしたいという乙女の独占欲を満たしてくれるラスト。そして、聖女として全ての人間に憧れられ、敬われ、大事にされる突き抜けた名声を手に入れられること。

（メルディーナが生きて、そして悪役にならなかった場合……どんなにハッピーエンドだって言ってもきっと私はあの女の陰に埋もれることになるわ）

リリーにはその確信があった。だからこそ、シナリオをもとに戻そうとメルディーナを罠に嵌めるようなことをしたのだ。

あのお茶会の時、もしもメルディーナが自らお茶を淹れると言わなければ、自分が毒を飲んででも罪人にしたてあげるつもりだった。自分は聖女。多少苦しんだとしても、自分に聖魔法を使えば毒で死ぬことなどないと分かっていた。

それなのに……。

メルディーナ・スタージェスはどこかで生きている。リリーには、そのことにも確信があった。

（だって、死んでいれば私にそれが分からないはずがないもの）

どうにか彼女を探し出すことはできないか……。

部屋でじっとしていてもイライラするばかりだ。クラウスの所にでも散歩がてら行こうかしら。

そう思い立ち部屋を出る。

王宮の廊下を歩きながら真剣に考え込むリリーは、攻略対象ニールが自分をじっと見つめていることにも気づかなかった。


森の中で黒い狼さんと再会して数日、狼さんは毎日のように私に会いに来てくれている。

毎日気がつくとやってきて、気が済むまで私の側にいて帰っていく。もう本当にここに住んじゃえばいいのにと思うくらい一緒にいる。私は嬉しいけど……一体どこからきてどこに帰ってるの？


守りの森は平和で、時間がゆっくり流れているようですごく心が安らぐ。セイブス王国にいた頃はいつも悲しみを抱えて、自分をとても不幸だと思っていた。だけど、この場所で落ち着いて考えてみると、どうしてそんなふうに思っていたのか分からなくなる。確かに私は疎まれていたし、辛いことも多かったけれど、そこまで思いつめるほどのことだったのだろうか。そう考える私に、リオ様は呆れるようにため息をついた。

「メルディーナも少なからず、心にも瘴気の影響を受けていたんだ。瘴気は魔力に強く影響を与えるからね。負の感情を強く増幅させてしまう。お前は精霊や妖精たちに魔力を分け与えていて常に魔力が枯渇気味だったからそれくらいですんだんだろう」

「え……？」

「魔力が強いほど瘴気の影響を受けるんだよ。妖精たちは心に影響を受けない代わりに、ダイレクトに命を脅《おびや》かすことになる。人間よりも精霊たちと密接に暮らし、繋がりの強い獣人たちも、今のセイブスでは生きていくことさえできないだろうね」

だから瘴気の少ないこの場所で、私の心は晴れ、再び明るく笑うことができるようになったのだと、リオ様はそう教えてくれたのだった。

……もういっそ、このままゲームの時間軸が終わるまで。ううん、終わった後もここで静かに暮らしていけたら……。

ここでリオ様や、これから生まれるリオ様の赤ちゃん、森にすむ動物たちと毎日のんびり楽しく暮らして、黒い狼さんとくつろいで、時々薬を作って森の外に売りに行く。時間が経つのを待てばそのうちルコロ村の人達の記憶の中から、私のことなんてきっと薄れるでしょう？

今更、こんなに居心地のいい場所を離れるなんて考え難いしね。

いつの間にか、本気で想像するようになっていた。

そして私は学ぶことになる。そういうことを考えちゃうからフラグが立っちゃうんだってこと。


「メル！　聖獣様の様子がおかしい！」

ロキの慌てた声に呼ばれて、私はすぐにリオ様の元へ駆けつけた。

「リオ様!?」

そこには目を瞑り、じっと何かに耐えるように身を固めたリオ様の姿。

それでも、私の声に反応して言葉を返してくれる。

「大丈夫だ……メルディーナ、もうすぐ我が子が生まれるよ。見届けてくれるかい？」

急いで側によりそい、いつもの何倍もの魔力を注いでいるのですね？」

「誕生のために、いつもの何倍もの魔力を注いでいるのですね？」

リオ様は頷く代わりに瞼を閉じた。

タマゴだろうが関係ない。この世に生まれるってことはものすごくエネルギーを使うのだ。

新たな聖獣様の、愛する我が子の誕生のために、聖なる魔力の塊のような存在のリオ様が、命を削る勢いで魔力を注いでいる。

「メルがいてよかった。メルの側は本当に空気が違うんだ。きっとリオ様もずっとラクだと思うよ」

黙り込んだリオ様を心配そうに見つめながら、ロキが静かに言った。

そうだといいと思う。私に出来ることは何もないから。

しばらくすると、段々とリオ様の体の下、タマゴが包み込まれているあたりから隙間を縫うように淡い光が外へ向けて筋を作り出した。

私のようにすぐ近くに侍《はべ》ることはないけれど、森に暮らす動物たちも、少し離れてじっと見守っている。妖精たちは時間が経つほどに心配な気持ちを誤魔化すかのようにぽつりぽつりと花を咲かせた。もはやこの辺りはお花畑状態だ。

そうしているうちに、リオ様の辛そうな様子が少しだけ和《やわ》らいだ。もうすぐ、新しい聖獣様が誕生する――。

その時だった。

突然、何かがはじけるような音が響いた！

異変に、動物たちは硬直し、妖精は一斉にリオ様を守るようにその傍《かたわ》らに集まった。

「ロキ！　何なの？」

「分からない！」

嫌な予感にリオ様の側を離れ、泉の向こう側へまわる。

バチン！

「えっ？」

瞬きした次の瞬間には、もう魔力の塊が私に向かって真っすぐ伸びていた。

「メル！　メルディーナ！」

ロキの叫び声を聞きながら、体が竦み、ぎゅっと目を閉じる。

嘘でしょう？　ここにきて私は状況も何も分からない攻撃を受けて死ぬの？　私がここで死んだらロキは……ロキだけは、リオ様に助けてもらえないだろうか？

……いや、リオ様も今ほとんどの力をタマゴを孵すために使っている。妖精たちは？　妖精の力で、上位の存在である精霊を助けることはできる？　私はとにかくロキが助かる道を探す。

だけど、咄嗟に想像した強い衝撃は、いつまでたっても感じなかった。

全身が緊張しきったまま恐る恐る目を開ける。

「！　そんな……っ！」

私の前には、私の代わりにその身に魔法を受けたのか、全身傷つき息をするのもやっとという状態の狼さんがぐったりと横たわっていた。

慌てて側に駆け寄り、手を伸ばそうとする。禍々しい魔力がその体に纏《まと》わりついている。

ヒューヒューと掠《かす》れる息をしながら、狼さんがうっすらと目を開ける。

力を感じない瞳と目が合った。

なんで……どうしてこんなことに……。

混乱しきって、どんどん音が聞こえなくなる。そばでロキが何かを言っているようで、焦ったように口を動かしているのは分かる。まるで世界から音がなくなってしまったかのように、頭の奥がしびれて他には何も聞こえないのに。

どこからか、遠くで話しているような声がうっすらと耳に届いた。

「――もう！　どうして守りの森がないのよ！　この辺にあるはずなのにー！」

「しかし、何も見えませんが――」

「だからそれがおかしいのよ！　守りの森に来れば――がいるはずなのに――」

「――おやめください！　先ほどのように闇雲《やみくも》に魔法を放っては御身も危険にさらされる可能性があります！　――リリー様！」

全身の血が、煮えたぎるような思いが湧きあがる。リリー、あなたなの……！

「――とにかく、もう戻りましょう！　人間である我々がここにいると薄汚れた獣たちに知られれば、何をされるか分かりません！」

……何をしたわけでもない、私の大事な存在をこんなふうに傷つけておいて、そんなことが言えるの……。ご立派な、聖女様ご一行。

ぐったりと体を横たえた黒い狼から赤い血がたらたらと流れ、さっき妖精たちが作り上げた美しい花畑の上を赤く濡らしていく。

眩暈《めまい》に抗《あらが》えず、そこに手をつく。温かい、血の温度を感じる。

薄汚れた獣？　ここの聖なる動物たちは、狼さんの受けた魔力の禍々しさに駆け寄り励ますこともできずに離れてブルブル震えている。

あいつらはアーカンドにそれこそ獣のように不純な目的のために入り込んでおいて、この国に住む獣人のこともまとめて蔑んでいるんだろう。

――薄汚れているのは、人間の方よ。

怒りと絶望がごちゃまぜになって、私の心をいっぱいにする。私が手をついている部分から、ふわりと血の鉄の匂いが消える。そのままそこを中心にして、ゆっくりと草花が枯れていった。

「メル！」

ロキが悲鳴のような声を上げて、私の顔に突進する。

「ロキ……痛いわ」

「お願いメル、しっかりして！　怒りにのまれて我を忘れちゃだめだ！」

その勢いで意識が現実に戻され、同時に草花が枯れるのが止まった。

でも、上手く前が見えない……。

ロキは必死で全身を使って私の髪の毛を引っ張る。

「メル！　目の前を見て！　お前の大事な友達を助けられるのはお前だけなんだよ！」

遠くで、リリーや一緒にいる人達が何か話しながらも遠ざかっていく音が聞こえる。

「私に……助けられるはずがない」

「メル！」

どうして私に助けられるというの？　無能な私に。

セイブスから離れて、この守りの森で過ごすようになって、魔力が随分増えた。ロキ曰く、『戻ってきた』だけらしい。ルコロ村で実感したように、浄化も前よりずっとうまく使えるようになった。他の細々とした魔法も同じ。

だけど……いつまでたってももう一度治癒を使えるようにはならなかった――！

黒い狼さんの息がどんどん弱くなっている気がする。

どうしよう、どうしよう、私はなんて無力なの……。

「メル、できるよ！　絶対に出来る！　出来ないわけがないんだ！　魔法はなくならない。俺と出会った時から、メルの魔力はなんにも変わってない！」

「でも出来ない！　試したの！　出来なかった！」

「メルは優しくて純粋だから……長い時間かけて『無能』だと言われ続け、自分を……洗脳したんだ。今のメルが治癒を使えないのは、出来ないと思い込んでるからだよ……！」

そんなの……それが本当だとしても、どうしたらいいの？

その時、息も絶え絶えな状態で、狼さんが鳴いた。

「クゥーン……」

まるで、気にしないで、と言っているようだった。

やだ、だめ、そんなの……！　苦しくて、涙が溢れるのを止められない！

もし……もし本当に私の治癒は失われていないのなら。

ここで使えなかったら、私は本物の、無能だ。

私は涙で顔がぐちゃぐちゃのまま狼さんに近づき、無我夢中で手を添えた。

出来る。

出来る。

私は出来る……！

他のことなんて頭になかった。あったのはなんとしてでも狼さんを助けたい。それだけ。

かざした手から、懐かしい温度の光が溢れだす。

「えっ……？」

みるみるうちに傷が癒えていく。これで命を助けられるとホッとしたのも束の間、私の治癒の光に包まれた狼さんの体が、徐々に輪郭を失っていく。不思議な光景だった。

「嘘でしょ……？」

治癒を使えたとか、狼さんを助けることが出来たとか、それを上回る衝撃だ。

光に包まれた体がどんどん変容していく。そして、やがて、まるで人のような……。

「こいつ……」

ロキが茫然《ぼうぜん》と呟く。

完全に傷が癒え、治癒を終える。光が収まった中で静かに瞼を閉じ横になっていたのは……。

艶やかな黒髪に、同じ色の耳と尻尾を持った、見覚えのある獣人の姿。

「まさか、アーカンドの王城で会った……？」

「っ、ふう、メルディーナ、どうか、その子を責めないでやってくれるかい？」

そうこちらに声をかけるリオ様に振り向く。声が辛そうだ。

私が何年も一緒に過ごした黒い狼さんは、獣人の……恐らく王族だ。まさかリオ様は、知っていたの……？

私の混乱が収まるより先に、リオ様が感嘆の声を上げた。

「ああ！　メルディーナ、お前の治癒の光に呼ばれて、やっと我が子が起きるようだよ――」

タマゴが、リオ様の赤ちゃんが生まれようとしている。

「メル、こいつには俺がついてるから、メルはリオ様のところに行って」

「分かった」

狼さん……もとい、この獣人さんの傷はもう大丈夫。今はきっと体力がなくなって眠っているだけ……ロキに頷き、急いで泉のほとりをまわりリオ様のところへ戻る。

体を少しだけ起こして見守るリオ様の視線の先では、ずっと淡い光を放っていたタマゴがころころと揺れていた。

「もう、生まれるんだ……」

思わず呟くと、リオ様がにこりと笑った。

側に跪くような体勢のままじっと見つめていると、突然タマゴがぐにゃぐにゃと形を変え、次の瞬間パッとシャボン玉が割れるように弾けた。よ、予想外の割れ方……！

そして中から目をぱちくりとさせながら、小さいリオ様のような赤ちゃんが――。

「みー、みー」

赤ちゃん聖獣は鳴き声を上げながらリオ様と私を何度か交互に見つめた後、とことこと私に近づいてきて私の膝の上によじ登ってきた。そして、ついさっきまでべそべそ泣いて涙で濡れたままの私の顔をぺろぺろと舐める。か、かわいい……！

「ありがとう、慰めてくれているの？」

「みー！」

リオ様そっくりの真っ白い体に赤い瞳の可愛い赤ちゃん。大きなタマゴ？　から生まれただけあって、すでに体は大きめだ。ひとしきり私の顔を舐めると、まるで抱き着くように首元に手をまわしてぴたっとくっついた。そしてそのまま……小さく寝息を立て始める。

や、やっぱりかわいい………！

「ははは！　母である私よりもメルディーナの側が落ち着くようだ」

リオ様がそう言って豪快に笑った。

「さて、我が子が休んだところで大事な話をしよう」

いつの間にか、ぐったりとしたままの獣人さんがクマの背に抱えられて側まで連れて来られていた。隠れていた子達の緊張もすっかり取れたようで、妖精たちも含め皆が私たちの周りに集まっている。

「メルディーナ、本来この森は外からは見えず、魔法も通さない」

『――もう！　どうして守りの森がないのよ！　この辺にあるはずなのにー！』

確かに、リリーはそう叫んでいた。

だけど、私はこうしてこの森に辿り着くことが出来たし、リリーの魔法は間違いなく森の向こうから私へ向かい、獣人さんを傷つけた。

「森が見えないのは私がこうしてここに存在することで、私の魔力が聖なる霧のようにこの森全てを覆い隠しているからだ。この子を誕生させるために随分魔力を使った。見えはせずとも、ほころびができ、その隙間を本来弾かれるはずの魔法が通ったんだろう。……随分と強い力だった」

「魔法を放ったのは……恐らくセイブス王国の聖女様です」

私の言葉に目を見開くリオ様。

「あの魔力が聖女のもの？　ありえない……だが聖女でありながらこの森を見つけられないのならば、そういうこともあるのか……」

「……？」

リオ様は、何かに気付いたように息を呑んだ。

「どうりで……瘴気の生まれが早いはずだ」

「何か、良くないことが起こっているのですか？」

「そうだな……とにかく、話はそちらの問題を片付けてからにしよう」

そちらの問題？

リオ様の視線の方に振り向くと、意識を失っていた獣人さんが目を開け、体を起こしていた。その金色の瞳と目が合う。

こうしてじっと見つめてみると分かる。この瞳は確かによく知っている。

本当に……この人があの黒い狼さんなんだ……。

その人は起きたばかりでぼんやりしているのかしばらくじっと見つめ合うような形で止まってい

たが、不意に素早い動きで距離を詰めてきた。

「メルディーナ！　大丈夫ですか⁉」

「わっ！」

あまりの勢いに思わず仰《の》け反《ぞ》ると、それを見ていたリオ様が呆れたように声をかけた。

「リアム、メルディーナが戸惑っているだろう。それに死にかけたのはお前の方だよ」

「メルディーナは……無事？」

「ああ、彼女は無傷だ。お前が守った」

確かめるようにまじまじと私の頭からつま先までを視線で何往復かした後、そっと私から一歩離れた。

「良かった……」

強い圧から解放されて、私も我に返る。

「あの、ありがとうございました！　私のせいで……申し訳ありません」

「とんでもない！　あなたのせいなどと！　……それにしても、この体……確か強い魔力を受けたはずなのに。まさか、メルディーナが……？」

傷ひとつない自分の体をくまなく確かめ、もう一度私を見つめる。

私が答える前に、不貞腐《ふてくさ》れたようにロキが口を挟んだ。

「そうだよ！　メルが治癒を使った」

「！　良かった！　治癒を取り戻したんですね！」

喜ぶように声をあげた獣人さんの目の前にロキが詰め寄る。

「そうだ！　メルは治癒を取り戻した。ずっと仲良くしていた黒い狼の命を助けるために。そしたら狼は消えてお前になった」

「あ……！」

獣人さんはそこで初めて事態に気付いたようだった。

「説明してくれる？　リオ様は何もかも分かっているみたいだけど、俺もメルも何も知らない」

ロキの強い口調に妖精たちが私の陰にさっと隠れる。

獣人さんは目を泳がせ耳をぺたりと垂らした。フサフサの尻尾もすっかり下がってしまっている。

責めたいわけではない。私はこの人に助けられたのだもの。

それでもやっぱり、何がどうなっているのかは聞かせてほしい。

この人が黒い狼さんだったなら。この人は……私をとらえて処刑しようとしていたわけじゃなかったの？

「決して騙《だま》すつもりでは……ありませんでした」

やがて、ぽつりとつぶやいた。

🐾 🐾 🐾

小さな頃。リアムは気がつけば人間の国にいたことがある。

人間の国は怖いところだと、絶対に近づいてはいけないと何度も何度も言い聞かせられていたはずなのに。そう言われるたびに、人間の国に通じているという森すら怖く感じたほどだったのに。

気がつけば覚えたばかりの獣化の姿で、人間がたくさん行き交う通りで一人うずくまっていたのだ。

慌てて本当の姿に戻ろうとしたが、動揺が酷かったためか上手くいかなかった。今思えばその時に元に戻れなくてよかったのかもしれない。獣の姿であれほどの目に遭ったのだ。獣人だとバレたら捕らえられ、二度とアーカンドへ帰ることは出来なかった可能性もある。

とにかく気付いたときには蹴られ、いたぶられ、そうして血を流した自分を、まるで汚いものであるかのように人々が自分を遠巻きにしていた。

ここは地獄で、人は悪魔なのだ。そう思った。

（痛い、こわい、こわい……助けて………）

このまま自分は死ぬのかもしれない。そう絶望している時に、不意に小さな腕に抱きかかえられた。

そのままあっという間に人目を避けた路地裏で、温かい光に包まれる。

それが、メルディーナとの出会いだった。

必死で逃げ帰り、城で両親と四歳年上の兄に叱られる。

「それでも、無傷で帰ってこられたのは本当に運が良かった」

そう言われた瞬間、あの人間の女の子の顔が浮かんだ。

（あの子が、治癒魔法を使ってくれたんだ……）

人間は怖かったけれど、悪い人間ばかりではなかったと必死で訴える。

「うーん、人間が治癒を？　家庭教師の先生にもそんなの聞いたことないぞ！　治癒は俺たち獣人にも使えるやつがほとんどいない特別な魔法だぞ」

「それでも、僕の傷が全部治っているのが証拠です！」

父は訝しがる兄と、ムキになるリアムの両方の頭を優しくなでた。

「リアムに残るこの魔法の気配、恐らく治癒を使える女の子がいるというのは本当だろう。だけど、それ以外にも見たこともない魔力の気配……いや、これは魔力なのか？」

「……？」

どうやら、リアムがあれほど恐れていたはずの人間の国にいたことと、その見たこともない力の気配が関係しているのでは？　ということだった。

だがそれからしばらく警戒するも、同じようなことは二度と起こらなかった。

「ごめんね、ごめんねリアム……僕が眠っていたから君を危険な目に遭わせちゃったんだ……」

いつも自分の側にいる、小さくて泣き虫な友達は泣きながらそう言って謝った。

両親の警戒心が薄れたあたりで、リアムは再び人間の国へ向かった。今度こそ自分の意志で、慎重に森のなかへ……。

恐らく両親や兄は本当は気づいていたのかもしれない。それでも何も言わずに好きにさせてくれた。あれだけの目に遭ったのだから、普通なら許されないことだったはずだが、なぜ自由にさせてもらえたのかは分からなかった。

（あの女の子にまた会いたい……）

リアムの頭にあるのはそればかりだった。

メルディーナは優しい少女だった。

初めはリアムを遠ざけもした。それでも諦めきれずに通い続けた。

人間の国に入るのはいつだって命がけだったと思う。それでも「もうやめよう」とは一度も思わなかった。

それに、メルディーナといると心地がいい。

最初の出会いを、自分はあなたに助けられたあの子供だと分かってほしくて狼の姿で会いに行った。毛並みを撫でて、「あなたは本当に綺麗ね」と褒められたから、それからもずっと獣化したまま逢瀬《おうせ》を重ねた。

本来の姿で会おうと思ったことがないわけではない。だが、獣人の姿の自分にメルディーナが何を思うのか……彼女はそんな子ではないと思っても、どこかで拒絶を恐れる自分がいた。

（狼の姿でなら、彼女は自分に心を許し、愛情を注いでくれる）

なによりも、側にいられなくなることが一番怖かった。

メルディーナはいつも優しく自分を撫で、抱き着いて甘え、色々な話を聞かせてくれた。

その中で彼女が治癒の力を失ったこと。母親が亡くなったこと。その時期から『自分は愛されない人間だ』と思うようになったこと……色々なことを知った。

メルディーナはリアムの前では涙も見せた。

（泣かないで……メルディーナ。愛なら僕がいくらでもあなたにあげるから）

そっと顔を近づけ舐めとったメルディーナの涙は悲しい味がした。

あまりにも彼女の心が助けてと叫んでいるように思えて、獣人の姿でローブを深くかぶり、市井で働く彼女を見守っていた日もあった。

「……次にお会いしたときにお教えします。それでは、また」

追手の目から隠すためとはいえ、この腕の中に抱き込んだ彼女の感触を忘れられない。

（ローブの捲《めく》れたあの瞬間、彼女には僕の顔はよく見えなかったはず）

それでも、心のどこかで気づいてほしいと願う自分がいた。


「リアム！　君の可愛いメルディーナが泣いてる！」

夜、小さな友達が絶叫したのは人間の国の瘴気がどんどんと濃くなり、足を踏み入れるだけで体力がそがれるようになった頃だった。

全力で走り、祈った。

（どうか、どうか無事で！　メルディーナ……！）

やっと見つけた彼女は……ボロボロのドレスのところどころを血で染め、顔色は真っ白で……まるで今にも息絶えそうなほどの憔悴……。

「ウウッ！　ウワオーーーーン！」

大事なこの愛しい人を、誰がここまで傷つけた！

なんとか腕を回し、必死で自分に縋りつくメルディーナに、リアムは胸が焼き付くような思いだった。

「今度は僕があなたを、助けます――」

そう誓ったはずなのに、アーカンドで、彼女をなんの不安も憂《うれ》いもなく休ませてあげようと思っていたのに。

癒え切らない彼女に無理をさせてしまったのは自分の愚かさだった。

その時のリアムが、事態を把握する前に感じたのは、不謹慎にも喜びと安堵だった。

「――どうか、あの子を見逃してはくださいませんか」

メルディーナの兄、イーデンがリアムに向かい頭を深く深く垂れる。

「あの子は私の愛する、大切な妹なのです」

大切な妹――。その言葉に胸が熱くなる。どう見ても言葉だけで取り繕っているだけのようには見えなかった。

（ああ、メルディーナ、あなたは愛されない人間などではなかったのです……）

リアムにとって、それが何より嬉しかった。

しかし……。

「……代わりに私の首を捧げます」

（――首？）

よく分からないながらにイーデンと言葉を交わす。

「今、メルディーナ嬢はどこに？　まだ体も万全ではないでしょう。すぐに戻られますか？」

しかしリアムがそう呑気《のんき》に首を傾げた時には、彼女はもう城のどこにもいなかったのだ。

ひたすら混乱し、驚くイーデンと話し、互いの誤解がやっと解けたときには少し時間が経ってしまっていた。事態に気付いたとき、リアムは焦った。

自分たち獣人が人間の国に入ることが命がけであることと同じようにとまでは言わないが、やはり長年の確執によって獣人たちも人間を嫌悪し、警戒している。

（もしもメルディーナが人間であることを誰かに悟られ、捕らわれでもしたら……）

その想像はリアムの焦燥を駆り立てるに十分だった。

彼女に気付いた者が、彼女を害さないとは限らない。むしろ良くないことになる可能性の方が高かった。

（早く見つけなければ……）

だが、メルディーナはどこを探しても見つからなかった。

獣人は鼻が利く。勘もいい。獣人同士ならいざしらず、こちらの特性を知らないメルディーナはすぐに見つかると思っていた。まして何年も共に過ごした相手なのだ。リアムには自信があった。

（すぐに見つけて、誤解を解いて、今度こそ城でゆっくり過ごしてもらいたい）

そのために、彼女を客として迎えることを良しとしない城の者たちへの説得も同時に行う。王太子である兄が味方になり、共に動いてくれた。

それでも……見つからない。

あれから彼女が姿をくらますきっかけとなった妹のジェシカは部屋にこもりきりだ。

（だが、ジェシカだけが悪いわけじゃない。私の考えが甘かったのだ）

もっと、ジェシカや周りの者たちに先に説明しておくことだってできた。

メルディーナが目を覚ます前にイーデンとゆっくり話をすることだってできたし、目が覚めた彼女の側にいてやれば今のようなとんでもない誤解を生むこともなかったかもしれない。

やっとヒントが与えられたのは、とある田舎から流れてきたひとつの噂話を耳にした時。噂を持ち込んだのは、人の村とのやりとりもする商人だった。

「田舎の村で、なんでも瘴気が原因で村人の多くが倒れる事件があったそうですよ」

「なに？　そんな報告はなかったが？」

王太子が反応する。当然だ。田舎の村とはつまりここよりもよほど自然の多い場所。自然が多ければ必然的に自然を愛する妖精たちも多くなり、瘴気は薄くなるものだ。それが多くが倒れるほどの瘴気？　偶然か、誰かの陰謀か、それ以前にその村はどうなったのか……。

「それが、なんでも一人の女の子がその全ての瘴気を一瞬で払い、村を救ったらしいです。何よりも面白いのは、村人があれは人間の聖女様だったと言うんですよ！　このアーカンドに国が把握していない人間がいるわけがありませんし、万が一人間なら獣人を救いはしないでしょうに」

（まさか――）

リアムの脳裏に、メルディーナの優しい笑顔がよぎった。

そして、守りの森でついにリアムはメルディーナを見つけることになる。

守りの森……そこはアーカンドでも特に聖なる力の漲る場所。真っ白な体を持つ聖獣が力を分け与えている場所。少しでも瘴気を放つ者は目を眩ませられ、獣人でもその場所を見つけられるものはほとんどいない。

まさか、人間であるメルディーナが守りの森にいるとは、思いもしなかったのだ。

そこで妖精たちに囲まれ、穏やかに笑うメルディーナに、リアムは自分の正体も、城は安全だから戻ってきてほしいとも言えなかった。

「リアム、メルディーナ嬢は見つかったんだろう？　どこにいるんだ？　連れて帰らないのか？」

「兄上……もう少し待ってくださいますか。その間に反対する者たちの説得をお願いします」

せめてあの新たな聖獣の誕生までは、このまま――。

そうして日々を過ごしていたある日、いつものようにメルディーナに会いに行こうと守りの森へ向かっていた時、あの禍々しい魔力を纏う人間の女を見つけたのだ。

メルディーナとは全く違う、連れている人間に『聖女』と呼ばれていた恐ろしい女。

気がついたときには、無我夢中で走り、リアムはメルディーナの前にその身を投げ出していた。


私は黒い狼さん、もとい獣人国アーカンドの第二王子殿下の話を静かに聞いていた。

牢から逃げ出した私を助けてくれたのも、さっきリリーの魔法から守ってくれたのも、全て偶然などではなかった。いつだってこの方は私の身を案じ、守ろうとしてくれていた。

「第二王子殿下……」

思わず呼びかけると、彼は少し悲しそうに眉尻を下げた。へにょりと垂れた耳もますます下がっている。

「どうか、リアムと呼んでください」

――リアム殿下。

すぐに呼ぶには勇気がいって、心の中で呟く。

私を裏切らないでいてくれた大事な黒い狼さん、リアム殿下は、私が思っているよりずっと、私のことを心配してくれていたのだ。

最初は、助けた動物に懐かれたと少しくすぐったく思うだけだった。すぐに彼が心の支えになった。確かに狼さんの前でだけは涙を見せることができた。それは動物だと思っていたからだということもあるけれど……。

「あなたのことを騙していたと、私を軽蔑しますか？」

私を見つめる金色の瞳が不安そうに揺れる。

この方は私を孤独と絶望から救い、さっきまた、今度はリリーの脅威の前に身を挺して私を助けてくださった。軽蔑だなんて……するわけがない。

正直あんなことやこんなことも私の気持ちはいつも包み隠さず話してしまった、と気恥ずかしさはあるけれど。

「あなたに感謝こそすれ、軽蔑するなんてありえません。今まで……ずっと私の側にいてくださってありがとうございます、……リアム殿下」

リアム殿下はほっとしたように微笑んだ。

「メルディーナ、イーデンのことも気になっていたことでしょう。もちろん彼も何かの罪に問われるなんてことはありませんからね。安心してください」

お兄様のことを考えると、胸がぎゅっと締め付けられる。

もしかして私のために酷い言葉を使い、私を逃がしてくれたのではないかと思うようにはなっていた。まさか、私のために首を捧げるとまで言っていただなんて……。

リアム殿下の言った通りだ。私は、愛されない人間などではなかった。その事実がストンと胸に落ちてきて、なんだか泣きたくなる。

「あなたはこれからどうしたいですか？　私としては恩人であるあなたをもう一度城に迎えたいという思いはありますが……あなたが望むならばここでこうして穏やかに暮らしていくこともできます」

「恩人だなんて……」

リアム殿下は出会った時のことや、さっきの私の治癒魔法のことを言っているのだろうけれど、恩人だと言うならば私の方がよっぽど助けられている。

それでも、私は決めていた。

「だけど、もしも選ばせていただけるなら。ここを出て、城へ向かわせてもらってもいいですか？」

「……本当にいいのですか？　ここにいる方が平和でいられるかもしれない。もちろん、あなたがゆっくりと何の憂いもなく過ごせるよう、全力を尽くすつもりではあります」

私もそれを望んでいた。ここでなら、ずっとそうして平穏な毎日を過ごせると。

けれど、それは違うと気付いたのだ。

「お気遣いありがとうございます。私はゆっくりと過ごすために城へ迎えてもらおうと考えているわけではないのです。私は……もう逃げたくない」

セイブスから、リリーから逃げて、アーカンドの城からも逃げてこの守りの森に辿り着いた。

ゲームの私に与えられた、舞台装置として死ぬ運命。死にたくなくて、私が悪役にさえならなければいいと思った。それでもダメで、リリーに陥れられた。それならばゲームの終わる時間まで逃げ延びることが出来ればと逃げ出した。

だけどリリーや、私を取り巻く運命は、どうやら私を放っておいてはくれないらしい。

私を守るために、お兄様に命を捨てさせる覚悟をさせてしまい、リアム殿下の命を脅かすほど傷つけた。

——もう逃げてばかりでは、いられない。

「今までは大きな幸せを望まずに我慢して、逃げ続けていればどうにかなると思っていたんです。それでも私だけじゃなく、私の大切な人達が傷つくなら……私は、私の意志で、立ち向かいたい」

リアム殿下ははっと息を呑んだ。

治癒だってそうだった。ロキの言った通りだった。私が自分に向けられる『無能』の言葉を受け入れて、自分を洗脳するかのように出来ないと決めていたから、ここで魔力を回復した後もずっと使えないままだったのだ。

運命だってそう。ゲームではそうだったからと、自分で自分の未来を切り開くなんて考えもしてなかった。死にたくはないと抗っているつもりで、結局いつも逃げてばかりで、そして悪意に捕まった。

本当は私はもう、運命を変えられることを知っている。

ゲームの私はセイブス王国から出ることなく小さな世界で死んでいった。私が今ここにいることこそが運命がすでに変わっているということ。

私の腕の中ですやすやと眠るリオ様の赤ちゃんを、ぎゅっと抱きしめる。

「メルディーナ、お前の決断を嬉しく思うよ」

ずっと静かに聞いていてくれていたリオ様が優しく微笑んだ。

……そして、

「それに、ここもこのままでは平和を保てなくなるかもしれない」

苦し気に、そう言ったのだった。

「平和を保てなくなる……？　どういうことでしょうか？」

反応したのはリアム殿下だった。

「さっきお前たちも実感しただろう。この守りの森に通るはずのない魔法が通ってしまったこと」

リリーの魔法。そういえば、リリーは聖女なのに彼女の魔法の残滓は随分と禍々しく澱んでいた気がする。

「精霊王は代替わりを目前に力を弱め、世界中の瘴気は少しずつ濃くなっている。私の子供が生まれ、その成長のために私の力も少し弱まってしまっている。……あの『聖女』とやらがこの辺り一帯に瘴気が生まれる要素を植え付けていったようなものだよ。これからどんどん瘴気が増え、澱みが生まれる場所が見つかっていくだろう」

そんな……。

この守りの森はアーカンドでも特に聖なる力が強い場所で、多くの妖精たちが住む場所。ここが瘴気に冒されれば国全体に広がるのはあっという間なのだとリオ様は言った。

「でも、どうして……？　聖女は瘴気を払う存在なのではないのですか？」

「メル、俺でも分かるよ。少なくとも今の時点であの聖女に聖なる力はほとんどないと思う。じゃなきゃあんな魔力の質にはならない」

リオ様は大きく息をつく。

「そもそも、聖女とはなんだか知っているかい？」

「それは……」

聖女とは何か。具体的に答えようとすると的確な言葉が見つからない。聖女は聖女でしょう？

「聖女は……精霊王の代替わりに合わせて現れることの多い、魔王を……討伐する力を持つ者だと」

私のすぐそばにいるロキの体が一瞬ぶるりと震えた。

なぜかリアム殿下は目を丸くして驚いている。

「人間たちは、そう思っているのですか？」

まるでそんなわけがないとでも言わんばかりだ。

違うの？

「そもそも魔王が生まれるのは精霊王の代替わりが上手くいかなかった場合だよ、メルディーナ。詳しい話はしてはいけない決まりだから言えないけれど、精霊王の代替わりには愛し子の存在がとても大事なんだ」

「愛し子って……まさか」

リオ様は深く頷く。

――私の存在が、精霊王の代替わりに関係している？

「愛し子が深く傷つけられ魔落ちしてしまうようなことがあったり、ましてや命を落とすようなことがあれば……その時点で精霊王の代替わりは上手くいかないことが決まってしまう」

そして魔王が生まれるのだよ、リオ様はそう言って目を伏せた。

私の存在が、魔王を生む……。

それはゲームの世界でもそうだった。

『私が死ぬと、愛されず蔑ろにされ続けた私がこの身の内にためにためた絶望と憎悪が命の終わりとともに吹き出し、代替わりを控え力の弱まっていた精霊王が私の生んだ瘴気にのまれて死に、その影響で魔王が復活する』

それが乙女ゲームの大事なイベントの舞台装置としての私を説明するすべてだった。

認識がほんの少し違っていたんだ。私が死んだ影響で精霊王が死に魔王が復活するというのも間違いではない。だけど、もっと正解に近い言葉で言うならば。私の存在がなければ精霊王の代替わりが上手くいかないということ……？

「聖女は瘴気を払ったり魔王を討伐するための存在ではない。その力は役目を果たすために与えられたものに過ぎない。精霊王の代替わりが無事に終わるように、そのために愛し子が瘴気を受けすぎず、そのままで生きていられるようにサポートするのが本来の役割だ。いわば聖女は愛し子を守るためにつかわされる存在なんだよ」

「……聖女自身はそのことを知っているのですか？」

「はっきりと誰かに教えられることはないだろうが、本来本能的にそうなるはずだ。聖なる力は愛し子に引き付けられるもの。それが聖女が聖女たる所以《ゆえん》でもあるのだから」

だけどリリーは……私の命を狙った……。

「ちょっと待ってください。私がこの身に受けたあの禍々しい魔法が聖女の放ったものだと言うならば――」

リアム殿下が何かに気付いたように息を呑む。

「……メルは俺が守るよ」

ロキがぎゅっと小さな体で私に抱き着いた。

「あれが本当に『聖女』であり、本当にメルディーナを狙うのならば、瘴気を払う存在が瘴気を生むことになるだろうね。……恐らくここも含めて、瘴気の脅威にさらされる危険性が高まっていくだろう」

私はリリーや自分の運命に立ち向かう決意をした。だけど、そうでなくても立ち向かうしかなかったようだ。

腕の中のリオ様の赤ちゃんが、眠ったままむずがゆそうに身を捩《よじ》った。

「……リオ様。私は大丈夫です。守られずとも、きっと負けません。……私が瘴気を払います」

そのためにも、まずはアーカンドの獣人たちに私のことを認めてもらわなければならないだろうな、と漠然と思う。まず守りの森の周辺は決して瘴気に呑まれないように守らなければ。これからどこにどんなふうに瘴気が濃い場所が生まれるか分からない。瘴気を払うためには自由に動けた方がいい。

聖なる力は自然の中にこそ多く、そしてそういう場所には妖精たちが多くいるとこの守りの森で知った。ここがやられれば、アーカンドの聖なる力を生んでいる妖精たちが一気に弱ってしまうはず。

幸い、きっとリアム殿下は味方をしてくれる。

「苦労を掛けるね、私たちの大事な愛し子。本来ならば守られ、慈《いつく》しまれ、その身に愛を受けるだけでよかったはずなのに——あなたに我が大きな愛を」

リオ様は、まるで忠誠を誓う騎士のように、その大きな体で私に向けて深く深く頭を下げた。


「聖女だか何だか知らないけれど、あの女は何なのよ！」

イライラして仕方ない！　予言の聖女様……そう呼ばれるあの女が現れてから。

私が治癒能力を失い、お母様がいなくなってしまってから全ての運命はねじ曲がってしまった。

イーデンは私と同じ無能のくせにこちらを見向きもしないし、エリックは何を言っても私を馬鹿にするのを止めない。あの弟は本物の天才であるから力ずくでねじ伏せることもできやしない！

お父様やエリックの態度に触発されて使用人はどれだけ厳しく罰そうともどこか私を見下しているし、城の人間たちだってそう。カイル第二王子はあからさまに私を嫌い、クラウス殿下に婚約解消をそそのかす筆頭だ。子供のくせに生意気な！　ニールの私を憐れむような目が悍《おぞ》ましくて仕方なくて遠ざけるようになってからは私の味方はクラウス殿下ただ一人。

それなのに……。

呼ばなければ侍女一人来ることのない自室で、私はクッションをドアに向けてたたきつけた。

今日はクラウス殿下とのお茶会の日だった。私にとって婚約者の彼との大事な時間なのに……。

『あら！　メルディーナ様！　今日はどうされたんですか？』

あの女の忌々しい声が脳裏に蘇《よみがえ》る。

『どうされた、ですって？　殿下が迷惑していることも気づかずに我が物顔で隣に座り、いかに聖女様と言えど無神経なのではなくて？　そもそも私は殿下の婚約者。その私の前で殿下にそのような態度……聖女であるからと清廉だというわけではございませんのね』

私は何も間違ったことを言ってはいない。なんて無神経な女なの？　それに人の婚約者、よりによってこの私の婚約者にべたべたと……！

聖女と認められたリリー・コレイアはコレイア男爵の庶子だ。元々男爵の愛人だった平民の母親と二人で市井に暮らしており、母親の死をきっかけに男爵家に引き取られるかどうか……というタイミングで聖女の証を発現したのだ。

男爵家に居場所のないリリーはそのまま王宮に部屋を与えられ住まうことになる。

「彼女は貴族令嬢としての教育を受けていないんだ、大目に見てやってくれ」

彼女が王宮に迎えられたばかりの頃、その非常識な振る舞いを不快に思う私にクラウス殿下が言った。だけど、それから時間もたち、彼女は王宮で最高峰の教師陣から手厚い教育を受けている。もはや市井で育ったからなどと言い訳にもならない、貴族の令嬢としてあまりにはしたない行為。

やはり、私は間違っていない。……それなのに！

『そもそもリリーを隣に望んでいるのは私だ。君のような無神経な女が婚約者など……いや、今は止めよう、リリーの前だ』

今度は苦々しい殿下の表情と、厳しい声がフラッシュバックする。私のことが忌々しいと言わんばかりの態度だった。

殿下の態度がどんどん冷たくなっていくこと、それに比例するようにリリーと殿下がどんどん仲睦まじくなっていくこと。私だって気付いている。気づきたくはなかったけれど。

当たり前でしょう？　私は殿下を愛しているのだから。

「どうしてこんなことに……！　どうしてっ！」

側に飾られていた花瓶を壁に投げつける。割れた破片が飛び散った。

私はこんなに愛しているのに！　胸が苦しい。

（メル！　メルディーナ！　しっかりして！）

「ううう っ！」

髪を振り乱し、手あたり次第にその場にあるものをつかんではめちゃくちゃに投げた。

（メル……！　ダメ……俺の声が聞こえないの？）

部屋の真ん中に蹲り、頭を掻きむしる。それでも燃えるような心の痛みは少しも紛れない。

「どうして………」

どうしてこうなったの？　私にはクラウス殿下しかいないのに。愛してほしい、だけなのに。

（メ、ル……俺、もう、力が――）

あの女が現れたから。あの女のせいで。あの女がいなければ。

「そうか……そうよね……」

あの女がいる限り、私が愛されることはない。それなら、あの女がいなくなればいいんだわ。

「――聖女を害した稀代の悪女を、絞首刑に処す！」

どうして！

数々の嫌がらせの末、聖女の命を奪おうとしたとして私は処刑台の上にいた。私は失敗したのだ。

愛されたいだけだった。一人はもう嫌だった。

処刑台の上から、怯えたように体を震わせるリリーと、彼女にぴたりとよりそうクラウス殿下が見える。殿下は私のことを悍ましいものを見るような目で睨みつけていた。

愛されず、蔑ろにされ続けて、絶望と憎悪にまみれて……これが私の末路。愛されないメルディーナ・スタージェスにお似合いの結末。

死を感じた瞬間、自分の体から何か黒いものが吹き出すのを見た。


「――！」

思わず息を呑む。

喉がごくりと鳴った。私の首は繋がったままだ。

「夢……？」

私は守りの森の中、リオ様のそばで眠っていた。少し離れたところには狼姿のリアム殿下もいる。

夢であるけれど、ただの夢ではないと分かる。

あれは、ゲームのメルディーナ《わたし》……。

「あ……」

涙が流れていることに気付く。胸が締め付けられる感覚がまだ残っていた。

クラウス殿下だけがよりどころだったあの私は、リリーに惹《ひ》かれるクラウス殿下を前に、絶望し、どんどん正気を失っていった。重い負の感情を抱えたことで、瘴気が感情に与える影響が強くなっていったんだろう。自分でも抑えられないほどの憎悪に突き動かされ、ロキの声も聞こえなくなって……そして絶望の中死んだ。

可哀想なゲームのメルディーナ……。

彼女のしたことは確かに間違っていた。だけど、私にはその気持ちも痛いほど分かった。

私が前世で家族に愛された記憶を取り戻していなければ……。小さいころからずっと寄り添ってくれた黒い狼さん――リアム殿下の存在がなければ。私もああなっていたかもしれない。

「大丈夫？」

突然の声に驚き、伏せていた目を見開く。

「ねえ、大丈夫？」

「え……？」

ロキと同じくらいのサイズの、そしてロキと同じ色合いをした男の子？　がじっと私の足元でこちらを見つめていた。

「精霊さん……？」

――明日、私はアーカンドの王宮に戻ることになる。

その頃、セイブス王国には、少しずつ、おかしな違和感が広がりつつあった。

ある日のこと、クラウスは父親である国王に呼び出された。

「聖女の教育はどうなっている？」

「はい、教師陣が急ぎその教育をすすめてはいますが、合格点にはまだ至らぬと報告を受けております」

聖女については、そのほとんどがクラウスに委ねられている。次代の王として、そして聖女と同年代であることからも、国王よりも彼女に寄り添える立場であるクラウスが後ろ盾として適任だろうとの判断だ。事実、聖女自身もクラウスに面倒を見てもらうことを強く望んだ。

「まだなのか？　随分と時間がかかっているようだが何か問題でも？」

「いえ、そういうわけでは……」

事実、聖女、リリー・コレイアは特別不真面目《ふまじめ》なわけでもなく、きちんと与えられた課題をこなしている。しかし、彼女の中に根付いた市井での暮らし、価値観が邪魔をするのか？　どうしても根本的な部分で教育が根付かないのだ。

「まあいい。聖女としての本分はマナーや貴族としての教育成果ではないからな……瘴気の被害が各地で報告されているようだが？」

国王の探るような視線にクラウスは一瞬言葉を詰まらせる。

ここ最近、セイブス王国内では以前よりも瘴気が濃くなりつつある。これまでも恐らく少しずつ強くなっていっていたのだろうが、目に見えてその影響が出始めていた。

まず、農作物の収穫が格段に減り、無事に育ったものも例年に比べて随分小さいものばかりだった。そして手入れされずとも景観を美しくしていた野生の草花が枯れ始めた。王宮で屈指の腕を持つ庭師の育てる庭園でも、どこか花に瑞々《みずみず》しさがない。

知らぬ間に家畜が瘴気に冒され、食べた者が倒れるといった事件もぽつりぽつりと起こっている。その都度《つど》リリーが瘴気を払うために出向いているが……。そのほとんどが王都近郊であることも注視されていた。

王都は言わずもがな聖女が住まう地。聖女がいるだけでその地は守られるのではないのか？　本来ならば、どこよりも清浄で影響を受けない場所のはずでは？

そんな不安も蔓延しているのか、街中では妙に小競り合いやくだらない喧嘩が増えている。

「聖女のおかげでこの程度の被害で済んでいるともいえるでしょう。そうでなければ死人が出ていてもおかしくはないかと」

クラウスとしてはそう言う他なかった。

「兄上！」

自分を呼び止めるその声に思わずため息が出る。

「なんだ、カイル？」

国王への報告を終え、クラウスが自身の執務室に戻ってすぐに、弟王子のカイルが飛び込んできたのだ。

「兄上、聖女様はいまだに恐ろしいことを声高《こわだか》に主張しています。周りも少し困惑しているようですが、兄上はどうお考えなのですか？」

年の離れた弟の、挑むような視線になんとも言えない居心地の悪さを感じる。

「……彼女も不安なんだろう。なにせ自分の命が狙われたのだ。その不安が精神の不安定さに繋がり、彼女の本来の力を発揮できなくさせているのかもしれないな」

王宮内でも囁かれていることだった。聖女リリーは不安定だ。だから瘴気をうまく払えないのではないか？　だから、聖女がいるこの王都でも、これほど瘴気の影響が確認されるのではないか？

だから彼女の不安を取り除くためにも、どうにかその望みを叶えるべきではないか？　と。

「兄上は、今でもまだメルディーナ様が聖女様を害したと信じておられるのですね」

この問答も何度目だろうかとクラウスはうんざりしていた。

「私も最初は何か事情や誤解があるのではと思っていたさ。だが彼女は逃げたじゃないか！」

クラウスだって信じたかった。彼女を愛していたのだ。だが事情を聞こうと貴族牢へ向かった時にはもう彼女の姿はなかった。

あの晩――。

「！　クラウス様！　メルディーナ様が……メルディーナ様が！」

もぬけの殻の貴族牢の前では顔を青くしたリリーと貴族牢を護衛する騎士の姿しかなく。

「正式な処罰が下される前になにかできることはないかとメルディーナ様を訪ねたいと無理を言ったのです……まさか、あの方が自分の罪に向き合うことをせず逃げ出すなんて……！」

涙を流すリリーの姿に、クラウスは目の前が真っ暗になるのを感じた。

逃げ出すということは……やましいことがあるということだ。

（君を信じたかったのに……こんな形で愛する君に裏切られるとは……！）

落胆と憤《いきどお》りを感じたのも無理はないだろう。

「兄上は無条件で聖女様のお言葉を信じていますが、私にはやはりメルディーナ様が聖女様を害そうとしたなど信じられません。……そもそも本当にメルディーナ様は貴族牢にいたのですか？」

「……何が言いたい？」

「あの晩、地下牢で数人の衛兵が眠らされた状態で見つかった騒ぎをご存じですか？」

確かにその件はクラウスの耳にも入っていた。

収容されている罪人もいないのに、なぜかメルディーナの逃亡騒ぎがあったあの晩、三人の衛兵が地下牢の前で眠らされていたのだ。

「まさか、お前はメルディーナが地下牢に入れられていたと？　ありえない」

「まさかありえない、ですか。兄上、きちんと調べられたのですか？　メルディーナ様が聖女様を害されたという件も、あの晩、地下牢で何が起こったのかも」

地下牢にメルディーナが入れられていたわけがない。聖女リリーが証言したのだ。『貴族牢へ出向いた際、逃げ出すメルディーナの後ろ姿を見た』と。そして事情の聞き取りも待たずに逃げ出した以上、メルディーナが自身の罪を認めたようなものだった。

聖女の関わる案件である。いかに突き付けられた現実が信じたくないものであろうと、受け入れるほかない。これ以上の真実を調べるということは聖女を疑っていると取られかねない。王族として、聖女を疑っていると思われるような行動をとることなどできはしない。

聖女は、嘘がつけないのだから。

特に今回の場合は、メルディーナが聖女を害そうとしたという状況であり、聖女を尊重している姿勢を分かりやすく示す必要があった。

「……迂闊《うかつ》な発言はするな、カイル。まるで聖女の言葉を疑っているみたいだ」

「だから、聖女様の発言を諌《いさ》めもしないのですか？　安心できないから、メルディーナ様の死体をその目で確認したい、だからその体の一部でもいいから死んだと分かる証拠を探してほしいと！　聖女様はそう言い続けています！　……どうかしているとしか思えない」

「口を慎め！」

そこで話は終わりだった。クラウスはカイルを執務室から追い出し、一人大きく息をつく。

実際、不安があるとはいえ聖女がメルディーナの死体を見たいと言葉にして言い続けることに、眉を顰《ひそ》める者も多かった。中には不信感を持つ者もいただろう。

しかし、聖女を疑うということは神を冒涜《ぼうとく》するようなもの。カイル以外に聖女を疑うような発言をする者はいない。おまけに、どちらにしろ彼女の望みを叶えようにもメルディーナの死体はまだ見つかってはいなかった。

（王族が聖女の発言を疑うなど……あってはならない）

メルディーナを信じたくとも、信じるわけにはいかない状況が揃ってしまっていた。

クラウスの立場で、自分の気持ちなど優先できるわけもない。

コンコン――一人葛藤《かっとう》するクラウスの執務室を誰かがノックする。

「――殿下」

幼馴染であり、信頼できる騎士であるニールが、思いつめた顔で立っていた。

第五章

「ねえ、僕もメル様って呼んでいい？」

私に声をかけた小さな男の子はルーチェという名だと教えてくれた。見た目通りといえば見た目通り、ルーチェも精霊だった。ロキ以外の精霊……初めて出会った。

あの後は結局もう一度眠ることもできず、夜が明けるまでルーチェがずっと話に付き合ってくれていた。

今、私とリアム殿下、ロキとルーチェは徒歩でアーカンドの王都へ向かっている。

「おい！　あんまりメルに馴《な》れ馴れしくするなよ！」

「え～ロキ君だけずるい！」

ロキがぷりぷりと怒るのを見て、ルーチェは拗《す》ねたように唇を尖らす。

「同じ精霊でも随分性格が違うのね……」

思わず呟くと、隣を歩くリアム殿下が笑った。

「ルーチェはどうも出会った頃から小さな子供のようです。僕は彼に慣れているので、ロキに睨まれた時にはちょっと驚いてしまいました」

リアム殿下が言っているのは、黒い狼さんの正体がリアム殿下だと判明したときのこと。

あの時はいろんなことが一気に起こりすぎて気に留める余裕もなかったけれど、今思えばロキの言葉にリアム殿下は普通に答えていた。ロキ以外の精霊に出会ったのも初めてならば、私以外にロキの見える人に出会ったのも初めてでなんだか新鮮だ。

ロキがずっと私の側にいるように、ルーチェはずっとリアム殿下と共にいるらしい。

あまり多くはないが、人間よりも自然や妖精と近い存在として暮らす獣人の中には、私達のように妖精や精霊が見える人もいるのだとか。もっとも、精霊王の力が弱まっている今、精霊の数はほんの僅かで、リアム殿下もルーチェ以外に出会ったのはロキが初めてだと教えてくれた。

「ロキはまるで兄のように感じることがありますが、ルーチェは完全に弟といった感じですね」

つれないロキの態度にルーチェが目を潤ませ、それにロキが怯んでいる。まるで兄弟でじゃれてるみたい？　ロキは私のこともずっと気遣って励ましてくれていたし、守りの森では妖精たちの面倒をせっせと見ていた。完全にお兄ちゃんタイプだ。

そんなことを考えていると、どうしてもお兄様のことを思い出す。今日、夕方にはアーカンドの城に辿り着く。そうすればお兄様にも会える。私はもう、お兄様が私を嫌っているわけではないと知っている。リアム殿下が教えてくれたように、私のために迷いなく首を捧げようとしたなんてまだ少し信じられないけど……ずっとお兄様のことを誤解していたのだとしたら、これからの時間で兄妹としてもう一度やりなおせるだろうか。

なんだか少し緊張する。どんな顔で会えばいいの？

……だめよね、こんな後ろ向きな気持ちでいちゃ。

気持ちを切り替えようと、無意識に俯いていた顔をぐっと上げるとリアム殿下がこっちをじっと見ていた。

「メルディーナ、何か緊張していますか？」

「え……？」

「僕も伊達《だて》に何年もあなたを見ていませんからね」

リアム殿下はふわりと笑った。

……何年も一緒に過ごした時間があるとはいえ、私にとってその相手は黒い狼さんだ。狼さんがリアム殿下だったと分かって警戒心はもうないけれど、獣人姿のリアム殿下にはまだ慣れなくて少しどぎまぎしてしまう。

「大丈夫ですよ、イーデンもあなたを心配していました。……どう再会するかは迷う必要はありません。妹を優しく迎えるのは兄の仕事でしょう」

リアム殿下は、お兄様に任せとけば大丈夫だと言っている。

その励ましを嬉しく思いながらも、そういえばともうひとつの心配事が頭をよぎった。

「あの、リアム殿下の妹君……ジェシカ王女殿下は、その……」

途中で言葉が続かなくなった。

ジェシカ王女は私を迎え入れることに反対はないのでしょうか？　なんて、聞いてどうするのだろう。王女殿下がどれだけ嫌がっているかは察しが付く。そんな答えの分かっていることを聞いても優しいリアム殿下を困らせるだけだ。

案の定、リアム殿下は眉尻を下げて少し困ったような顔をした。

「城についたら、ジェシカと会ってやってはくれませんか？　……あの子はあなたを傷つけた。もう顔も見たくはないかもしれませんが――」

「え!?　い、いいえ、決してそんなことは……もしも王女殿下が私になど会ってくださるなら、それはもう、是非《ぜひ》……」

思わずぺこぺこと頭を下げてしまった。私は前世のサラリーマンか……。

「メル様～！」

ロキとじゃれ合って少し遅れて付いてきていたルーチェが私の肩に飛びついてきた。

「どうしたの、ルーチェ？」

「ロキ君が僕に冷たい！」

続いて慌てて飛んできたロキがルーチェを私から引き離す。

「メル！　こんななよなよしたやつの話、聞かなくていいから！」

「なよなよって何～！　ロキ君ひどい！」

「うるさーい！」

大声をあげて、むくれた顔でルーチェを追い払おうとする。

ロキ……ひょっとして嫉妬してる？

前言撤回。お兄ちゃんタイプだと思ったロキは、同族に出会ってちょっと子供っぽい部分が顔を覗かせているみたいだ。

城についてまず待っていたのは、予想に反しての歓迎だった。

「メルディーナ様！　こちらへどうぞ！」

「まずは私達がメルディーナ様のお支度をさせていただきますぅ」

「えっ？　えっ？」

二人の侍女に左右を挟まれ、どんどん奥へ連れられて行く。戸惑ってリアム殿下を振り向くと、大丈夫だというようにこちらに向かって頷いた。

「あらぁ？　しばらく森で生活していたと聞いていたのですが、随分お綺麗ですのねぇ」

連れて行かれた浴室で、侍女の一人が首を傾げる。

「一応こまめに浄化をかけていましたので。泉の側にいましたし」

「まあ、浄化をですか⁉」

私と同年代らしき、タイプの違う侍女二人。おっとりと間延びしたような喋り方をするのがオルガ、シャキシャキと明るく話すのがミシャと言った。

お風呂で磨き上げられ、二人がかりでマッサージをされる。何が何だか分からないままにこうしてお世話を焼かれているけれど。

「あの、お二人は……嫌ではないのですか？　人間である私のためにこうして動いてくださること」

「ふふふ、まさかぁ。メルディーナ様のお話を聞いて、皆でこのお役目の取り合いをしたんですよぉ」

「聞いてくださいます⁉　選ばれたのは嬉しかったですけど、お前たちはうるさいほどに喋るから不安があるが、今回ばかりはそれが彼女の不安をやわらげるだろうって、第二王子殿下が！　……私達、うるさいです？」

二人の態度は確かに私を厭っているようには見えなくて、その明るさとマッサージの気持ちよさに残っていた不安と緊張がどんどんほぐれていく。

リアム殿下はきっと、私を出来る限り万全の状態で迎えるよう、手を尽くしてくれたに違いない。

「メルディーナ様、なんでもお似合いになるからどのドレスにしようか迷っちゃいますねぇ」

「選びがいがあります！」

身支度が整っていく間に、私はすっかりこの二人の侍女に心を許していた。確かにリアム殿下は「伊達に私を長い間見ていない」。オルガとミシャの、ともすれば城に勤める侍女としては近すぎるほどのあけすけな態度は私に安心感を与えた。

「このドレスは……」

「第二王子殿下がはりきって準備しようとしたら、イーデン様がどうか自分がと譲らなくてぇ。結局二人で半分ずつ選んでましたねぇ」

目の前に並べられたたくさんのドレスに戸惑っているとオルガが笑いながら教えてくれる。

お兄様……。

「もう少し頑張ってくださいね！　支度が出来たらすぐにでもイーデン様にお会いになれます

よ！」

準備が終わり、連れて来られたのはいつか抜け出した場所とよく似た客室。

そこに、お兄様が待っていた。

「メルディーナ……」

オルガとミシャは私を部屋の中に促すと扉を閉める。

「お兄様、あの」

言葉は続かなかった。

私を見たお兄様が感極まったように近づいてきて、思いきり抱き締められたから。

『私に迷惑をかけたくなければ今すぐそれを着てここから去れ！　絶対に捕まるな！　……私の妹だとバレる場所で死ぬな』

あの時お兄様に投げかけられたあの言葉が、私を守る不器用な優しさだったと今はもう分かっている。

「すまない、メルディーナ。私は最低の兄だった……何年も、ずっと。お前が死んでもいいなんて思っていない。今更何をと思うかもしれないが――」

「お兄様、もう、分かってます。全部分かってます」

それでもやっぱり少しだけ緊張してしまって。ぎこちなくお兄様の背に腕を回す。

「私の方こそ長い間ずっと……ごめんなさい」

お兄様は私に無関心なのだと、今思えば私が勝手に決めつけていた。近づかなかったのは私も同じだったのに、まるで自分ばかりが可哀想な気がしていたのかも。ちゃんと見れば、どれほどお兄様が私を心配してくれていたのかがよく分かる。きっと、これまでもずっとそうだったんだ。

「これからは良い兄であるように努力する。だからお前を守らせてくれる？」

「お兄様が守ってくださるの？　……嬉しい」

わだかまりも誤解も全部その辺に捨ててしまったら、変わらず優しい兄がそこにいた。

お兄様のことが大好きで、いつもその後をついて回っていた。甘えん坊の妹だった、小さな頃の私に戻れたような気がした。


長い間お互いを遠ざけ合っていてできた溝を埋めるように、ソファに並んで座りお兄様と話す。

魔法が使えないお兄様が、治癒を持っていた私にコンプレックスを感じていたなんて初めて知った。そうだよね、私はいつも自分のことで必死だから気がつかなかった。私が治癒を使い王家に望まれ、エリックが魔法の天才として期待される中、まだ子供だったお兄様が何も感じなかったわけがない。

私は本当に子供だったと思う。

「でもね、私にも魔法があるとリアム殿下が教えてくださったんだ」

「それは、本当⁉」

「ああ、私も奮起し最近はずっと魔法の訓練をしていた。色々落ち着いたらお前に見てもらいたいな」

私がリオ様にお兄様の身の安全を聞いて守りの森に安心してとどまったように、リアム殿下が私を見つけてくださってからはお兄様もこの城でなかなか快適に過ごさせてもらっていたらしい。

お兄様が防御魔法を持っていることも教えてもらった。私もお兄様も、無能なんかじゃなかった。嬉しそうに少し興奮気味なお兄様の様子に、ちょっとだけ泣きそうになる。

そうしてお兄様と別れていた間の互いの話をしていく。お兄様は一応今もアーカンドとセイブスを行き来しているようだけど、セイブスでは相変わらずいてもいなくても変わらないような扱いで、最近ではほとんどアーカンドで過ごしているらしい。しばらくセイブス王国に戻っていないと言った。

「とはいえ、私やメルディーナがアーカンドにいることをよく思わない獣人もたくさんいるようだ」

それはそうだろう。むしろ、オルガやミシャのように、喜んで歓迎してくれている人がいることに私は驚きだわ。

話し込んでいると、ノックの後リアム殿下が姿を見せた。

「兄妹の時間を邪魔してすみません。メルディーナ、王があなたと会いたがっています」

謁見の時間だ。

リアム殿下、お兄様とともに謁見の間に通される。

一段高い位置にある玉座に国王陛下、その側にいるのは……王太子殿下だろうか？　二人とも、リアム殿下に雰囲気が似ている。他国の王族、それも人間と長い間不仲が続いている獣人の国王陛下。この上なく緊張していたけど、それでほんの少しだけ和らいだ。

「ご挨拶が大変遅くなってしまい、申し訳ありません。並びに、多大なるご迷惑をおかけしたことについても心より謝罪いたします」

国王陛下や王太子殿下は私のことを好意的に見てくださっていると聞いている。私が精霊のロキとともにあり、見つかった場所が守りの森であったことも大きいのだとか。私が城から逃げ出したことについても咎めるつもりは一切ないとリアム殿下が事前に教えてくださった。

「初めまして、メルディーナ嬢。私はリアムの兄で王太子のハディス・アーカンドだ。君のことはリアムに聞いているよ。私達はあなたを歓迎する」

国王陛下と少し言葉を交わした後、人好きのする笑顔で王太子殿下が言葉をかけてくださる。この謁見は決して公式のものではないと聞いていて、だからこそこの場に王妃様がいないのだ。

「ただ、君も知っているると思うけれど、中には君やイーデンを快く思わない者もいる。……できれば、その者たちを納得させてほしいと思う」

人間と獣人の間に生まれた軋轢《あつれき》は根強い。普通に説得するだけではとてもじゃないが納得できないという者も多いのだ。

「君は、瘴気を払えるそうだね」

ハディス王太子殿下の言葉に、斜め後ろに控えたお兄様が息を呑む。

「はい。私は浄化を使うことが出来ます」

「瘴気を払うその魔法が果たしてただの浄化なのかは気になるところではあるけど……まあそれは今考えることではないだろう。君にはリアムと共に、セイブス王国に近い場所にある街へ向かい、瘴気を払ってほしいと思っているんだ」

その瘴気は、恐らくセイブス王国で生まれたものなんだろう。

国境近くの街に瘴気が発生し、それ以上王都側に来ないよう細心の注意を払っているのだと王太子殿下は続けた。

「あなたはリアムの恩人でもある。何の憂いもなくここにいてほしいと言いたいところだけど、状況がそれを許さない。それにあなたが瘴気を払ってくれれば、我が国としても助かるんだ。頼まれてくれるかい？」

「もちろんです。認めていただけるよう、全力を尽くします」

元よりただ守られるつもりはない。私は優しく頷く国王陛下に向かって深く礼を取った。

ここで私に出来ることは何でもしたい。陛下は私をリアム殿下の恩人だと言ってくださったけれど、殿下こそが私の命を救ってくださった恩人だ。

そして、出来ることなら、人間と獣人が少しでもお互いを認め合えるようになれば――。

「獣人が皆、君やリアムにくっついて離れない小さな親友を見ることが出来れば、誰も反対などしないのだろうけどね」

疲れたように薄く笑う王太子殿下に同意するように顎《あご》をさすり、私の側のロキを見つめる陛下。さすが獣人の王族。ロキのこともばっちり見えている。この様子を見るに、私のために随分お心を砕いてくださったようだ。

謁見が終わり、客室に戻るとお兄様が私をソファに座らせた。

「メルディーナ、治癒だけじゃなく浄化も使えたのか……？」

「治癒もまた使えるようになったわ」

「そういうことじゃなくて……」

なぜかため息をつかれた。なんで？

「それに小さな親友って何のこと？　私には分からないことがたくさんあるんだけど……」

頭を抱えるお兄様の様子に、リアム殿下が苦笑する。

「イーデンも稀有な守りの魔法を使う者ですし、聖なる魔力を多く浴びていればそのうちロキやルーチェが見えるかもしれませんね」

私の大事なロキをお兄様に紹介できる日が来るかもしれない。そう思うと心が浮き立って、私の喜びが伝わったのかロキも目に見えて上機嫌になった。もうお兄様に隠すことはないと、お母様以外で初めて自分からロキの存在を打ち明けた。リアム殿下や王太子殿下達は最初から見えているわけだからもちろんノーカウント。

……とはいえ、ずっと隠し続けていた私の秘密を知ったお兄様は、驚きに目をまわしていたけどね。


夜、私は再びミシャとオルガに世話してもらい客室でゆっくりしていた。

「ここにいるのも、あと少しです。……ふふ、前にも同じことをあなたに言いましたね」

リアム殿下はそう言っていた。最初にアーカンドで目を覚ました時にも私にそう言っていたっけ。あの時は怖くて怖くて、『お前はすぐに処刑されるから、ここにいられるのもあと少しだ！』なんて意味を込めてそう言われたのかと思っていた。

今回、その後に続いた言葉に仰天した。

「なるべく早くあなたのための部屋を整えます。こんな客室で過ごさせてしまって申し訳ありません」

ちょっと待って、あれってそういう意味だったの⁉

そもそも、『愚か者の目を覚まさせる』と言っていたのも私を歓迎しようとしている王太子殿下のことかと思っていたけど、反発していたという他の貴族に向けてのことだった。全部真逆だった。

勝手に勘違いして優しいリアム殿下を敵なんだと思い込んだ私とお兄様もひどかったとは思うけど……あの時はそう思うよ……。

直前に同じ王族からはっきり犯罪者だと言われてしまっていたのだもの。

だけど、私もお兄様も疑心暗鬼《ぎしんあんき》になりすぎていたのだと今は思う。言葉と声色《こわいろ》だけ思い出せば、リアム殿下は明らかにこちらを気遣ってくれていた。あの時、断罪され命の危機にさらされるのだと何も疑わず逃げ出したこと、何度思い出しても申し訳ない。

後は寝るだけと一人でくつろいでいると、ドアがノックされた。

こんな時間に私を訪ねてくるなんて、お兄様かしら？

油断して、普通にドアを開けた。守りの森の生活と、思いのほか好意的に受け入れてもらえたことでちょっと気が緩んでしまっていたかなとも思う。警戒心が足りないと後でお兄様にも怒られてしまった。

ドアの前には、まさにあの日私に処刑をほのめかした、ジェシカ王女殿下が立っていた。

一瞬、固まってしまう。体感二秒、じっと見つめ合い、王女殿下の険しい表情に気付いて慌てて膝をつく。

「やめて！」

すぐに上から降ってきた叫ぶような声のあと、なんのアクションもなくて。恐る恐る少しだけ顔を上げると、泣きそうな顔をした王女殿下とまた目が合った。

「……部屋に入れて」

私に否《いな》やは言えません。

押し入るように部屋にずんずん入ってきたジェシカ殿下。

私に背を向けたまま俯き、ソファの側で止まり小さく震えたかと思うと突然号泣した。

「うう、うわあああーん！」

「えっ、ええっ……⁉」

思わず途方に暮れる。

てっきり恥知らずにも戻ってきた私を受け入れられず、罵《ののし》りに来たのかと思ったのだけど……

この状況は……？

えっと、慰めてもいいものなの？

すっかり耳が下がり、肩を震わす王女殿下の向こうから、ひょいと顔を覗かすロキ。

「なあ、これどうしたらいいの……？」

私以上に困惑した顔だった。

どうしたら、いいんだろうね……。

「あの、王女殿下……」

そっと声をかけると、殿下は身を翻しガバっと私の腰に巻きついた。

「ごめんなさい！　ご、ごめんなさい！　うわあああん」

後で不敬だと責められませんように……。

そっと背中を包むように抱きしめ返すと、より泣き声が大きくなった。

🐾 🐾 🐾

「取り乱して、申し訳ありません」

現在、目元を真っ赤にしたジェシカ王女殿下は目の前のソファにちょこんと座って落ち込んでいる。

言われた言葉が忘れられなくて、随分恐ろしい印象だったけれど、こうしているとただの女の子だ。年齢は聞いていないけれど、少なくともセイブス王国のカイル殿下より年下に見える。あの方は今十歳。

「わ、私を怒っている？　私を許さない？」

私を責めていた時には随分ときつく大人びていた口調もすっかり子供のそれだ。

「とんでもありません。怒るなどありえません。王女殿下が私を許してくださるなら、私の方にわだかまりなど何もありませんわ」

殿下は私の言葉になぜかまた顔をくしゃりと歪ませた。

「わ、私も怒ってない！　……あの時は、あの時は」

あの時は。殿下はすごく怒っていた。怒りから思わず飛び出した激しい言葉だったんだろう。

「知らなかったの……ただ、あなたは悪い人間なんだって、思って、うっ……ごめんなさい」

何が何だかよく分からなかったけれど、ひとつだけよく分かった。

ジェシカ殿下はあの時、王族としてきっと必死だったんだわ。私が命を脅かされると思い込んで必死で逃げ出したように、悪い人間がこの獣人国を脅威にさらそうとしていると思った王女殿下は必死で私を排除しようとした。

そして今、ご自分の言葉に後悔されている。

「殿下、謝ってくださってありがとうございます。私はあなたの謝罪を受け入れます」

本当は私がこの方を許す許さないなんて立場にはないのだけど。殿下はきっと自分の言葉に後悔して、罪悪感で押しつぶされそうになっている。私が「怒っていない、許してくださるなら」といった言葉に、まるで反対に責められているような顔をしていた。

私が彼女に許すというのは傲慢《ごうまん》のように思えるけれど、きっと許しが必要なのだと思ったのだ。

もう一度泣き始めたジェシカ殿下は震える声で呟いた。

「せ、精霊様も、許してくれる？」

「お、俺ぇ？」

なんのこっちゃ分からないという顔のロキがうろたえる。

結局、ロキが大慌てで「許すってば！」と叫ぶまでジェシカ殿下は泣き続けたのだった。

セイブス王国から外交官が城に来ると聞いたとき、ジェシカは信じられない思いだった。

（お父様やお兄様たちは何を考えているの？）

小さな頃から学んできた『人間』について。人間の国は恐ろしい場所だから、絶対に近づいてはいけないと教えられていた。

ジェシカに早く事情を説明し、理解させなかった国王やハディス、リアムにも責任はあっただろう。彼女は純粋すぎることを心配され、大切だからと守られていたのだ。人間にもいい人はいるということは、彼女の成長を待ち、説明をする手はずになっていた。

ただ、城の中にも『良くない獣人』がいた。

「ジェシカ王女殿下、リアム殿下がアーカンドに入りこんだ不審な人間の女を城に連れ帰りました。全く、リアム殿下は優しすぎるのです！　人間の犯罪者を牢ではなく客間に通すなど……思いあがった人間がこの国に仇為《あだな》す前にどうにかしなければ……」

苦々しい顔でジェシカに告げたのは彼女によく声をかけてくれる優しい大臣だった。

（どうにかしたくとも、王族の決定になかなか手を加えられないのだわ）

セイブス王国の外交官が訪れるようになった頃から、兄たちはおかしくなった。まさか、人間に騙されているのでは……？　そう思い、体が震えた。

そんなジェシカの様子に、大臣が笑みを浮かべていることにも気づかずに。

「お兄様……何が何だか……ここはどこですか？」

急ぎ向かった客間の前で、聞こえてきた言葉に目の前が真っ赤になる。

（しらじらしい！）

怒りのままに、使ったこともないような激しい言葉を吐き捨てる。

「罪人はいつだってそうやってとぼけるのよ！　いい、分からないと言うなら教えてあげるわ！

お前は許可証もなく我が国に侵入した犯罪者！　……楽に死なせてもらえればいいわね！」

自分は王族。兄ができないのであれば、自分がこの恐ろしい人間の心を折らねば！

（私は守られるだけの弱い王女じゃないわ！）

しかし、その後すぐに、自分のしたことの罪深さに気付かされることになる。

「ジェシカ。僕の客人が城からいなくなってしまった。残った彼女の兄は僕に首を差し出そうとしたよ。――お前はあの時、彼女たちに何を言ったんだい？」

口調は優しいものの、明らかに怒っている兄リアム。

（出ていったのね！　よかった！）

お兄様もきっとすぐに目を覚ましてくれるはず。そう思い、自分の気持ちと行動を説明したのに。

「メルディーナ……！」

焦燥《しょうそう》をにじませて部屋から出ていく兄の背中を、ジェシカは呆然と見送った。

（何？　どうしてそんなに慌てるの？　何が起こっているっていうの？）

事態を理解できないジェシカに、入れ替わりにやってきたハディスが謝る。

「お前にはまだ早いと、きちんと説明しなかった私の罪だ」

やっと聞かされた事実にジェシカは背筋が凍る思いだった。

自分が追い出した人間こそが、リアムの命の恩人で、何よりも大切にしていた人だった。兄にそういう人がいるというのはなんとなく気付いていていたけれど、まさか人間だったなんて。

兄が命の危険にありながらも交流を持ち続け、命がけで救い出した人。そんな人に自分は――。

それでもどこか信じられない自分もいて、混乱したジェシカは自室に引きこもる。

「彼女が見つかったよ。守りの森で聖獣様に守られていたそうだ」

部屋のドア越しにハディスから聞かされた言葉に、ジェシカは今度こそ打ちのめされた。

守りの森は心が綺麗なものにしか見ることはできない。その清浄すぎる空気は、少しでも瘴気を生む存在にとっては毒になる。瘴気を全くその身に持たない者など獣人にもほとんどいない。精霊のルーチェがそばにいるリアムは入れるが、ハディスは無理かもしれないと聞いた。

そんな守りの森で、聖獣様に守られた存在。そんな人が、悪い人間であるわけがない。

事実、後悔にまみれ、泣きながら謝り続けるジェシカのことを、メルディーナと呼ばれるその人は、優しく抱き留めてくれた。

(私は……酷いことを言ったのに……殺すと言ったようなものだったのに!)

許されても、後悔はなくならない。自分のしたことが恐ろしかった。

「ごめんなさい、ご、ごめんなさい！　うわあああん！」

泣き続けるジェシカを慰めようと、抱きしめてくれたメルディーナの魔力を少しだけ肌に感じる。

(これが、この人の持つ、聖なる魔力……なんて優しい人なんだろう)

それは、信じられないほど、温かい魔力だった。

「これは……」

朝から困惑気味のリアム殿下と顔を合わせる。私の腰には昨日大泣きしたときと同じようにジェシカ王女が巻き付いていた。

ご機嫌に尻尾をゆらゆらと揺らして、甘えるように私にくっつくジェシカ王女の姿に、リアム殿下は色々察したみたい。

「いつの間に……ジェシカがすみません。その様子だと、この子の話を聞いてくださったみたいですね」

「ええ、ジェシカ王女殿下と仲直りいたしました」

昨日ジェシカ王女殿下に泣いて縋られて、私の肩でぐったりと疲れ果てているロキはとりあえず無視。後で労《いた》わってあげよう。

「ジェシカ、許してもらえたからと言ってあまりにもメルディーナに甘えて迷惑をかけてはいけないよ」

「迷惑だなんてかけていないわ！　ねえ、メルディーナ様、お姉様って呼んでもいい？」

「こら、ジェシカ！」

リアム殿下が慌ててジェシカ殿下を止めようとする。

「ふふふ、ジェシカ王女殿下がよろしければ是非殿下のお姉様にしてくださいな」

「王女殿下、なんて言わないで？　ジェシーって呼んで、メルお姉様！」

ロキがあきれたようにため息をつく。

「なあ、この子供距離の詰め方がすごいな？　昨日あんなに泣いてたくせに」

最初の時とは別人のようになったジェシカ王女の姿が微笑ましい。

国王陛下やハディス王太子殿下と約束した通り、私達はこれからアーカンドとセイブス王国の国境付近にある街へ向かう。

瘴気の浄化は多分、問題なくできると思う。守りの森を出てから気付いたけれど、自分の中に清浄な魔力がたっぷり溜まっているのを感じるのだ。ロキやリオ様に言われていた通り、セイブス王国の妖精たちを守るために無意識に魔力を与え続けていた分、私は常に軽度の魔力枯渇状態にあったらしい。どんどん魔力が回復している今、体がものすごく軽い。これが普通で、今までが尋常じゃなく重くなっていたのだと思うと、やっぱり不思議な気分だ。

ただ、ひとつ気になっていることがある。私に魔力が戻っているということは、セイブス王国の妖精たちはどうなっているのだろうか？

リオ様は「セイブスの様子は相変わらずよく見えない。瘴気が濃くなりすぎている」とだけ言っていた。

「メル、心配なんだろうけど、妖精たちは多分大丈夫だと思うよ。あんまり苦しそうだと俺にもその気持ちがなんとなく伝わってくるけど、今は何も感じない。メルが不安になってると妖精たちもそわそわするから、できるだけ元気でいてほしいな」

側にいるジェシカ王女殿下やリアム殿下に聞こえないように、ロキが耳元で私を励ました。

気にはなるけれど、現状セイブス王国の妖精たちがどうなっているか、セイブス王国は何も問題は起こっていないか、確かめる方法はない。

「それでは、イーデンとともに準備が整い次第出発しましょう。急なことでしたから、あまりゆっくりさせてあげられなくてすみません……ミシャとオルガに荷造りは頼んでいますが、一緒に確認してくださいね」

「はい、お気遣いありがとうございます」

リアム殿下がミシャとオルガと入れ替わるように、私と離れたがらないジェシカ王女殿下を連れて部屋を出ていく。

今日も元気なミシャと、なんだか少し残念そうな顔をしたオルガ。

「メルディーナ様、お荷物の確認をいたしましょう！　国境へはこのミシャがついていきます！」

「私も一緒に行きたかったのですが、今回はお留守番だと言われちゃいました～」

「……メルディーナがジェシカに姉と呼ばれる……悪くないな……」

部屋のドアが閉まる瞬間、リアム殿下が何かボソボソと呟いていた。何でもないような顔をして私を不安にさせないようにしてくれているけれど、ひょっとしてリアム殿下も少し緊張しているのかもしれない？

あまり不安な顔をしてリアム殿下に心配をかけないようにしないと。

第六章

国境の街――トーリャまでは、馬車で二日の道のりだった。この場所は非公式にセイブス王国の農民や行商人との取引をしている場所でもあるらしい。

「私がこの街のまとめ役をしている者と先に少し話をします。ここで待っていていただけますか？」

お兄様とミシャと三人、言われた通りに街の入り口で待っていると、そこに一人の少年がやってきた。

「お前、人間だろ？　なんでこの街に人間がいるんだよ……！　出て行け！」

嫌悪と憎しみを隠しもしない少年の表情。こちらを睨みつける瞳は涙をこらえているように赤く潤んでいる。そして、その目で私を真っ直ぐに睨みつけた。

「人間の女が悪いことしたって、知ってるんだからな！」

そう叫んで立ち去る後ろ姿を、何も言えずに見送った。

人間の女……多分私のことじゃない。守りの森を探し出そうと躍起《やっき》になっていたリリーのことが頭をよぎった。

「メルディーナ様、大丈夫ですか？」

ミシャが私を気遣ってくれるが、いちいち落ち込んでいる暇はない。

「大丈夫よ。これからどうにか信用してもらえるように頑張ります」

そのためにこの場所まできたのだから。


少しして、私達はリアム殿下とともに大きな屋敷に招かれた。中に入ると、使用人に案内された先に初老の男性がいた。彼がこの街の『まとめ役』という方だろう。

「この方が、愛し子様ですか……？　しかし、この方は……」

「そう、彼女は愛し子であり、人間です。ともにいるこちらは彼女の兄です」

お兄様と一緒に軽く頭を下げるも、信じられないというような目を向けられる。

「この街は特にセイブスから流れ込む瘴気の影響を直接受けているようなものでしょう。人間への不信感も強いと思いますが、どうか私を信じると思って、彼女たちを受け入れてくださいませんか？」

「そんな！　殿下や愛し子様を疑うようなことはありえません！　ただ少し驚いてしまっただけで」

ひとまず、追い返されるようなことはなさそうで安心した。

「改めて、私はこの街のまとめ役をさせていただいているダリオと申します。愛し子様にお会いできたこと、光栄でございます。まずは街を案内いたしましょう」

スムーズにことが運ぶよう、最初から私やお兄様が人間であることは隠さないことに決めていた。

住民たちは一瞬私達を見て驚き、おびえた様子を見せるものの、ダリオさんやリアム殿下が私を愛し子と紹介すると、途端《とたん》に安心した様子を見せた。中には目を輝かせて私を見つめる人まで。

「愛し子とは、獣人にとって特別な存在なのですね……」

「もちろんですよ、メルディーナ様！　私達獣人は妖精や精霊を愛し共に生活することを喜びとしています。そんな精霊様や、聖獣様に愛される愛し子様は、獣人の憧れであり希望なのですよ？」

ミシャの大げさなセリフにも、あまりピンとこない。愛し子である実感さえあまりないのだもの。

それでも、人間である私を受け入れてくれることはありがたい。

「おい、ヒューゴ！　お前またうちの商品を盗んだだろう！」

突然聞こえてきた怒鳴り声に、思わず顔を向ける。

そこには露店の店主が顔を真っ赤にして怒っていて……さっき私を睨みつけた少年が店主に腕を掴まれていた。

「うるさい！　はなせ！」

「あっ！　こら！　待ちやがれ！」

掴まれた手を振りほどき、ヒューゴと呼ばれた少年はものすごい速さで逃げていった。

「あの、あの子は？」

ダリオさんに尋ねる。

「お恥ずかしいところをお見せしました……あの子はこの街に住むヒューゴという少年なのですが、もう何度も店の売り物や畑の野菜などを盗んで問題になっているのです……」

他にも、ダリオさんは包み隠さず街の事情を話してくれた。街では瘴気に倒れ苦しむ者が出始めて以来、少しずつ雰囲気がピリピリし始めているらしい。皆がピリピリしている……セイブスでもそうだった。

そうであれば尚更《なおさら》、早くこの街の瘴気を払わなければ。


やがて、ダリオさんは街の外れに作られた少し大きめの建物に私達を案内した。

「ここが、このトーリャの医療院です」

瘴気が原因だと思われる患者は、大部屋に集められていた。全員意識が混濁しているようだ。

これは……確かにルコロ村で浄化した瘴気に冒された人達の様子によく似ている。けれど、あの時にみた人達よりも症状は酷いように思う。

「この症状が始まった原因は何か分かっているのですか？」

リアム殿下が難しい顔で質問する。

「調べた限り、セイブス王国から仕入れた動物の肉を食した者たちが次々と倒れたようです」

動物の、肉……。

ここに来るまでに見た街の様子を思い出す。街中を見たけれど、売り物も倉庫も問題はなかった。

多分問題のものは全て食べられてしまった後か、廃棄されたんだろう。私はそう伝える。

「これ以上患者が増えることはないということですね……」

ダリオさんが安心したように息をつく。最初は原因も分からず、次々に人が倒れていったらしい。

ダリオさんも他の街の人たちも気が気じゃなかっただろう。

「どうですか？　メルディーナ」

「すぐに浄化します」

浄化は問題もなく、すぐに終わった。苦しそうにしていた患者たちは今、深い寝息を立てている。

「ありがとうございます、愛し子様……！」

「いえ、あの、頭を上げてください」

涙目のダリオさんが思わずと言ったふうに私の両手を握り、深く頭を下げた。

それから数時間もすると、顔色の良くなった患者が目を覚まし、話を聞けるほどにまでなった。

「瘴気の原因は恐らく、俺の店で扱った牛肉じゃないかと思います。街の皆に、どう謝ればいいか」

肉屋を営む男性がそう言って涙を流すと、他のベッドから次々に励ましの声がかけられていく。

「おじさんのせいじゃないよぉ！　仕入れた食べ物に瘴気がたまっているなんて誰も分からないさ」

「そうそう、たまたまサイモンさんとこの肉がそうだっただけで、うちのがそうでもおかしくなかった」

「こうして皆助かったんだ、もう気にしないで！」

「皆……」

この街の人は皆、優しくいい人達なんだろうな。

「サイモンさん、念のため、他にもその時期にサイモンさんのところで肉を買った人がいないか思い出してくれるかい？　少しでも可能性がある人は症状が出ていなくても愛し子様に診てもらおうってことになったんだ」

ダリオさんが優しく声をかける。

「多分、他にはいないと思うんだが……あぁっ、そうだ！　あの日ヒューゴがうちの商品をまた盗《と》っていったんだよ！　すっかり忘れていたな」

「ヒューゴが……だが、あの子は今日もここに来るまでに問題を起こしていたし、多分盗って行ったのは違う肉だったんだろう」

「そうか、ヒューゴは元気か……良かった」

肉屋のサイモンさんは安心した顔で何度か頷いたけれど、なんだかモヤモヤする。

「あの、ヒューゴという子の家族は両親とあの子だけですか？」

「確か妹がいたんじゃなかったかな……ここだけの話、あの子の親の姿はもうしばらく見ていなくてね、妹だけ連れて街を出ていったんじゃないかと噂なんです。ヒューゴは一人捨てられたんだ」

彼が盗るものは食べ物が多いが、食べ物は街の人が交代で十分な量を差し入れているらしく、お腹を空かせて盗んでいるわけではないはずだという話だった。それ以上の親切をあの子は嫌がるから、直接世話をすることが出来ないのだと言った。

――本当に？

街の人たちを疑っているわけではなく、そうして大人たちに手を差し伸べられているにしては周りを敵視するような態度だったことが気になる。

「すみません、ダリオさん、ヒューゴくんの家に案内していただけますか？」

ヒューゴの暮らす家は医療院とは少し離れて、街の外れにあった。

家の側に近づいていくと、外にいたヒューゴが私たちに気がついた。

「人間連れて、俺らの家に何しに来たんだよ……」

その目はやっぱり私を睨みつけている。

「ヒューゴ！　愛し子様になんて態度を……！　申し訳ありません、愛し子様……」

「いえ……」

私の言葉を遮るように、ヒューゴは声を上げる。

「人間が愛し子様なわけないじゃないか！　人間が愛し子様のふりをするなっ！」

彼がこれほどまでに私を、人間を嫌悪する理由……何があったんだろう？

いえ、今はそれよりも。

「……ヒューゴくん。家の中に誰がいるの？　お父さん？　お母さん？　それとも……妹かな？」

私の言葉に、ヒューゴの肩がびくりと震えた。

ヒューゴは『俺ら』と言った。怖がって、怯えて、それでも怒って周りを牽制するその姿。彼はまだ子供だ。一人ぼっちならきっとこんなに強く虚勢をはることはできなかっただろうと思う。

「私一人でいいから、家に入れてくれないかな？　変なことしたら殺してくれていいよ」

お兄様やダリオさんは焦ったような声を上げたけれど、リアム殿下はじっと黙っていてくれた。

「あなたたちを助けたいの」

しばらく私を睨み続けていたヒューゴは、やがてリアム殿下をちらりと見て。「変なことしたら、本当に殺すから」と言って家の中へ向かっていった。

「妹さんね……」

奥にあるベッドの中に小さな女の子が寝かされていた。一目でわかる。瘴気に冒されている。元々衰弱していたんだろうか……医療院で診た人達とは少し違う症状が出ているように見える。

「これはひどいな」

ずっと黙って私の服の中にいたロキが顔を覗かせて呟いた。

「どういう症状か分かるの？」

「瘴気だけじゃなくて、多分強い魔力で攻撃されて、その残滓が体を苛《さいな》んでるんだ。まるで呪いみたいな状態になってる。でも、メルの浄化なら取り払っちゃえるんじゃない？」

そうね……まずはこの子を楽にしてあげなくちゃ。

「ねえ、妹さんに触れてもいいかな？」

一応念入りに体の状態を見ながらヒューゴに話しかけるも返事がない。不思議に思って顔を上げると、部屋の入り口で私を見張るようにしていた彼は口を開けっぱなしで震えていた。

「なに、それ、まさか……精霊様？」

「見えるの？」

「まさか……まさか、本当に、愛し子様……？　そんな」

ロキが見えるなんて驚きだ。この街の人は他には誰もロキやルーチェのことは見えていないようだった。

うわ言のようにまさか、そんな、と呟き続けるヒューゴから止められる様子もなさそうなのを確認すると、私は小さな女の子の体に手をかざした。

この女の子も衰弱して痩せているけれど、元気なはずのヒューゴも同じくらい痩せている。きっと、食べ物をこの子に与えることを優先して自分はあまり食べてなかったんじゃないのかな。

どうしてこんなになるまで、街の人達に妹の存在を隠していたのか。両親がいなくなった時点で助けを求められなかったのかと思うけれど、優しさを信用できないほど、たくさん傷ついてきたのかもしれない。

そんなことを考えながら、私は手のひらに魔力を込めていく。

妹の体が光に包まれるのを見ながら、一人で彼女を必死に守り続けていたお兄ちゃんは、声も出さずにぼろぼろと涙を零していた。


すっかり顔色が良くなり、安らかな呼吸を繰り返す妹に涙を拭くのも忘れて呆然とその場に座り込むヒューゴ。きっと、心が折れてしまうギリギリのところに必死で立っていた。まだ小さな子供である彼がどれだけ絶望していたことか。想像するだけで胸が苦しくなる。

……頑張ったね、お兄ちゃん。

その後、詳しい話を聞くことができた。ヒューゴ達一家はつい一年ほど前にこの街に越してきたばかりだったが、その時にはすでに妹はほとんどベッドから起き上がることができなかったらしい。

……どうも、トーリャに向かう道中で突然魔法の攻撃を受け、運悪く妹に直撃したそうだ。

両親は妹の治療のために奔走することになり、お金を稼ぐために魔物を狩りに出掛けたり、薬を求めて街の外へ出ることが増えて。そして、ふた月ほど前に家を出ていった後、ついに帰らなかった。

「あの子たちの両親に何があったかは分かりませんが、騎士団でも捜索するように手配します。ひとまず二人は揃って私の家に迎えることになりました」

ダリオさんがそう教えてくれた。……この街は本当に温かい。

しかし後日、二人の両親は亡くなっていたことが分かる。薬を求め出かけた先で、魔物の被害にあったらしい。身元が分からない両親を、近くの村が弔《とむら》ってくれていた。二人の生活がきちんと落ち着いた頃、両親のお墓を移すことも検討しているらしい。生きた再会は叶わなかったけれど……それでも、事実が分かり、両親の居場所が分かって良かったと思う。

翌朝、早々に王都へ戻ろうと出立《しゅったつ》の準備をしていると、一人の騎士が馬で街へ飛び込んできた。

「リアム殿下！」

慌てたように急ぎ馬から降り、リアム殿下を探す騎士。ただ事ではない雰囲気……何かあったの？

「少し待っていてください」と言い残し、リアム殿下は騎士とその場を離れた。

残されたミシャはそのまま馬車の準備を進め、お兄様と私はとりあえず側で待つことに。

「――愛し子様」

頼りなげに声をかけられて振り向くと、そこには俯いて手を握り締めたヒューゴが立っていた。

昨日たくさん泣いたからか目元が少し腫《は》れているけれど、顔色は良くなったように見える。

「……こんにちは。妹さんは、大丈夫そう？」

少し考えて声をかけると、勢いよく顔を上げる。何かを我慢するように歯を食いしばって。

「ご、ごめんなさい……！」

ぽつりと、そう零したのだった。

「ごめんなさい、愛し子様……！　ひどいこと言って、ごめんなさい！　ごめんなさい……！」

ぶわっと溢れた涙も拭かず、何度も何度も言いつのる。

「俺、人間は、全員ひどいやつらなんだって、そんな人間が愛し子様なわけないって、そう思って……また、ひどいことされるかもって、思って」

――また？

「人間の国の、側で……あれは、人間の女の人だった。魔法が当たったことに気付いても、笑ってた……」

「人間の、女の人？」

まさか、リリー……？　思わず繰り返した声はヒューゴの耳には届いていなかったようで。

「愛し子様、本当にごめんなさい……妹と俺のこと、助けてくれて、ありがとう……！」

ついに大声を上げて泣き出したヒューゴに、それ以上詳しい話を聞くことは出来なかった。

彼が落ち着く前に、リアム殿下が思わぬ報告を携えて戻ってきたから。

「メルディーナ、落ち着いて聞いてください。セイブス王国の……あの聖女が騎士を連れてアーカンドへ入りました」

詳細はまだ分からないらしいが、先ほどの騎士が慌てていた理由はそれだったのだ。

リリーが、アーカンドへ……。

どこまでもまとわりつく、聖女リリーの面影。今度はなんだというの……？

理解できない行動の数々に、これから何が起こるのかといいようのない不安と恐怖に襲われたけれど。

結論から言うと、今回の事件はリリーの自爆で終わることになる。


聖女リリーは心の中でほくそ笑んでいた。

（そろそろいい時期ね。あいかわらずメルディーナ・スタージェスがどこで何しているか分からないのがムカつくけど……）

とりあえず、姿を見せる気配はないし、今はこっちが先決だと頭を切り替える。

（ちゃんと攻略も進めなくちゃね）

どういうふうに伝えるのが一番可愛く見えるかしら？　などと考えながら、クラウスのもとへ向かう。

「何？　獣人の国が？」

「はい！　獣人の国が……アーカンドが苦しんでいます！」

リリーは目に涙をため、とびきり可憐な上目遣いを披露する。顔の前で祈るように手を組み、縋るようにクラウスを見つめた。

「しかし、アーカンドは……」

「セイブス王国とアーカンドがあまり上手くいっていないのは知っています……でも私、どうしても見捨てられません……苦しんでいるのが分かるんです！　放っておけないんです……！」

言葉に詰まるクラウス。

（聖女である私がここまで言っているのに、さすがに許可しないなんてできないでしょう？）

結局、様子を見てくるだけ、出来る限り危険がないよう隠れて行動する、騎士を数名だけ連れて行く、ということでなんとか落ち着いた。

前世『あなたに捧げる永遠の愛』という、乙女ゲームにハマっていた転生者リリー。同じく前世でゲームのプレイ経験があるメルディーナよりもずっとゲームをやりこんでいたリリー。何度もプレイした。どのルートも知り尽くしている。はっきり日付までは出てこなかったので分からなくとも、大体どのくらいの時期にどこでなにが起こるかは把握していた。

この時期にアーカンドでは疫病が流行る。

それを偶然知ることとなったヒロイン・リリーが疫病が最初に広まった、『始まりの村』でその全てを癒し、アーカンドの獣人たちの信頼を得るのだ。

そして攻略対象である、とある獣人に近づいて行く。

（ま、本当はそれって疫病じゃないんだけどね）

だけどそんなことは他の人には分からないのだ。全てを知るリリーにしか知りえない。

そうしてニールと、他の数人の騎士を引き連れアーカンドへ向かった。

クラウスはさすがに一緒には来られなかったが別にいいだろう。

（獣人とヒロインである私の運命の出会いに、クラウスが嫉妬しちゃうといけないしね？）

人間を憎み、嫌悪する獣人たちが、聖女の奇跡に感謝し、自分をまるで女神かのように敬い、崇《あが》めるのだ。これから起こる甘美な光景を想像し、顔が緩むのを抑えるのに必死だった。

「私は確かに人間です！　だけど、皆さんを助けたいのです！」

始まりの村に着くと、村に入っていく前にリリーたちに気付いた獣人に止められた。

しかし、今は疫病でどの獣人たちもみんな参っている時期だ。こうして聖女が目を潤ませればそのうち絆《ほだ》されることは分かっている。彼らは救いを求めているのだから。

そう思っていたのに。

「疫病疫病って……なんなんだお前!?」

（なんなんだって、聖女様よ！）

なぜか獣人がなかなか首を縦に振らない。

リリーの見立てでは、何度か声をかければ泣いて自分を村に引き入れ、あっという間に解決した自分に心酔するはずなのに――。

「リリー様、一度出直しましょう」

連れてきた騎士が次第に焦り始める。当然だ。今のままではまるで――。

その時、リリー達の元へアーカンドの騎士達が到着した。

「セイブス王国が騎士数人で我が国に攻め入ってきたと連絡を受けてきたのだが……この人数で我々に戦争を仕掛けて勝てるとでも思っているのか？」

騎士の先頭に立つのは王太子ハディス。しかし、ゲームに名を持って登場するわけではないハディスの正体に、リリーは気づかない。

「戦争だなんて！　私はただ、疫病で苦しむこの国を救ってあげたくて……！」

自分の従えた騎士たちが『戦争』という言葉に顔を青くしていることにも気づかない。

ニールがどんな顔をしているかにも、気付きはしない。

そう、今のままではまるで、騎士を引き連れ理不尽に攻め入ってきたようにしか見えないのだ。

「さっきからあんた……疫病疫病って……俺たち獣人はお前みたいな人間の女からすれば疫病のように汚らわしいと、そう言いたいのかっ……⁉」

「何を言っているの……？」

自分を受け入れない獣人の言葉に、さすがのリリーも戸惑う。こんな展開は予想していなかった。

だって、ゲームでは……。

ハディスが追い打ちをかける。

「今すぐアーカンドから出ていくなら、今回だけは見逃そう。このまま我が国を侮辱すると言うなら、その戦争喜んで引き受けるが？」

「リリー、帰ろう！　このままでは本当に戦争になる」

「ニール、でもっ！」

ニールや他の騎士が慌ててリリーを力任せに引きずっていく。

「疫病が、このままではアーカンド中に広がるわっ！　私にしか治せないのよー！」

獣人たちには理解できない絶叫を残して。

「なんだ、あの女……同じ人間でも聖女様とは大違いだ……いや、あの方は聖女じゃなく愛し子様だったんだっけか……本当に、人間だと一括《くく》りにするものじゃないな」

「全くその通りだね。来るのが遅くなって済まなかった。君は村長のディックだったかな？　村に被害はないかい？」

「ハディス様！　お手を煩わせてしまい申し訳ありません……ここで喚《わめ》くばかりで、実際には何もされておりません」

「そうか……結局あの女たちは何がしたかったんだ？」

リリーは知らなかったのだ。

『始まりの村』を起点にアーカンド全土に広まりつつあるはずの疫病。それが現実には起こってもいないだなんて。否、正確には本当に起こるはずだった。

リリーはゲームが全て正規の道筋を辿らずとも、起こることとその時期を把握している自分がその都度導いていけば大丈夫だと高をくくっていた。

だから、ズレた道筋が引き起こす可能性になど気づかなかった。

疫病――そう勘違いされるはずだった瘴気が引き起こした症状は、本来ならばここを訪れるはずのなかったメルディーナがすぐに浄化し、疫病だと騒がれる前に正しく瘴気の影響だったと理解され、全て起こる前に終わっているなんて、知らなかった。

何も起こっていないアーカンドに難癖《なんくせ》をつけ、騎士を連れてきたその姿はまるで戦争を起こすきっかけを作るために理不尽に攻め入ってきたようにしか見えないことも、想像もしなかった。

結果、リリーのこの行動は両国の関係をより悪化させただけで終わったのだった。

私は話を聞いて、驚きを隠すことができなかった。

「まさか……セイブス王国の聖女様が？」

開いた口が塞がらないとはこのことだわ。

トーリャから急いで帰ってきたときには、もう事態は解決していた。それ自体はよかったのだけど……わざわざ騎士団と共に出向いたというハディス王太子殿下に話を聞いて、思わず頭を抱えるところだった。

リリーは……なんという振る舞いを……。

「幸いその後は速やかにアーカンドから出て行ってくれたようだから、今回は目を瞑ることにしたよ。イーデンが外交官として我が国にいるのに戦争になると、色々と問題も多いしね」

この許しがとてつもなく寛大な対応であると、リリーは分かっているのかしら？

王太子殿下の話を聞いている限り、リリーが連れてきていた騎士の中にニールがいたのは間違いない。クラウス殿下も、ニールも……一体どうしてしまったの？

これがまずいことであると、分からないはずがないのに。それとも、リリーが彼らを説得するに値するような話を聞かせたというのだろうか。

いや、今のセイブス王国は聖女を妄信《もうしん》的に信じている。リリーが言えばきっとどんなことでも信じたんだろう。

「本当に……ご迷惑ばかりかけて申し訳ありません」

お兄様が深々と頭を下げる。私も隣でそれに倣った。

「二人のせいではないよ。むしろ許す口実があって助かった。私達も戦争などできることならしたくないからね」

いくら戦いを避けたいとは言え、回避を選ぶ理由もないのにただ単純に許してしまうことは国としてできない。今回は本当にお兄様が戦争を回避したと言っても過言ではないのだ。

「むしろこちらが無理を言って浄化へ向かってもらったのに、急いで戻るように呼びつけてしまってすまなかったね。トーリャでのこと、上手くいったようで本当に良かった」

王太子殿下にねぎらいの言葉をもらい、詳しい報告をしていく。

すぐにこの話を周知してくれるとのこと。これで私とお兄様がアーカンドに滞在することを反対する声も少なくなっていくだろうと言われ、少し肩の荷が下りた気分だった。

その後は自室に戻って少しゆっくりすることにした。

私達がトーリャに行っている間に、なんと王宮内に私とお兄様の部屋が用意されていた。

ミシャとオルガが退室した後、一人になってゆっくり考えを巡らせる。

リリーが叫んだという疫病。ゲームでそういうイベントがあったということだろうか？　もしそうなら……相手はきっと、攻略対象の獣人のはず。

実は私、攻略対象の獣人が誰なのかを知らないのだ。

隠しキャラとまでは言わないけれど、あくまで舞台はセイブス王国だった『あなたに捧げる永遠の愛』の中で、その扱いはそこまで大きくなかった。

多分パッケージにはのっていたと思うけど……クラウス殿下のルートしかプレイせず、ゲームにハマった周りの子達みたいに何週もやりこんだりもしなかった私は覚えていない。

立場的なものを考えると、ハディス王太子殿下の可能性も高いような気がするけど……。

考えずにいたいけれど、考えないわけにはいかない。一番高い可能性。

乙女ゲームの攻略対象は、いつだって何か特別な要素を持っている。

メイン攻略対象であるセイブス王国の第一王子、クラウス殿下。

殿下の幼馴染であり王国内でもかなりの強さを誇る騎士、ニール。

悪役令嬢の弟で魔法の天才、エリック。

この並びで、獣人の攻略対象が王太子だとすると、クラウス殿下とキャラが被ってしまう。

そうなるとやっぱり、一番可能性が高いのは――。

精霊であるルーチェを連れた、獣人国アーカンドの第二王子。リアム殿下……。

今になってクラウス殿下のルート以外を全く知らないことが悔やまれる。せめて全部一周ずつするくらいしておけばよかった。あれだけ流行っていたのに。

リアム殿下が本当に攻略対象だとすると……そこまで考えて、無理やり頭を振って思考を消す。

はしたないと分かっているけど、ふかふかのベッドに飛び込むように体を沈めた。

これ以上考えたくない。だけど思考はどんどん流れて行って止まらない。

もしもリアム殿下が攻略対象だったら。クラウス殿下やニール、エリックのように、リリーと出会えば彼女に夢中になるのだろうか。私の言うことなど一片も信じてくれなくなるのだろうか。聖女様に夢中になった彼らのように、私を冷たい目で見るのだろうか。

――あの温かい金色が。私を冷たく睨みつける？

思わず体に震えが走る。自分でもびっくりするほど鮮明に想像できてしまった。

「大丈夫。大丈夫。まだ起こってもないこと怖がってもしょうがないでしょう」

狼だと思っていたとはいえ、小さな頃から私の精神的支えだったリアム殿下。

まだリリーと出会ってもいないだろう彼がこのままで会わずにいてくれればと思うけれど、リリーの様子を思えばそうもいかないだろう。

その時が来るのが、クラウス殿下との婚約解消を覚悟したときよりも、怖い。

「……まだ起こってもないこと考えたってしょうがないでしょう」

自分に言い聞かせるようにもう一度呟いて、これ以上考えないようにと無理やり瞼を閉じた。

第七章

トーリャで浄化を行ってから、少し経った。

あれから強い瘴気が報告されるたびにリアム殿下と一緒に浄化へ出向くという生活を続けている。

「セイブス王国に帰る度に、国の雰囲気が重く刺々しくなっていくのを感じるよ」

ついさっきアーカンドへ戻り、ハディス王太子殿下へ報告を終えたお兄様が私の部屋でソファに沈み、大きくため息をついた。

特に殺伐《さつばつ》としているのが王宮内らしい。お兄様がほとんど国にいないせいもあるけれど、しばらくクラウス殿下のこともニールのことも見ていないと言っていた。もちろんお父様やエリックもだ。

「聖女様はどうしているの？」

「さあ……私には何も情報が入ってこないんだ。外交官とは名ばかりで、ほとんど報告も求められはしない。私としてはその方が助かるけどね。ただ聖女が前のようにあちこちで能天気《のうてんき》にはしゃいでいる姿はあまり見ないかな」

リリーとなるべく関わりたくなくて避けていた私は知らなかったけれど、私がセイブスにいた頃などはどこでも男の人を侍らせてはしゃいでいたらしい。

もっとも、お兄様はリリーをよく思っていなかったみたいだから、現実よりも悪いふうにその目に映っていた可能性はあるけど。

お兄様がリリーのことも、リリーと恋仲が囁かれるクラウス殿下のことも苦々しく思っていたと聞いて、少し心が温まったのは内緒だ。

さすがにアーカンドとの仲が拗《こじ》れる原因になったあのリリーの暴走、少しは問題になっているのではないだろうか？

「私がアーカンドへ戻る限り、戦争にはならないとホッとして、まだ大丈夫だと安心しているんだろう。――そうだ、また預かって来たよ、ほら」

一通の封筒を差し出す。

「いつもありがとう、お兄様！」

それは、ビクターさんからの手紙だった。

植物店で私に『ディナ』としての居場所をくれたビクターさん。ずっと気がかりだった。私が急に現れなくなって、心配していないだろうか。需要の高まった回復薬の生産は追いついているだろうか。街の人たちは……大丈夫だろうか。困っていないかな？

人間の国よりも自然と近く、妖精たちと共存するアーカンドでさえぽつりぽつりと瘴気が確認されているのだ。おまけに瘴気を寄せ付けないはずのリリーの魔法に聖なる力をあまり感じられなかった。

セイブス王国は、大丈夫なのだろうか。

そんな私の不安に気づいたお兄様が、ビクターさんを訪ねてくれるようになった。最初に持って帰ってくれた手紙の中で、ビクターさんに随分怒られたっけ……。

さっと手紙に目を通す。

「お兄様、次にセイブス王国に帰るときにまた回復薬を持って行ってくれる？　セイブスで回復薬の数がどんどん足りなくなっているみたいなの」

「分かった。お前は大丈夫かい？　浄化の合間に回復薬も作って疲れていない？」

「ありがとう、私は大丈夫よ。浄化もそこまで頻繁《ひんぱん》ではないし、どんどん慣れて余裕も出てきたわ。ねえロキ？」

話を振ると、ロキが得意げな顔で笑った。

「浄化どころか、メルが瘴気を払った後の空気がおいしいって妖精たちがはしゃいでるよ」

ちなみに、リアム殿下がいつか言っていたように、ついにお兄様はロキの声が聞こえるようになった。姿はまだ見えないらしいけれど。

リアム殿下がいつも同行してくれて、こうしてお兄様が心配してくれる。

ロキもいつも一緒だし、浄化をした場所には妖精たちが集まってきて私にくっついてはしゃぐ。そうすると瘴気の影響で陰鬱《いんうつ》な雰囲気が漂っていた場所に花が咲くのだ。その色とりどりの花に心が癒されて、また頑張れる。

セイブス王国で、狼さんと姿の見えないロキの励ましだけを心のよりどころに頑張っていた。あの頃を思えば今の状況が恵まれているとよく分かる。それもあってか、辛いなんて感じることは本当に一切ないのだ。

ただ……。

お兄様が自室に戻った後、もう一度手紙に目を通す。

セイブス王国で、魔法が使えなくなり始めているらしい。俺は魔法が使えないから本当のところは分からないけど、そんな噂をよく聞くようになった。

最近王都や他の街の近くで弱い魔獣がよく現れるようになったんだが、セイブスでは魔法使いを重宝し、騎士も魔法を使えることがほとんどだろう？　その魔法が上手く使えないことが増えて、負傷者の数が増えてきている。聖女様の癒しもあるだろうけど、数が多くて追いつかないらしい。おかげで回復薬の需要がまた増えた。

回復薬がどうしても追いつかないから、ディナの方でもまた生産量を増やしてもらえないだろうか。

君はセイブスに裏切られたようなものなのに、こんなことを頼むのは申し訳ないと思う。

それから……。

…………

セイブス王国は、貴族なのに魔法の使えない私やお兄様を無能と断じるような国だ。

それはつまり、それだけ魔法に頼っているということ。

街の人たちは力を合わせて頑張っているみたいだけれど、相変わらず作物の育ちもあまりよくなく、食べ物も輸入に頼る量が増えているらしい。

精霊王の代替わりまで、セイブス王国は踏ん張れるのだろうか。


夕食の後、リアム殿下が部屋を訪ねてきた。

「メルディーナ、ゆっくり休めていますか？」

「はい、リアム殿下。大丈夫です。お気遣いありがとうございます」

「それならよかった。それで……」

「？　あの？」

なぜかもじもじと目を伏せるリアム殿下。なかなか見ない表情だな、なんて思っていた。

「あなたがよろしければ……明日、一緒に街へ行きませんか？」

「はい。街とはこの王都のことですよね？　瘴気はあまり感じませんが、次の浄化の準備ですか？」

「いや……そうではなくて」

そうではないの？　私はまだ、浄化以外はあまり出歩かないようにしている。他に何か、わざわざ一緒に街へ向かう用事なんかあるかしら？　大抵のことはリアム殿下一人で大丈夫そうだけど。

そんなことを考えて首を傾げていると。

「休日として、一緒に出かけませんか？　そろそろあなたが人間だからとむやみに傷つけようとするものも少なくなってきました」

「え……？」

ちょっと待って。それってもしかして……？

「いけませんね、こういうことは慣れなくて、なんと言っていいか。明日、あなたは休日です。好きな場所で好きなことをして過ごしてもらってかまいません。……その上で、明日メルディーナの時間を私にいただけませんか？」

思わずぽかんとリアム殿下を見つめてしまう。

よくみると、殿下の顔が少し赤い。

それに気づいた瞬間、一気に自分の顔に熱が集まるのを感じた。

もちろん、リアム殿下と出かけるのは嬉しい。待って？　よく考えると本当に嬉しいな？

だけど、思わぬお誘いに返事をしなくちゃと思うと頭が真っ白になって。

「あの……はい、喜んで」

そう答えるのがやっとだった。


翌日、私は城の自室でこれでもかとミシャとオルガに磨き上げられ、そわそわとリアム殿下の訪問を待っていた。

二人が……おかしなことを言うのだ。

「それはデートですわねえ」

「えっ」

おっとりと微笑むオルガに、

「デートですねっ！」

「いやいや……」

うんうんと頷きながらなぜか握り拳をつくるミシャ。

「デートだなんて……そんなふうに言ってはリアム殿下に申し訳ないわ」

アーカンドに来てもうしばらく経つ。私が出かけると言えば浄化という役目を仰《おお》せつかった時だけ。

そろそろ私の存在も認められ始め、リアム殿下と一緒ならば街を歩いても大丈夫だろうという頃合いに、普段外に出ることのできない私を気遣ってくれたに過ぎないのに。そんな風に妙に囃《はや》し立てるように浮かれてしまっては申し訳ないし、なんだかはしたないわ。

そう思って言ったのだけど……なぜか二人にとても残念そうな目で見られてしまった。解《げ》せない。

「むしろそう捉えてしまう方が、殿下が不憫《ふびん》だと思いますけどぉ」

「私、昨日チラッと見えてましたけど、殿下顔真っ赤にして頑張ってらっしゃったのに」

うっと言葉に詰まる。

そんなはずはないと思うのに。それでもそんな言われ方をするとまるで私が間違っていて、薄情者で酷いみたいじゃない？

「本当にやめてちょうだい……変に期待して勘違いしたくないの」

思わず漏れ出た本音に、二人は互いの目を見合わせてこちらに微笑んだ。

もう、好きにして……！

そうこうしていると、ついにリアム殿下が部屋を訪れた。

「お待たせしました、メルディーナ。もう準備出来て――」

そして、固まった。

今日の私はお忍び町娘ルック（アーカンドバージョン）。

もちろんセイブスでディナとして活動していたような質素な格好ではない。ミシャとオルガが「とびきり可愛くしましょう！」ととても張り切ってくれて、我ながら普段とは少し雰囲気が違って悪くないと思う。（いつも凛《りん》と美しいですが、今日はふわふわとかわいいですねぇ、とはオルガ談である。ちょっとよく分からないけれど）

悪くないと……思うんだけど……。

「あの、リアム殿下？　やっぱり少しおかしいですか？」

私らしくないと、驚かせてしまったのかもしれない。そう思い、思わず少し目を伏せてしまう。だけど。

「いいえ！　とんでもありません。すみません、あまりに可愛らしいので……言葉を失ってしまいました」

慌てて言いつのりながら、少し頬を染めて微笑んだリアム殿下に、ますます目を伏せてしまったのだった。

「ねえミシャ、メルディーナ様ったらこの雰囲気でデートじゃないって言ってるのぉ？」

「メルディーナ様、意外と頑固な方ですね……！　だけどそんなところも可愛い！」


リアム殿下にエスコートされ、馬車を降りる。

今日はリアム殿下も軽装だ。殿下は完全に顔を知られているから、お忍びと言ってもバレバレなわけだけれど……こういうのは雰囲気が大事なのだと笑っていた。

側にリアム殿下がいるから、不安になることはないけれど、やはりそわそわしてしまう。

いつも私が外に出るのは浄化目的なうえに王都以外の村や国境が多くて。そういうときも最初は不審な目で見られる。殿下がいるから拒絶まではされないけれど。

おまけにこうして王都を歩くのは……実はあの、王宮を逃げ出した時以来だ。

お兄様の灰色のローブのフードを顔を隠すように深くかぶって、ずっと俯いて緊張していた。街の様子も少しも覚えていない。

当たり前だけれど、今日はローブもなければ完全に顔も出ている。私が人間だと、一目でわかる。

人通りの少ない場所で馬車を降りる。すぐに、明るく声をかけられた。

「リアム殿下！　街へいらっしゃるのは久しぶりではありませんか？　……まさか、その一緒にいらっしゃる方は……」

私を見て発された言葉に思わず身を固くする。それに気づいたリアム殿下が馬車を降りるために貸してくれていた手を、そのまま私の手を包み込むように優しく握った。

「ええ、彼女が愛し子であるメルディーナです」

私の話は少しずつ市井にも広め、浸透してきていると聞いている。

紹介されたのだと思い、声をかけてきた獣人の男性に向かって、緊張を隠しながら笑顔を向けた。

「ご挨拶が遅くなってしまい申し訳ありません。メルディーナ・スタージェスと申します」

少し考えて、私がセイブス王国から来たことは言わないでおく。人間である時点で多分バレバレなわけだけれど、両国の関係が悪化している今、わざわざ言葉にすることもない。

男性は、目を合わせたままポカンと口を開けて固まった。

え……何……？

予想外の反応に、ぶわっと冷や汗が出るのを感じる。やっぱり、私が人間だから——？

男性は、そのまま目を見開いてブルブル肩を震わせ始めた。

「愛し子様……！　まさか、実際にお目にかかれるとは……！　人間の国との関係が悪化して、愛し子様は私達を嫌悪してお姿を見せてくださらないのではと……」

「そんな⁉　とんでもありません。私こそ、人間の私がこのアーカンドに留まっていることで皆様のお心に影を落としているのではと……思っておりました」

思わずと言ったふうに控えめに伸ばされた手を両手で掬《すく》い上げるように包むと、男性はついにポロリと涙を零した。

「私の妹が……ルコロ村に住んでいるのです。愛し子様が救ってくださったこと、聞いておりました。お礼も言えなかったと悔いていて……ああ、なんて綺麗な人だ」

そっか、私は、あの村の人たちにも、恨まれてはなかったんだわ……。

最近では浄化に行くたびに人々に喜んでもらえて、受け入れてもらえていた。それでも、私を拒絶していた人たちを無理やり浄化し、逃げるように去ったことがずっと胸の奥につかえるように残っていた。

報われたような思いだった。

「メルディーナ、良かったですね。今感じていただけたかと思いますが、もうアーカンドであなたを悪く思う者はいません。安心して、今日を楽しんでいただけたら」

男性と別れた後、リアム殿下がそっと囁いた。

「はい、リアム殿下……今日は誘ってくださって、ありがとうございます」

今度こそなんの憂いもなく、笑顔で返事することが出来たのだった。

その後も出会う人出会う人、みんなが私に好意的にしてくださって。

最初の不安が嘘のように気持ちが高揚し、楽しくてたまらなくなっていく。

セイブス王国では市井に暮らす人たちは、どちらかというと皆物静かで、優しく、柔らかな雰囲気だった。

アーカンドは明るく、活気に満ち溢れている。

何より驚いたのが、民のほとんどが魔法を使えるという点だった。

「アーカンドは、本当に魔法と……妖精たちと身近に暮らしているんですね」

実は気付いていた。街のあちこちに妖精たちがふよふよと浮かび、中には妖精同士で遊び、はしゃいでいる子もいる。私を見ると近寄ってきたり、こっちに手を振ったりしてはにこにこと嬉しそうにしていた。

「獣人たちは、姿は見えなくともそこに妖精たちがいることを理解し、存在を認めています。見えていようがいまいが、やはり自分を受け入れられていると感じるのは妖精も嬉しいのでしょうね」

リアム殿下が微笑みながら、露店の前で商品を、目を輝かせながら見つめる妖精を眺めていた。

自分を受け入れられていると感じる……人間だって同じだ。蔑ろにされると辛いし、大事にされていると感じると嬉しい。たとえ目の前にいると分からなくとも、自分を想っていてもらえると幸せだと感じる。……目の前にいても、その全てを否定されることもあるのだから、それがどれほど幸せなことなのか私にはよく分かった。

「行ってみましょう」

リアム殿下に差し出された手に、吸い寄せられるように自然に自分の手を重ねる。

エスコートのようにそっと乗せたのだけど、その手を取られるように下に導かれ、手を繋ぐような形になった。

「いくら私達の正体が全く隠せていないとはいえ、市井を楽しむのならば街で浮かないようにしなければいけませんからね」

まるで言い訳のようにおっしゃるのがくすぐったくて顔が緩んでしまう。なるほど、確かに誰も公式でするようなエスコートで歩いている人はいないわね。

いつもなら躊躇《ためら》ったかもしれないし、恥ずかしさに照れてしまったかもしれない。けれど、浮かんでくる感情は嬉しさと楽しさばかりで。私は返事もせずに握られた手にぎゅっと力を込めて応えた。

商品を見つめていた妖精が私達に気付き、「こっちこっち！」と言わんばかりにぐるぐると飛び回る。

この露店は、まだ若い女性が開いているようだ。

「まあ素敵！　このアクセサリーはもしかしてあなたが全て作っているの？」

「リアム殿下と愛し子様！　光栄です……！　はい、全て私が手作りしています。宝石屑を安く仕入れて加工して、決して上質なものではありませんが、お客さんには喜んでもらえてます！」

確かに石は小ぶりでそれほど高価そうなものはないけれど、露店で手にすることが出来る物としてはすごく細工も繊細で、何よりデザインが可愛らしい。店主の女性のセンスが抜群にいいのね。

前世、ネットでハンドメイドアクセサリーを自主販売している人などが多くいたことを思い出す。

そんな人の中には高級アクセサリー店にはないデザインと、ハンドメイドとは思えないクオリティで大人気になっている人も多かった。そういえば私はそういうアクセサリーが好きだったとふと記憶の欠片《かけら》が蘇る。

時々、まるでデジャヴを感じるような感覚で前世との記憶の既視感を覚えるシーンに出くわすと、こうして記憶の断片が垣間《かいま》見《み》えることがある。

このお店もきっと店主の言う通りすごく人気があるんだろうと商品を見るだけでよく分かった。

ひとつひとつをじっと見つめるのが楽しくて、うきうきと眺め続けていると、半歩後ろで私の様子を眺めていたリアム殿下が、そっと隣に肩を並べた。

「メルディーナ、あなたはどれが一番気に入りましたか？」

「殿下。うーん、すごく迷います！　どれも本当に素敵で……宝石商などが見せてくれるような上質なものももちろん素敵ですが、実はこういう繊細な手作りの物を見るとときめきが止まらないんです。特にここにあるものはすごく私の好みですわ」

「愛し子様が好きだと言ってくださるなんて……」

店主が目を潤ませて感激している。

「ふふふ、本当に全部素敵です！　どれか頂いていきたいんだけど、迷っちゃうわ……良かったら、私に似合いそうなオススメをあなたに選んでもらえないかしら？」

「私が……！　いいんですか？」

「もちろん！　是非お願いします」

こんな素敵なアクセサリーを作るセンスのいい女性に選んでもらえるならば嬉しい。

「僕もメルディーナに選びたかったのですけど……」

リアム殿下が微妙な表情で呟いたその言葉は、テンションの上がっている私の耳には全く入っていなかった。

「リアム殿下はまたいくらでも機会がおありでしょう！　今日はお言葉に甘えて私がこの栄誉を頂いちゃいます！　そうですね……これなんてどうでしょうか？」

店主が手渡してくれたのはネックレスだった。

「スペサルティンガーネットという宝石で……秘めた情熱という意味のある石なんですよ！」

黄色の宝石が太陽の光を浴びてまるで金のように煌めいている。

秘めた情熱……。

「すごく素敵！　とっても気に入ったわ！　素敵なものを選んでくれてありがとう」

店主にお金を払い、商品を受け取る。

すると、黙って見ていたリアム殿下が徐《おもむろ》に別の商品に手を伸ばした。

「ならば……僕からこれをあなたに贈らせてください」

「えっ？」

その手には、今買ったばかりのネックレスとまるでセットのような、同じ宝石がついたイヤリングがのっている。

「そんな、でも……それは申し訳ないです」

「僕が贈りたいんです。迷惑でなければもらっていただけると嬉しいのですが」

「迷惑だなんて！　……では、はい。ありがとうございます」

リアム殿下は嬉しそうに笑った。

「お二人のお出かけの記念にぴったりですね！　この後もどうか楽しんでくださいませ！」

店主の優しい言葉にお礼を言って、私たちはそのお店を後にした。


「……ふふふ、スペサルティンガーネットはまるで殿下の金色の瞳にそっくりです。リアム殿下は……あの感じはきっとすぐにそのことに気が付きましたね……お代、ちょっと多いんですけど」

ものすごく嬉しそうな顔してたなあ～と店主の女性の呟きは風に流されて平和な街の空気に溶けていった。

その後も、露店を見て回ったり、アーカンドの色んなお店に連れて行ってもらったりして、私は久しぶりの休みらしい休みを満喫していた。

セイブスでもこんなにゆっくりと楽しむ時間はなかなかとれなかった。最近までずっと妃教育で忙しくしていて、やっと修了してこれからは少し余裕が出来るかと思ったらリリーが現れて、前世を思い出して。休みになれば屋敷を抜け出してディナとして薬師になるために勉強して……それは楽しくもあったけれど、やっぱり忙しかったし、心が休まるときはなかったように思う。

それなのに、憧れていたアーカンドでこんなにも穏やかな時間を過ごせる時が来るなんて想像もできなかった。

私のワンピースのポケットから、我慢できなくなったルーチェとロキが顔を出す。

「メル様、楽しいの～？　魔力もうきうきしてる～！」

「ふん！　楽しいなんて当たり前だろ？　メルはこれまでずっと、ずーっと頑張ってきたんだ！休みもなくね。……こんなご褒美みたいな日、久しぶりだ……」

「ロキ……」

小さな私の親友は、まるで自分のことのように言葉を詰まらせていた。ううん、きっとロキも一緒なんだよね。私がいつもピリピリして怯えていたから、ロキもきっといつだって緊張状態だったんだ。

隣に歩くリアム殿下を見上げる。私とロキに、安心を与えてくれた人。

「どうかしましたか？」

見慣れた金の瞳が細められて、優しく私を見つめる。

いつの間にか人通りの多い場所から離れ、静かな花畑が広がる場所まで歩いて来ていた。ベンチがあり、そこにエスコートされて二人で並んで座る。

「いいえ、なんだかすごく楽しいなって。今日は誘ってくださって本当にありがとうございます」

私の言葉ににこりと笑みを深めたリアム殿下は、私の耳元に手を伸ばし、そっと指先で包むように触れた。ふと視界に入った大きな尻尾が嬉しげに揺れている。

「！　リアム殿下……？」

「このイヤリング。あなたの髪の色より少し濃い色で、すごく映えますね。よく似合ってます。

……僕の瞳の色と同じ色だ」

「！」

ぜ、全然意識していなかった……！　ただ、すごく綺麗な色で……この色好きだなって、そう感じて……！

まさかあの店主さん、そのつもりでこの宝石をすすめてくれたの……!?

私の動揺をよそに、秘めた情熱ですか、と殿下が呟く。なぜかその口元の動きから目が離せない。

「この色の宝石に、本当にぴったりの宝石言葉です」

意味深に囁かれた言葉に、思わず言葉を失ってしまった。

「すみませーん！　誰かいませんかー！　少しだけ手を貸してはいただけませんか！」

姿も見えない遠くから叫ぶように掛けられた声に、私に触れていた手が離れていく。

リアム殿下曰く、この辺の道は舗装されておらずぬかるんでいるため、側溝に馬車の車輪が落ちてしまうことがときどきあるのだとか。この声もそのために手を必要としているのではないかということだった。

「この辺は人通りが少ないですからね。メルディーナ、少しだけ一人にしても大丈夫ですか？　久しぶりにたくさん歩いてお疲れでしょう。ここで休んでいてください」

「は、はい。何かあれば自分の身は守れますから、気にしないでください」

私もついて行ってお手伝いしようかとも思ったけれど、なんだか胸がどきどきして力が入らないのでお言葉に甘えることにして頷く。

「熱い……」

リアム殿下の後ろ姿を見送りながら、そっと耳元に手を添えた。まるで、そこだけが熱を持ったようで。

ぼーっと眺めていたからか、人が近づいてきていることに全く気付かなかった。

「――愛し子様であらせられますか？」

とてつもなく丁寧にかけられた言葉に、驚いて声の方に振り向く。

そこには、獣人の貴族令嬢らしき女性が立っていた。どこか思いつめたような顔で、見える範囲には供もいない。一人で……？　どこかに護衛はいるかもしれないけれど、少なくとも私と二人だけで話したいということなのかもしれない。

「突然お声がけをするご無礼をお許しください。あの、どうしても、愛し子様にお願いしたいことがございまして……」

女性はそういうと、一瞬ちらりとリアム殿下が姿を消した方を見て、また私に視線を戻した。泣きそうな顔をしている。

私にお願いしたいこと、というと、瘴気の浄化や誰かに治癒の力が必要だとかかもしれない。最近は私が各地で浄化をしてまわったり、そのついでではあるけれど、軽い病《やまい》や怪我に悩む人を癒している話が広まってきている。彼女もそういう噂を耳にしたのかもしれない。

そう思い、ベンチから立ち上がり女性に向き直る。

「はい、お願いとは何でしょう。私に出来ることならば――」

言いかけて、言葉が止まった。女性が飛びつくように近づき、私の手を握ったのだ。

「お願いです、愛し子様！　わたくしの、わたくしのリアム様を奪わないでください！」

「――え？」

女性に握られているのに、一瞬で指先から体温が奪われていく。

リアム殿下の手が触れた耳元だけが、言葉の意味を受け入れることを拒絶するように、それでも残った熱を主張していた。

「メルディーナ、今帰ったのかい？　アーカンドの街はどうだった、楽しかった？　……メルディーナ？」

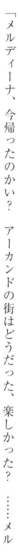

「えっ？　あ、お兄様……そうね、楽しかったわ。ごめんなさい。今日は疲れちゃったから、もう休んでもいい？」

「……もちろん、ゆっくり休んで」

お兄様が心配そうな顔で私を見送ってくれる。私がアーカンドで初めて休日として出かけるということで、楽しんでおいで、と優しく送り出してくれたお兄様。

多分今日の話を楽しみに待っててくれたんだろうな。ただでさえお兄様は私をすごく心配していて、私が悲しんでいないか、幸せを感じられているかを気にしてくれているから。

「そういえば、お土産を買ってくるのも忘れちゃったな……」

一人で急にそんなことを思い出す。

部屋でお兄様と同じようにワクワクした顔で出迎えてくれたミシャとオルガ。申しわけないけれど、二人にもお兄様に伝えたのと同じように言ってすぐに下がってもらった。

分かっている。私の様子が皆に心配をかけてしまうということ。出かける時にあんなにはしゃいで出ていったのに、戻ってきてこんなに暗い顔をしていたんじゃ当たり前だよね。

それでも、今はどうしてもうまく笑える気がしなかった。

あの女性の正体はこのアーカンドの公爵家、ウィルモット家のオリビア様という方だった。

『わたくしはリアム様の婚約者候補です。……本来ならば、すでに婚約者としてあの方の隣に立っているはずでした。しかし愛し子様に付き添うためにと婚約内定を延期されてしまい……このままでは恐らくわたくしとリアム様が結ばれることはないでしょう』

言葉のひとつひとつを思い出しながらじっとソファに沈み込み、目を閉じて大きく息を吐く。

『リアム様のことを考えれば愛し子様の後ろ盾《うしろだて》のために婚約者を置かず、後ろ暗いことのないまま側にいられるように……という陛下のご判断が間違ってはいないと分かっているのです。ですが、どうしてもあの方と想いあった時間が……わたくしを愛していると、早く結婚したいと言ってくださっていた言葉を忘れることが出来なくて』

すみません、と謝罪を口にしながらそう言ったオリビア様。

涙をぼろぼろ流しながら、頭を下げ、それでも縋りつくように紡がれた言葉はとてもじゃないが嘘とは思えなかった。

その後オリビア様は我に返ったように顔を蒼白にして立ち去っていった。リアム殿下が戻られたのはさらに少し後。

殿下にすぐに話を聞いたことを言うべきだったのかもしれないけれど、私は何も言えなかった。そのまま会話もそこそこに帰ってきて……帰るまでの間、何を話したか全く覚えていない。

言ってくださればよかったのに。だけど殿下は優しいから、私が気を遣うと思って言えなかったのかもしれない。実際、今日までリアム殿下が側にいてくれなければ、こうも早くに私がこの国に受け入れられることはなかっただろう。

色々考えながら口を引き結ぶ。油断すると涙がこみ上げてきそうだった。だけどここで私が泣くのは間違っている。

私は今……まるで私にとってのリリーだわ。

自分はあれほど苦しんだというのに、知らなかったとはいえ同じことをしている。いいえ、それよりずっと状況は悪い。私とクラウス殿下はそもそも上手くいっていなかったから。

想いあっていたはずの二人の婚約が『愛し子』という肩書を持った私が現れて引っ掻き回されている。

心臓がずしんと重くなる。鉛を飲み込んだように胃の底が気持ち悪くて、座っていることさえ辛かった。

ふと気づいて、イヤリングを外し、テーブルの上に置く。それなりの重さがなくなり耳元が軽くなる。

それがとてつもなく虚しく感じた。

私は馬鹿だった。リリーがシナリオ通りに動こうとして失敗した少し前の騒動も知っていたのに。ゲームのシナリオを信じていたのは私も同じだった。

リアム殿下は攻略対象のはずだから、あの人がリリーに惹かれてしまうんじゃないかと怯えてはいたけれど、他の可能性なんて考えもしなかった。リアム殿下に他に愛する人がいるなんて、考えたこともなかったのだ。

「私は馬鹿ね……」

ずっとリアム殿下は私にとって大切な人だったけれど、今更……それがどういう意味のものなのかを理解するなんて。

最初が狼の姿だったから、自分で自分の気持ちをよく分かっていなかったの？

「ふふ……自分の気持ちを自覚すると同時に失恋って……笑える」

声に出すとたまらなくて、堪《こら》えていた涙が思わず零れた。

今日だけ。明日からはちゃんと切り替えて笑うから、今日だけ無責任な涙を許してください。

次の日、城内の騒がしさで目が覚めた。

何かあったのかと慌てて体を起こしたタイミングでドアがノックされ、焦った様子のオルガが入ってくる。

「何かあったの？」

「はい……メルディーナ様、ニール・キドニーという騎士はご存じですかぁ？」

「ニールはお兄様と私の幼馴染でもある人よ。その人がどうかしたの？」

ここで出されるはずのない名前に嫌な予感が襲ってくる。

「ニール・キドニーが少し前、この城に侵入しようとしたところを捕らえられましたぁ。メルディーナ様とイーデン様がいらっしゃるまでは何も話さないと口を噤《つぐ》んでおりましてぇ。今ミシャがイーデン様にもお伝えにあがっていますぅ……」

眩暈がした。

「とにかく、急いで準備して向かいます。手伝ってくれる？」

「はい、そのために参りましたのでぇ！　すぐに着られるシンプルなドレスにいたしましょう。陛下も事情はご存じなので、咎められることはありませんのでぇ」

陛下が……いえ、そうよね。私やお兄様が特別な扱いをしていただいているだけで、セイブスとアーカンドの関係は今も最悪のままだ。……おまけにニールは一度リリーと一緒にアーカンドへ無断で入り込んでいる。これが二度目。見つかった時点で切り捨てられても文句は言えないほどのことだ。

支度を終え、急いで謁見の間へ向かう。捕らえられたニールはひとまずそちらへ連行されたらしい。すぐに地下牢へ入れられなかったのも恐らく彼が名指しで話があるという私とお兄様への配慮だろう。

「メルディーナ……」

廊下で落ち合ったお兄様も途方にくれたような顔をしていた。

ニールの話とは何だろうか。またリリーのために何かこのアーカンドにとって良くないことを起こそうとしているのだとしたら……いかにニールであっても、私は許せないかもしれない。

そう思って、覚悟して謁見の間へ入っていったのだけど――。

「メルディーナ……！　生きていた……本当に生きていた！　ああ、良かった……！」

私が姿を見せた途端。ニールがそう言って、取り押さえられていなければ今にもこちらに縋りついてきそうな勢いで顔をくしゃくしゃにして泣くから。その場にいた誰もが困惑することになったのだった。

「お見苦しい姿をお見せして申し訳ございません。こうしてメルディーナ嬢が無事と確認できただけで十分です。この度の罪、いかなる刑も受け入れる所存です」

ひとしきり涙を流した後、ニールはそう言って頭を垂れた。体は押さえ込まれたままなので文字通り頭だけを深く深く下げたのだ。

意味が分からない。私の無事？　私が無事じゃなかったのはセイブスでのことだわ。

「待て、待て。そう自分で全て結論付けずにきちんと話をしてくれるかい？　君の話次第ではメルディーナやイーデンにもそれ相応の処罰を下さなければならない」

ハディス殿下はちらりとこちらを見ながらそう言った。恐らくこの人は多分本気で私やお兄様を処罰する気はないだろう。

だけど、普通に考えればこうしてセイブス王国の騎士が城に侵入しようとした時点で私やお兄様も共犯で、何か良からぬことを企《くわだ》てていたと思われても仕方ないのだ。

ニール……ここまで愚かではなかったはず。

ふとリオ様に聞いた話が頭をよぎった。もしかして、こうしてニールが以前より短絡的に見えるのも、リリーを止めることが出来なかったのも、濃くなりすぎているセイブスの瘴気の影響を受けている……？

ハディス殿下の厳しい言葉にニールは顔を青ざめ、はっと息を呑んだ。

「いえ、メルディーナやイーデンは関係ありません……！　全ては私一人の愚かさが起こした行動です。セイブスの他の人間ももちろん関係ありませんっ……！」

「落ち着け。何度も言うがまず話を聞きたい。お前はこの二人が来れば話すと言ったね？　とりあえず全てを話してもらおう」

そういうとハディス殿下はニールを押さえ込んでいた兵に拘束を解かせる。攻撃の危険性はないと判断したのだろう。剣はすでに取り上げられているようだし、恐らく他に武器を持っていないことも確かめられているのだろう。

ニールは後ろ手に捕らえられていた手を解放されても跪いた体勢を変えない。

「まずお前は何の目的でこのアーカンドの城へ侵入しようとした？」

「メルディーナ・スタージェス侯爵令嬢がここアーカンドで生きているとの情報を得て、彼女が本当に生きているならば救出を試みたいと思っていました」

「つまりお前はこのアーカンドでメルディーナが捕らえられている可能性があると考えた？」

「……はい」

不敬だと分かる内容も口にしている。取り繕わず真実を話すと覚悟しているのだろう。

それにしても、私を殺そうとしたのはセイブスなのに、アーカンドで捕らえられていると思って救出を試みようとした？　話だけ聞いているとむしろ生きているならば殺すために私を探していたと言われているように思える。けれどニールのあの涙が嘘とは思えず真実を分からなくさせる。

「アーカンドがメルディーナを害そうとするはずもない。……しかし、お前にはそれが分からないだろうな。それにしてもメルディーナを殺そうとしたのはむしろセイブスだと聞いているが？」

「いいえ！　セイブスは必要に迫られた行動をとったまで。彼女に疑われたような罪がないのであれば、決して彼女の命を脅かすつもりではありませんでした！　今はセイブス王国側とメルディーナの間に誤解があると思うのです！　私は……メルディーナが逃げ出したことにも理由があると、ずっとそう考えて……」

「理由だと？」

低く唸るような声を出したのはリアム殿下だった。

私のために怒ってくれているのかと思うと複雑な気分だ。ずたずたになったままの心が軋《きし》むような気がする。

「リアム、お前は冷静に話せないだろう、ここは私に任せろ。陛下からもこの場を預けられている」

ハディス殿下の隣に座る陛下はじっとニールを見つめ続けている。

「必要に迫られた行動とやらも気になるが。殺されかけ、生きたいとボロボロで逃げ出したメルディーナの行動にどんな意味があったと想像しているのか是非聞かせてもらいたいものだね」

「殺され……？　先程から、よく話が見えないのですが……」

ニールは本気で戸惑っているように見える。これも演技？　それとも……？

「まず初めに伝えておこう。メルディーナは何の罪も犯していない。お前はなぜ分かるのかと言いたいだろうが、それは確実だ」

本当に人を殺そうとした者の魔力がこれほど聖なる力に満ちたままでなどいられるわけがないからね、とハディス殿下は私にむかって微笑んだ。

涙が出そうだ。あれほど誰もが私を疑う目で見つめた。アーカンドで皆が信じてくれているのは分かっていたけれど、こうして言葉にして言い切ってくれることがここまで嬉しいと思わなかった。

私が愛し子という事実もその信頼を後押ししているのかもしれないけれど、『愛し子だからそんなことをするわけがない』と妄信的に信じられているわけでもない。

今回は魔力を見ての判断だけれど、少なくとも確実な事実を見て判断してくれていると分かる言葉だった。

「その上で問おう。彼女は侯爵家の令嬢であり、王族の婚約者でもあったのだろう？　なぜ問答無用で地下牢へ入れた？　裁判や確かな調査も行わず、毒に死にかけた彼女の治療すら放棄したのはなぜだ？　私にはセイブスの人間が意図的に彼女の命を奪おうとしたとしか思えない。事実、逃げ出さなければ彼女は生きてはいなかっただろう」

ハディス殿下の言葉に、ニールは目を見開いた。

「何を……言っているのですか……？」

「何を、と言うのかい？　お前の方がよく分かっているのではないか？」

「そんな、まさか……メルディーナは貴族牢に入り、万全の態勢で治療を受けていると……殿下が」

何度もそんな、と呆然と呟くニールが嘘をついているようには見えない。ニールは知らなかった？　私があの日……どんな目にあっていたか。どんな思いで逃げ出したか。

「言っておくが、命からがら彼女を助けこのアーカンドまで連れ帰ったのはそこにいる第二王子のリアムだ。この王城に着いたときに死にかけたメルディーナをイーデンも見ているよ」

ニールがお兄様を見る。その表情でハディス殿下の言葉が嘘じゃないと分かったのだろう。

「では、やはり……聖女が嘘をついた……？」

どう頑張っても私では証明できなかった事実に、ついにニールが辿り着いた。

顔を真っ青にしたまま、それでも少し落ち着きを取り戻したニールはぽつりぽつりと彼の知る事実を話してくれた。

クラウス殿下は私を貴族牢へ入れ治療を受けさせていると言ったこと。話を聞くつもりは確かにあったということ。

だけどリリーが、私が貴族牢から逃げ出す姿を見たと証言したこと。

それにより、クラウス殿下は完全に私を罪人と認定し、必要以上の調査は打ち切られたこと――。

調査とは名ばかりで、ほとんどがリリーの証言を聞き取ることで終わったらしい。これについては予想通りと言う他なかったけれど。

クラウス殿下が本当はどこまで私の置かれていた状況を知っていたかは分からない。ニールが知る内容にも事実とは違うことがあるかもしれない。表向きは貴族牢に入れたと言っただけで、実際に私を地下牢へと指示したのが殿下ではない証拠もない。

そう思ってしまうほど、もはやクラウス殿下は私の中で信用できない相手になっていた。元々長い婚約期間の中で築いたと言えるほどの信頼関係もなかった。

改めて思う。なんて虚しい初恋だったのかと。

「セイブス王国の聖女は……リリー・コレイア男爵令嬢は異常です」

正直、ニールが色々と聞かせてくれた話を全部ひっくるめても一番驚いたのがこの言葉だった。

「ニール……あなた、リリーを慕っていたのではなかったの？」

「俺が、あの聖女を……？　まさか……！」

信じられない。また間違えていた。攻略対象であり、彼女を気にかけいつも側に寄り添っていたニール。てっきり彼もヒロイン・リリーに陥落しているのだとばかり……。

ニールは言葉を続けられない私ではなく、ハディス殿下に向かって言った。

「リリー・コレイア男爵令嬢はメルディーナ嬢が生きていると確信していました。それがなぜなのかは分かりません。ただ、彼女のメルディーナへの執着は普通ではありませんでした。いつか……またメルディーナを探し、殺そうとする可能性が高いと思われます」

「なぜその女はメルディーナの命を狙う？」

「詳しくは分かりません。ただ、彼女はずっと繰り返していました。メルディーナ嬢を殺さなければ、魔王を倒すことが出来ない、と」

まさか、リリー。本来ならば愛し子を守ると言われる聖女様。

どうなるか分かっていて、私を殺そうとしているんだ……。

彼女の狙いは、私を殺し、魔王討伐という栄誉を手に入れること。

私は確信した。リリーは確実に転生者だ。それも、ゲームのこともよく知っている。そうでなければ説明がつかない。


ニールはアーカンド騎士団の監視下に置かれることになった。

敵対しているセイブス王国の情報を事細かにアーカンドへ流したことで、敵意を持っての行動ではないとひとまず処罰はされないことに決まったのだった。ただし、もしもアーカンドに対して少しでも不利益な行動をとることがあれば即刻処刑もありえる不安定な立場になる。そして今後、状況が変わらない限り彼がセイブス王国に帰ることは許されない。

これは別に温情というわけではない。現状聖女リリーの思惑《おもわく》を一番把握し、命を懸けて私の身を案じたことから利用価値があると判断されたわけだ。

ニールには私が愛し子であること、アーカンドの国中をまわって浄化を行っていることも伝えられた。

「メルディーナが……精霊の愛し子……」

案の定というか、言葉を失い呆然としていた。信じられないよね？　無理もない。愛されず蔑ろにされていた私がここでは誰よりも尊重される存在。皮肉なことだと自分でも思う。

そもそも、セイブス王国では愛し子なんて存在はほとんど知られていない。聖女様こそが至上の存在であり、本来聖女が愛し子を守る存在であるなどと教えたところで、きっとすぐには受け入れられないだろう。時間をかけて信じられてきた常識は、すぐに覆《くつがえ》るようなものではないのだ。

それに……尊重は、尊重でしかない。本当に欲しい愛情が手に入るかどうかは別の話なのだから。


「え……？　メルディーナ、なぜですか……？」

「いいえ、そもそも第二王子殿下にいつも同行していただいていたのがおかしいことだったのです。殿下のおかげでアーカンドで私を無条件に憎む獣人はいなくなりつつあります。――ここからは、殿下の助けがなくとも大丈夫です」

にっこり笑う私に、リアム殿下は何も言えない様子だった。

近くでその様子をみていたハディス殿下も、お兄様まで微妙な顔をしている気がする。

だけどいつまでも甘えているわけにはいかない。リアム殿下はあるべき場所に戻らなければならない。私がこうして、縛りつけるなど私自身が許せない。

その日、私は初めてリアム殿下が浄化に同行することを拒んだ。

メルディーナに同行を拒絶されたリアムは項垂《うなだ》れていた。

「お前……メルディーナ嬢に何したんだ？」

「僕が聞きたいですよ……」

その消沈具合に兄ハディスも困惑するが、分からないものは分からない。

(何かメルディーナを怒らせるようなことをしてしまったのだろうか)

何かした、という心当たりなら、自分の瞳の色にそっくりな宝石のイヤリングを無理やりに贈ったことくらいだ。あの時、メルディーナは確かに固辞していた。言いくるめて押し付けたようなものだった自覚はリアムにも確かにある。

それでも、彼女はそんなことでここまでの拒絶を見せるような人だろうか。

(それに、断ろうとしたのだって嫌悪ではなく遠慮のように見えた)

リアムは指先にメルディーナの耳元に触れた時の熱を思いながらさらに項垂れる。

ただ、あの時リアムがメルディーナに触れ、少し彼女の元を離れた後様子がおかしくなったのは確かだ。

(少し一人で冷静になってみたら、恋人でもない男からの宝飾品など気持ち悪いと思われたとか……)

「おいおい、何考えてるか分からんが、そのまま地面にめり込みそうな勢いだぞ。やめてくれ」

自分で考えどんどん落ち込むリアムをハディスが嫌そうな顔でたしなめる。

そうは言っても、ここからどう考え巻き返せばいいのかリアムには分からなかった。

「兄上……なぜ怒らせてしまっているのかわからない場合、どう謝れば許してもらえるのでしょう？」

「知らん。そもそもあれは怒っている態度だったのか？」

顔は笑顔だったが、リアムを見る目は今までにないほど冷え切っていたように見えた。

あれが怒っていたわけではないとしたら何だというのだろうか。

そんなふうにぐるぐると考え込んでいた時だった。

「リアムー！　リアム！　うわあぁーん！」

泣き叫ぶような声にリアムはハッと顔をあげる。

そこに飛びついてきたのは小さな相棒であるルーチェだった。顔は涙でべとべとである。

「ルーチェ⁉　なんでそんなに泣いて……」

「ロキくんが……ロキくんが！　僕はリアムはそんなんじゃないよって何度も言ってるのにぃ……」

「落ち着いて、何を言っているのか分からないよ。ロキがどうしたって？」

「どうしたもこうしたもない……！」

低く唸るような声だった。メルディーナについて退室したはずのロキが、怒りに燃える瞳でリアムを睨みつけている。

「だから！　誤解だってば！　ロキくんの分からずやー！　リアムがメル様のこと大事にしてるの

見てて分からなかったの⁉」

「分かったさ。だから余計にムカついてるんだ」

「ちょっと待ってください！　ロキ、何の話をしているんですか？」

いつもメルディーナの側にいる精霊ロキが彼女の名前を出して怒りを爆発させている。メルディーナの様子がおかしくなったことと関係あるに違いないが、リアムには話が全く見えない。

「そこのへなちょこに聞けばいい！」

「僕はへなちょこじゃないー！」

もはや子供の喧嘩の様相だ。すぐに去ろうとするロキに、リアムは慌ててその小さな背中を呼び止める。

「待ってください！　彼女の様子がおかしいのは分かるのですが、僕には何が何だか……」

「――俺はお前ならメルディーナを幸せにしてくれると思ったから側にいるのを止めなかったんだ。狼だと思ってた時からな」

「僕はそのつもりです！」

「じゃあどうしてメルディーナはあんなに泣く羽目になったんだ！」

ピタリとリアムが硬直する。

（メルディーナが……泣いた？）

じわりと背中に嫌な汗が伝う。

何が何だか分からないままだが、何かがメルディーナを苦しめていると思うだけで心が冷えた。

「だから！　リアムに婚約者なんていないってば！」

「婚約者候補だ」

「それもいないっ！」

「ちょ、ちょっと待ってください」

予想外の言葉に頭がついていかない。

（婚約者候補……？　なんだそれは）

混乱するばかりのリアムをそれでもロキが睨みつける。

「そうだろうな……もしあいつが本当に婚約者候補なら胸糞《むなくそ》悪すぎてアーカンドをめちゃくちゃにしてやるところだ」

妖精が多く住むこの国を、精霊が滅ぼすなど出来るわけもないのだが、ロキはまるで本気でそうしようと言わんばかりに真剣だった。

ロキは治まらない怒りをもっとぶつけようとして……そして失敗した。

「だけど、どうしてって、思っちゃうんだ。たとえ嘘でも、メルは傷ついた。なんでメルがここに来るまでにどうにかしておいてくれなかったの？　メルはずっとずっと、ずっと苦しんできたのに。やっと安心して笑えるようになったのに、なんでまたこんなことで泣かなきゃいけないの？」

「ロキ……？」

ロキは顔をぐしゃぐしゃに歪めてボロボロ泣いていた。つられたようにルーチェまで涙を零している。

ロキはメルディーナと深くつながっている精霊。そのロキが泣いている様子に、メルディーナもこうして泣いたのかとリアムの胸は締め付けられるようだった。

「お前が悪いわけじゃないかもしれない。だけどいつだって泣いて傷ついて我慢するのはメルだ。俺が違うと思うって言ったってメルは信じない。笑ってありがとうって言うだけだ。心はずっと泣いてるのに」

ずっと黙っていたハディスが何かに気づいて息を呑む。

「婚約者候補……まさか、オリビア・ウィルモット公爵令嬢か……？」

「ウィルモット……？　そんなまさか……」

「あの女は、泣きながらメルに、自分からリアムを奪うなって言ったんだ。お前と愛を交わした時間が忘れられないって。メルがどうしてセイブスを追われるようなことになったか分かってるだろ？　メルは自分を責めるんだ。お前に怒ってるわけじゃない」

「なるほど、自身の婚約者だった男が聖女と呼ばれる者に心酔し自分の命を脅かしたこと、確かにトラウマだろうな……それなのにこのアーカンドで自分が、意図せず婚約者の二人を引き裂いてしまったと思っているということか……」

ハディスの言葉にリアムの顔から一気に血の気が引いていく。

そんな弟の様子に、ハディスはため息をついた。

「リアム……お前の優しさは美徳だが、この状況はお前の甘さが招いたものだ」

その言葉を呆然と聞く。

（そうだ……僕の愚かさが彼女を傷つけた……）

メルディーナは、あの温度の感じない瞳で自分を見つめながら、どんな気持ちでいたのだろうか。

「本当によかったのか？」

「何が？」

「リアム殿下の同行を断ったこと」

浄化の目的地へ向かう途中、馬車の中でお兄様が私を窺うように見つめて言った。

「いいもなにも、本当はもっと早くこうすべきだったのよ。私はリアム殿下に少し甘えすぎだったわ」

「そんなことはないだろう。それに、もしそうだとしてもリアム殿下はお前に甘えられることを望んでいると思うけど」

ゆるゆると首を横に振る。

「そんなことはないわ。もしもそう見えたなら、きっとそれはリアム殿下が王族としての義務を果たすことに誠実な、とても真面目な方だからよ」

「……何があった？」

自分に言い聞かすような私の言葉に、お兄様は納得してくれなかった。お兄様を無駄に心配させてしまうことは私の本意ではない。セイブス王国にいた頃の関係が信じられないくらい、お兄様は頼れる家族だ。事実を知ってもらった方がいいかもしれない。

私はオリビア様と話したことを包み隠さず打ち明けた。話を聞きながら、お兄様の顔がどんどん険しくなっていく。全て知っているロキは何も言わず、じっと馬車の外を小さな窓の隙間から眺めている。

「なあ、メルディーナ、」

お兄様の言葉が続く前に、馬車が目的地に到着した。

今回も、王都とはかなり様子の違った静かで小さな村だった。

瘴気の黒いモヤモヤが村中にうっすらとまるで薄く霧がかかったように漂っていた。

いつものとおり浄化して、瘴気の影響で健康を害し伏せっている村人たちを順番に浄化と治癒で癒していく。何度も繰り返したことで随分と効率よく行えるようになっていた。

できるだけ短い時間で、早く苦しんでいる人達を救いたいと思い、どんどん浄化をしていく。それに、そうしている間は余計なことを考えずに済むから……。

無事に浄化をすませ、帰りの馬車に揺られながら、ほうっと息をつく。リアム殿下がいなくとも、私はきちんとやれた。それなのに、どうしてこんなに胸が痛むのだろうか。

そんな私の様子に何かを感じ取ったのか、お兄様が到着前の話の続きを切り出した。

「ねえ、メルディーナ。例えばどちらかが幸せを願って悲しい決断をしても、それが本当に相手の幸せかどうかは分からない。負い目を感じる選択こそが相手が最も幸せだと思えることも、きっとたくさんあるだろうね。私やメルディーナがすれ違っていたように」

「……」

向かいに座るお兄様が手を伸ばし、ぎゅっと私の手を握った。

「メルディーナ、心に少しでもわだかまりがあるならちゃんとリアム殿下と話しなさい」

「でも……」

「私たちだって、話をしなければ今こうしていることも出来なかっただろう？　結果が変わらないのだとしても、きちんとリアム殿下本人の口から話を聞くことに意味があると、私はそう思うよ」

「……そうね」

結局、私は逃げているだけなのかもしれない。

「帰ったら、リアム殿下に少し時間を貰えないか聞いてみるわ。……そのあと私が泣きたくなったら、お兄様がきっと付き合ってね」

「もちろん。その時はメルの気が済むまで話を聞いて思い切り泣かせてあげるよ」

「ふふっ」

帰りもロキは行きの馬車と同じように、ずっと黙って窓の外を眺めていた。

王宮に戻り、お兄様と共にハディス王太子殿下に浄化の報告をした。

「そうか、今回もご苦労だったね、ありがとう」

「いえ……あの、リアム殿下は……？」

「すまない、しばらく見ていないな」

少し探してみたけれど、リアム殿下はどこにもいなかった。いつも私がいる場所にキャアキャアとはしゃいでやってくるルーチェの姿も見えない。おまけにロキもどこかへ行ってしまった。

同行を拒否して遠ざけたのは私なのに、まるで見捨てられたような心細い気持ちになってしまう。

ミシャとオルガに一人にしてほしいと頼んで、王宮の中庭にある大きな木の根元に座り込んだ。

アーカンドの王宮や王都には、こうしてあちこちに大木がそびえている。どんなに栄えた場所であっても、自然を必ず感じられるようになっているのだ。

ぼうっと一人で何も考えずに目を瞑った。眠いわけではない。ただ、なんだか無になりたかった。

ふ、と意識が浮上する。眠いわけではないつもりだったけれど、静かで癒される環境で目を瞑り、いつの間にか意識が飛んでいた。

さわさわと、右半身に何かが触れている。

目をやって、びっくりした。ピタリと、私に寄り添うようにして大きな黒い狼さんが丸くなっている。

「リアム殿下……」

思わず呟くと耳がぴくっと反応して、ゆっくりと金の瞳が私を見た。

……狼姿のリアム殿下、なんだかとっても久しぶりだわ……。

「くうん……」

狼姿でも言葉を話せるはずなのに、まるでただの狼みたいに切ない声を出す。顔を伏せ気味に、私の様子を窺うような上目遣いでこっちをじっと見つめる。

なんだかその様子が懐かしくて可愛くて。思わず笑ってしまった。

「……私がまだリアム殿下のことを本物の狼さんだと思っていた頃。私が泣いているとそうしてじっと私の様子を窺っていましたね」

話しかけても何も言わない。これはきっと気づかいだ。リアム殿下を拒絶した私への配慮だと思う。今は狼でいてくれるらしい。

「私にとって、あの頃からずっとあなたの存在は特別なんです。ずっとあなたに支えられてきた。リアム殿下が本当は狼ではないのだと知ってからも、ずっとあなたが助けてくれて、私はいつの間にかますます一人では立っていられなくなった」

狼さんの背中をそっと撫でる。相変わらず毛並みがとってもつやつやしていて気持ちがいい。

「だから、怖いんです。優しいあなたは私を見捨てられないだけじゃないかって。私の存在があなたを不幸にするんじゃないかって。……今の私には兄もいます。一人じゃないと分かっている。だから、教えてください。私は、あなたの重荷になってはいませんか……？」

この国の人は、『精霊の愛し子』を無下《むげ》には出来ない。王族であり、精霊のロキやルーチェが見えるリアム殿下は尚更その思いが強いだろう。

だけど、そんな義務感から側にいてくれるのなら。もう自由になってほしい。

「……オリビア嬢と話をしたと、ルーチェやロキに聞きました」

その名をその口から聞くだけで、胸が少し苦しくなる。

お兄様が背中を押してくれなければ、今この瞬間にでも私は逃げ出したかもしれない。

「確かに彼女はかつて、僕の婚約者候補でした。だけどそれはほんの子供の頃の話です」

「え……？」

「子供の頃、あなたに出会ったあの日の少し後、僕は陛下に婚約者を作らないでほしいとお願いしたんです。今思えば王族の義務を拒否するようなとんでもない願いですね。でも、陛下は聞いてくれた。本人が嫌がるなら、もう少し成長した後でもいいだろうと」

そんな願いが聞き入れられたのは、僕が第二王子だったこともあったのかもしれませんね。リアム殿下はそう言って少し笑った。

「その後、足繁《あししげ》く人間の国の方へ通う僕を見て何か感付いたようでした。元々僕に残っていたメルディーナの魔力に陛下は何かを感じていた。だから僕の気持ちは、成長した後もはっきり許可の言葉はなくとも許されていたんです」

いつの間にか、撫でていたモフモフの毛がなくなっていく。リアム殿下がゆるやかに獣化を解いている。

あっというまに獣人の姿に戻った殿下は、私の手をそっと握った。

「メルディーナ。特別すぎて、言葉にしてこなかった。それは拒絶されれば側にいられなくなると怖かったからです。でも、こんなふうにあなたを傷つけるなら黙っているべきではありませんでした」

「……」

その顔が、なんだか泣きそうに見えて。何も言えずに見入ってしまう。

ひょっとして、リアム殿下は私の側にいることを負担には思っていないかもしれない。婚約者を作らないでと言ったという殿下の話の通りで、オリビア様に聞いた話は何か間違っているのかもしれない。

私は最善の選択をしたつもりだったけれど、それは決してリアム殿下が望むものではなかった? 話を聞きながら、確かにそんなふうに期待してしまったけれど。

「重荷などではないと言っても、信じられないかもしれません。だけど信じてほしい。メルディーナ、僕はあなただけをずっと大事に思っています。ずっと特別に思っていたあなたを、いつの間にか愛するようになっていたんです。……どうか、僕をあなたの側に」

予想以上の言葉に、あまりにストレートなその内容に、頭がフリーズしてしまった。

「あ、の……」

やっと絞り出した声も少し震えてしまう。

恥ずかしくて、クラクラして、目を逸らしてしまいたくなるけれど、リアム殿下の真剣な目がそれを許さなかった。

「オリビア嬢の言ったこと、ロキやルーチェに聞きましたが、彼女の言葉は真実ではありません。それでも信じられないなら証明することもできます」

「いえ！　それは……もう、大丈夫です。あなたのことを信じます」

「よかった……」

リアム殿下はほっとしたように少しだけ顔を綻《ほころ》ばせる。それでもまだその笑顔が引き攣っているのは、緊張からかもしれない。

ふと気づく。私の両手を包む、リアム殿下の大きな手が微《かす》かに震えている。

リアム殿下は、いつだって私に、真摯《しんし》に向き合ってくれている。

命がけで私にずっと会いにきてくれていた時も。死の淵から助け出してくれた時も。アーカンドに来てからも、そして、今も。

リアム殿下が、私を愛してる、なんて……夢みたい。あれだけ愛が欲しかった。絶対に手に入らなかった。自分は一人じゃないとわかっても、こんなふうに愛しく思う人から熱のこもった目で見つめられることがあるなんて、想像もできなかった。

リアム殿下の瞳がほんの少し不安に揺れる。

胸が苦しくなる。嬉しい……。

だからこそ、私も、この人には誰よりも誠実でありたい。そう思った。

「……リアム殿下。私の秘密を、聞いてくださいますか」

誰にも話したことのない真実を、話そうと決めた。


前世の記憶、この世界について少し知っていること、リリーも恐らくそうであるということ、私が本来たどるはずだった運命、予想されるリリーの目的……私は思いつく限りの全てをリアム殿下に話していく。さすがにここがゲームの世界だとは言えなかったけれど、それ以外は全て。

隠し事が、なくなっていく。

殿下が本来、リリーに夢中になることも。全てが現実になるわけではないと理解していても、それが今でも少し怖いのだということも、全て話した。

「未来予知……に、近いのでしょうか」

自分がリリーを好きになるのだと聞かされた瞬間は少し嫌そうに顔を顰めたものの、リアム殿下は最後まで私の話を真剣に聞いてくれた。

「予知、とは違うのかもしれません。今はもう随分私の知る運命とは外れていて、起こることも違っているのでなおさら……ただ、その通りになったこともありますし、聖女様はそれを望んでいます」

「魔王討伐の栄誉がほしいために、守るべき愛し子を排除し、精霊王をわざと苦しめようとするなど……」

理解できない、と頭をゆるく振るリアム殿下。それには私も同意だけれど、そういう子だったと思う他ない。

おそらく、前世の記憶があると思われるリリー。その記憶に引きずられて、この世界の倫理観から少し外れてしまっているのかもしれない。

私はずっと握られたままの両手に力をこめて、きゅっとリアム殿下の手を握り返す。

「……私にとって、リアム殿下は特別です」

「メルディーナ……」

「だけど、私はこの運命に立ち向かわなければいけない。……精霊王の代替わりを無事に終えることができたら、私の気持ちを聞いてくださいますか？」

「！　もちろんです」

リアム殿下は嬉しそうに目を細めて笑った。

あ……いつだったか、ニールから逃げようとする私を街中で助けてくれた後の笑顔と同じ目……。

「けれど、どうかこれだけは許してください」

そういうとリアム殿下は、私の手を優しく引き寄せ、その温かい腕の中にすっぽりと私を抱き込んだ。

抱きしめられて、温かくて……何度も狼さんに抱きついて嗅ぎ慣れた、リアム殿下の匂い。

私が一番安心する匂い。

精霊王の代替わりが、無事に終わったら。それはつまり、私がそのとき……生き残ることができていたら、ということ。

そうして、大きな木の下で、日が暮れるまで私はリアム殿下に抱きしめられていた。

ほとんど、私も好きだと言ったようなものだったけれど。リアム殿下は私の決意と不安を尊重してくれたのだった。

🐾 🐾 🐾

アーカンドでメルディーナが各地を浄化して回っている間に、セイブス王国ではさらなる異変が起こっていた。

「また瘴気の被害か……」

上がってきた報告書を手に、今日もクラウスは頭を抱える。

瘴気の濃さ、そしてその影響はどんどん強くなるばかり。動物が瘴気におかされ、その肉を食べた者が倒れるという事件が一番多い。そうして肉がなかなか安心して食べられなくなり、作物の育ちも相変わらず悪いまま。

このままでは……セイブス王国の民は食べていけなくなる。

おまけにその被害範囲は徐々に広がり、以前は王都近郊でばかり確認されていた瘴気被害は、いまや王国全体に広がりを見せている。

聖女リリーが各地を回って瘴気を払っているものの、彼女の力は広範囲の瘴気を一度に払えるほどの威力はなく、払う速度よりも新たに瘴気が発生する速度の方がずっとはやい。

何よりリリー自身にも疲れが現れているようで、徐々に瘴気を払うために各地へ出向く回数も減っていた。

セイブス王国が限界を迎えるのも、時間の問題だと言えた。

「ニールは帰らない……やはり、リリーの言う通り、メルディーナは生きているのか……」

リリーは何度もメルディーナは生存しているとし、その存在に怯えた。宥めても無駄で、どうにも確信しているようで。

アーカンドにメルディーナが捕らえられているかもしれない、という情報をもとにニールが秘密裏《り》にアーカンドへ向かった。

だが、ニールは戻らない。

『ニール様はきっと、メルディーナ様によって酷い目にあわされているのです！　この瘴気こそが……恐ろしい考えと行動に支配されたメルディーナ様の負の心が引き起こしているもの』

そんなメルディーナを悪様《あしざま》に語る言葉も、最初はただの怯えからくるものだと思われていたが、何度も聖女であるリリーが唱えることでやがて信憑《しんぴょう》性を増していく。

聖女を脅かすメルディーナの存在こそが瘴気を生んでいるのではないかと王国中で囁かれ始めるまで、それほど時間はかからなかった。

初めは街に降りれば彼女を擁護するような声も聞こえてきたが、それももはやほとんどなくなっている。

瘴気の脅威と恐怖、不安にさらされたセイブス王国の民は、いまやメルディーナを悪の象徴とすることでなんとかその心を保っている有様だった。

「本当に……君は生きていて、そして……殺さなければ、この国の平和はもう戻らないのか……」

もはや、クラウスにも何が正しいのか全く見えなくなっていた。


「どうしてニール様は戻って来ないのよっ⁉　まさか、本当にアーカンドで死んだなんて言わないわよね……⁉」

閉じこもった自室で静かに癇癪《かんしゃく》を起こすリリー。

彼女が案じているのはニールの身の安全ではなく、自分を取り巻く見目麗しい攻略対象が減ってしまわないかどうかである。

「メルディーナはいつまで経っても見つからないし！　この瘴気があの女のせいってことになったのはいいけど、死んでもらわなきゃ意味がないのよ！」

そうしなければ、魔王は復活しない。魔王討伐の栄誉を手に入れるためには、必ず復活してもらわなければならない。おまけにこのままクライマックスまで瘴気を払い続けるために馬車馬のように働くなど真っ平ごめんだ。疲れた、と言えば休ませてもらえた。最近は聖女として持ち上げられる気持ち良さよりも、瘴気を払う労力の方がかなり大きい気がしてうんざりしていた。

聖女は自分だけ。となれば、休むのも仕事でしょう？

リリーはある意味完璧主義だ。

自分の思い描く完璧なハッピーエンドでなければ意味がない。

それなりに華々しく、それなりに幸せだなんて、そんなものにはなんの魅力も感じはしない。

それに……。

「アーカンドの攻略対象とはいつまで経っても出会えないし……！」

全員欲しい。全員必要だ。

全員がリリーを崇め、愛を捧げてくれなければいけない。

ここは、そういう世界なのだから。

「どうにかしてメルディーナにいなくなってもらって、アーカンドにも私を聖女として持ち上げてもらわなくちゃ」

そのためには今後どうするべきか。ブツブツと独り言をつぶやきながら部屋中を歩き回る。

やがて、リリーはいいことを思いついた。

「やっぱり、私は天才だわ」

それはリリーにとってある意味当然のことでもあった。

だって、自分こそがこの世界のヒロインなのだから！

第八章

リアム殿下は私が瘴気を払いに行っている間に、オリビア様に話をしてくれていたらしい。

どうやらわざわざハディス殿下もそれに同行してくれたのだとか。

「リアムとオリビア・ウィルモット嬢を二人にするわけにはいかないし、彼女は公爵家の令嬢だ。万が一いた人間をいなかったことにされても困るからね」

「まさか……事実の捏造《ねつぞう》をするかもしれないと？　そのような方だったんですか？」

確かにリアム殿下とのことも、私はオリビア様のあまりに悲痛な様子にきっと真実なのだと思い込んだのだ。

私が不甲斐ないばかりにハディス殿下にも迷惑をかけたかと思うと心苦しい。

「メルディーナ嬢。今回のことがなくとも彼女の件はきっといつか問題になっていたんだ、あまり気にしないでくれ。君が心健やかに過ごしてくれるのが一番だよ。そうしなければリアムも使い物にならないし、残念ながらまだまだ瘴気も君を待っている」

ハディス殿下はそんなふうに言って、悪戯《いたずら》っぽくニヤリと笑った。

「殿下……ありがとうございます」

そう、この優しい人たちと国に、私にできるのは瘴気の浄化くらい。もっともっと役に立てるように頑張ろう。

リアム殿下と話し、不安がなくなったからか？　もしくは……愛されていると分かったからか。

私は日に日に力を取り戻していった。

瘴気を払いに出向くたびに、それを自分でも感じる。どんどん瘴気を払うのが早くなっていくし、誰かを治癒する時も少しの力でできるようになってきた。

だけど、それを喜ぶばかりではいられなかった。

瘴気が溜まり発生する澱みが、次々に生まれていく。

浄化しても浄化しても、それを上回るほどの速度で……。


忙しい日々の合間に、時間を見つけてはリアム殿下と一緒に守りの森に顔を出していた。

リオ様や、その赤ちゃん、森の動物たちに会うために。

聖獣様の名前は精霊王様が授けてくれるらしい。

リオ様は優しい顔で我が子を見つめながら。

「きっとこの子は、代替わり後に新しい精霊王様に名付けてもらう最初の子になるだろう」

だから、まだ赤ちゃんには名前がない。

代替わりが近づき、今の精霊王様には名前を授けるだけの力が残っていないのだ。

「リオ様のお名前も、今の精霊王様にいただいたんですね」

「そうだよ。いい名前だろう？　だから私たち聖獣はみな精霊王様の子供のようなものなんだ」

「子供……」

ロキが、優しく笑うリオ様をじいっと見つめてぽつりと呟いた。

私と出会う前のことを思い出せないロキ。ロキにも親のような存在がいただろうか。

ひょっとして、記憶がなくとも親や子供の話に何か感じているのかもしれない。

ふと見ると、リアム殿下は体の大きな、心優しいクマに抱き抱えられていた。

「メルディーナ……これはどういうことだろうか」

「わ〜！　リアム、なんだか荷物みたいだね！」

困惑気味なリアム殿下と、面白そうにはしゃぐルーチェ。

いつか、傷だらけで意識を失ったリアム殿下を運んでくれたクマさん。どうやらリアム殿下に対して並々ならぬ庇護欲を抱いてしまったらしい。

「ふ、ふふ……！」

いつもは私を守ってくださるリアム殿下が、クマさんに抱えられているのがなんだかおかしくて笑ってしまう。

「わーい！　メル様が笑ってる〜！　ねえねえ、僕のことも抱っこして〜！」

ルーチェは大はしゃぎだ。

小鳥たちに紛れてクマの頭や肩にちょこんと座り、キャアキャアと喜んでいる。

ルーチェは本当にロキよりうんと子供みたい。精霊に年齢の概念があるのかはよくわからないけれど、本当にロキに比べて、生まれてからそこまで時間が経ってないのかも？

精霊王様の代替わりが無事に終わって瘴気がほとんどない世界に戻ったら。

いつか、またロキやルーチェ以外の精霊とも会うことができるだろうか。

「メルディーナ、お前に言っておかなくてはいけないことがある」

「なんでしょう、リオ様」

ぐっと真剣な顔つきに変わるリオ様。さっきまでの穏やかな顔とは違う。

「動物たちが……時々、いなくなる」

「いなくなる……？」

「ああ、澱みが生まれ始め、私も全てを把握できているわけではないが、少なくとも聖なる力を少しでも宿した数匹、数頭の動物が、アーカンドから消えた」

「死んでしまったわけではなく、消えたのですか？」

リオ様は頷く。

「もしかすると本当に消えたわけではなく、大きな澱みの影響かもしれない。そうすると私には全くその存在が見えなくなるからね。どちらにしろ、何か良くない予感がする」

言いながら、大きな鼻先を私の方に擦り付ける。

これは、聖獣様の最大級の親愛の証。

「メルディーナ……どうか気をつけて」

精霊王様の代替わりが、ますます近づいている。

瘴気は濃くなり、澱みは増え続け、その増えていくスピードをなるべく遅らせることが精一杯で。

理由は分かっていた。精霊王様がますます弱っている。

特にセイブス王国との国境付近は瘴気が濃く、たまに帰国しては通っていたお兄様も、ついにセイブス王国に戻れなくなった。

浄化を急いでいるとは言え、休息を取らなければすり減り、体の方がもたなくなる。

そういったハディス王太子殿下の方針で、週に一度は休息の日が作られていた。

昨日までの浄化を終えて、休息の日のお昼前、アーカンド王宮の自室でゆっくりしていると、お兄様が訪ねてきた。

部屋の中に招き入れ、対面に置かれたソファに座る。こうして一緒にお茶をする時間をとるのが日課になっていた。

この時間はオルガやミシャにも下がってもらっていて、私が二人分のお茶を淹れる。

……セイブス王国で、妃教育の一環として、身につけたことのひとつ。

それも最後にはリリーに利用されてしまったけれど。

「お前の淹れてくれるお茶は本当に美味しいね」

にこりと笑って褒めてくれるお兄様に微笑み返しながら、私もお茶を飲む。

実はこの日課が始まった最初の頃、お茶を淹れる手が震えてしまった。

最後にお茶を淹れたのはリリーに陥れられ、毒に倒れたあの悪夢のお茶会の時で。

このアーカンドで久しぶりにお茶を淹れようとティーポットを手にした時に、あの時の光景が鮮明に蘇ってしまったのだ。

おぞましいものを見るように私を見つめる、いくつもの冷たい目……。

「ごめんなさい、お兄様、私……」

そのまま震える手を握り締めて、お茶は淹れられない、と謝ろうとする私をお兄様は止めた。

「メルディーナ、お前の気持ちは分かる。だけどきっと私と二人だけの今のうちに乗り越えないときっとずっと乗り越えられない。……たかがお茶だけれど、あの女のせいでメルディーナの何かが奪われるのは嫌だと思ってしまうよ」

そう言われたとき、私はハッとした。……お兄様は、私のことをよく分かっている。

そうよね、これだけリリーにいいようにされて、どんなに小さなことでもこれ以上なにかを奪われるのは嫌だ。

お茶を淹れる、なんてことでも、リリーをきっかけに何かを失うことを自分に許してしまえば、きっと私はどんどん弱くなってしまう。

結局その時の私は気持ちを落ち着けて、お茶を淹れることができた。

小さなことでも、積み重なれば大きなことになる。

お兄様は、私にそれを教えてくれた。

そんなことを思い出しながら、お茶を飲む。

今日のお茶は気持ちがリラックスできるようにカモミールティーだ。お兄様もわたしも好きな紅茶。

一息ついて、ずっと考えていることをまた口に出す。

「……セイブスは、どうなってるでしょうか」

行き来することすら難しいほど瘴気が濃くなってしまっているセイブス王国。お父様は、エリックは、クラウス殿下は……みんなは、大丈夫なのだろうか。

「最後に戻った時には、かなり息苦しさを感じたな。きっと、私もアーカンドの空気に慣れてしまったからだろうけれど……それから、相変わらずセイブスはお前を悪者にしたいようだった」

少し前から、セイブスで瘴気がどんどん増していくことは、私のせいということになっているらしい。

お兄様が最後に持って帰ってきてくれた、ビクターさんからの手紙にも同じように書かれていた。

最初は私を信じ、リリーが聖女であることに不安を抱いていた人たちも、そのほとんどが今では彼女に縋り、私を糾弾していると。

『俺は君を信じているよ』

ビクターさんが手紙に書いてくれていたそんな言葉を思い出す。

大丈夫、どれだけの人に憎まれ、蔑まれようと、私には信じてくれる人がいる。

それからビクターさんのところに、時々王宮から衛兵が訪れるのだとか。……私を、地下牢から危険を顧《かえり》みずに逃がしてくれた彼らだ。とりあえず、なんらかの罰を受けるようなことはなかったとのことで、すごく安心した。

私がアーカンドにいるのではないかと噂が流れるようになり、周りがリリーを妄信する中で。彼らもまた私を信じ続けてくれているらしい。

それが、すごく心強い。

お兄様と話していると、扉がノックされた。

「こんな時間に誰かしら？」

お兄様に断って扉に向かう。ドアノブに手をかけ、ゆっくりと扉を開きかけた瞬間、一気に扉が開かれる。

姿を見せたのは慌てた様子のリアム殿下だった。

「メルディーナ」

焦ったような顔で、ぽつりと呟く。

「リアム殿下？　何があったんですか？」

廊下の向こうがやっぱり騒がしい。騎士たちが走って行き交う姿や、何かを大きな声で指示している様子が見える。後ろでお兄様も立ち上がった気配がした。外の様子を気にしているみたい。

「落ち着いて聞いてください。……精霊王の聖地が、現れました」

思わず、息をのむ。

精霊王の聖地。それは、普段は決して人には見えることのない、人がたどり着けることのない、精霊王様が住む場所。

力を失い、その場所が人の目の前に曝《さら》け出された。

それはつまり、ついに今代の精霊王が最期《さいご》の時を迎えるということだった。

「場所は、どの辺りですか？」

「セイブス王国の近くの……あなたと私が、何度も会っていたあの森の中心のようです」

まさか。あの場所が、精霊王様の聖地……⁉

黒い狼さんと会っていた場所。いつも、狼姿のリアム殿下が覗き込むように鼻先を向けていたあの泉のある場所。

「今、すぐにその場所に向かうべく騎士団の準備を急がせています。疲れているとは思いますが、メルディーナも準備してくれますか？」

「分かりました！」

「僕もこれから準備します。また後で」

リアム殿下は急いで立ち去る。とにかく私に伝えに来てくれたんだろう。

扉を閉め、その前で目を瞑り、何度も深呼吸する。ついにこの時がきたんだわ……。

セイブス王国からもほど近い場所。きっとリリーやクラウス殿下も現れるはず。

私が生き残れるかどうか、運命の時が来る。

着替えを済ませ、お兄様と一緒に外に出る。王宮の裏手に馬が数頭準備されていた。

「メルディーナ、本当は君には馬車でゆっくり向かってほしいところですが、申し訳ないけど時間がありません」

「リアム殿下、私は大丈夫です」

とはいえ私は一人で馬には乗れないので、リアム殿下と同じ馬に乗ることになった。

殿下の手を借りて、その前になんとか跨《また》がる。

「では、急ぎます。少し辛いかもしれませんが、どうか頑張ってください」

私がリアム殿下の馬に乗り、その隣にお兄様、そして護衛の騎士が数人、私達を囲むように馬を走らせる。騎士達の中にはニールの姿もある。

この状況でニールを共に連れて行くことに少し驚いたけれど、そんな私に気がついたリアム殿下がこっそりと教えてくれた。

「アーカンドに来てからの彼の様子を見ていて、彼の言っていた言葉に嘘はないだろうと判断されました。何より、彼は動物に好かれるようで」

「動物に？」

思わず声が上《うわ》ずり、目を丸くする。

リアム殿下は笑っている。

「このアーカンドに暮らす動物たちは、精霊と近く、不穏な気配を強く察知します。動物に好かれる人間に悪い者はいないと言われるんですよ」

ニールが動物に好かれることも驚きだけれど、セイブスで生まれ生きてきたニールが動物を嫌悪せずにいるらしいことにも驚きを感じる。

だけど、そう。ニールはそういう人だった。

周囲に蔑まれ、距離を置かれる私にも、小さな頃から一切変わらない態度で接し続けてくれたニール。

まだわだかまりが全くないとは言えないけれど、彼がアーカンドの皆に受け入れられていることは素直に嬉しく思う。

「さあ、スピードを上げますよ！」

急ぎ、精霊王の聖地を目指す。

通いなれた、あの森へ。

森に近づくにつれ、どんどん瘴気が濃くなっていく。

馬の上で少しずつ払ってはいるものの、あまりの濃さに追いつかない。

目指しているのは精霊王のいる場所なのだから、普通ならば瘴気は薄くなるはずなのに……もはや今の精霊王様は力を失い、その身に引き受け続けた瘴気に呑まれているということ。

私が……もっと強い力を持っていれば……。

こんなふうになってしまうより前に、なんとかできていたかもしれないのに……。

「メルディーナは、すごいですね」

「え？」

突然のリアム殿下の言葉に思わず顔を上げる。

「確かに瘴気はどんどんと濃くなっていますが、あなたと一緒にいることで僕たちの体にかかる負担が随分と軽いのです。メルディーナがいなければこの瘴気の濃さで、ここまで楽に馬には乗れません」

「そんな……」

ふと周りを見渡すと、私達を守るような布陣で走る他の騎士様達が私を見て、優しく微笑み、頷いている。お兄様もどこか満足そうな表情だ。

ああ、ここでは誰も私を責めない。それどころか、こうして私のことを認めて、頼りにしてくれるんだわ……。

胸がいっぱいになって、なんとか言葉を振り絞った。

「……必ず、精霊王様を助けましょう」

「ええ、もちろんです！」

この世界に、魔王を復活させてはいけない。


「これは……」

騎士達の一人が、思わず言葉を漏らす。

やっと着いた森は、大勢の人で溢れていた。

騎士達だけではなく、アーカンド側には獣人が、そしてどうやら、セイブス側には人間たちが集まっているようだ。

精霊王の聖地が顕現して、その力に引き寄せられるように無意識のうちに獣人たちや人間たちが集まってきているんだわ。

あちこちで罵声や怒号が飛び交っている。

これはいけない。この場所は瘴気が濃すぎて、集まっている人々が皆攻撃的に、興奮状態になっている。

普通ならば気絶してもおかしくないほどの瘴気。それでもそうならないのは、瘴気が濃くとも、そばに精霊王様がいるからだろうか。

馬を降り、集まった獣人たちの間をどうにか進んでいく。

近づくにつれ、甲高い声が嘆くように叫んでいるのが聞こえてきた。

「皆さま、大丈夫です！　聖女である私が来たからにはもう心配はいりません！」

この声は……リリーだわ。彼女の演説のような言葉に反応して、セイブス王国側の人たちから歓声が上がっている。

まだその姿は見えない。

一瞬前に進む足が止まりそうになった私の手を、隣を進むリアム殿下がぎゅっと握ってくれた。目が合うと、「大丈夫」と言うように頷いてくれる。

反対側からは、伸びてきた手が背中にそっと添えられた。お兄様だ。

ほんの少ししぼみかけた勇気が戻ってくる。

私達が通るために少しだけ道を開ける獣人の皆が、祈るように私に向かって手を組んだり頭を下げたりしているのが目に入った。その中にはアーカンドを浄化して回る中で、私が傷を癒し、言葉を交わした人も何人もいる。

ふっと息を吐く。いつのまにか、呼吸すらままならなくなっていたことに気付く。

アーカンドに来たばかりの頃は、どこに行っても訝し気な目で見られ、罵られることもあった。だけど今は、皆が私を信じてくれている。

こんなことにも気付けないほど、私は緊張していたのね。

人々をかき分け、最前線へ躍り出る。

集まった獣人たちの前の方には、先にこの場所に駆け付けた騎士達が揃っていた。

その前に、私とリアム殿下が逢瀬を重ねたあの泉よりも何倍も大きな泉が広がっている。……これが恐らく、精霊王の聖地。

その反対側にはセイブスの騎士達がずらりと並んでいた。

そして騎士達の前には、クラウス殿下と……その隣にリリーがいた。

「メルディーナ……？」

私の名前を呟いたクラウス殿下は、目を見開いて呆然としている。

その声にこちらに気がついたリリーは私をみると目を細め、ニヤリと口の端を上げた。

そして声を張り上げる。

まるで歌うように。まるで悲劇を演じるように。

「メルディーナ・スタージェス！　彼女こそがこの瘴気を生み出している元凶《げんきょう》です！」

セイブス側に立つ人々から、一斉に憎悪の視線が向けられた。

「メルディーナ…なぜ、君がこんな真似を」

私を呆然と見つめていたクラウス殿下も、その目に憎しみを浮かべて私を睨みつけた。

人間側に、聖女であるリリーの言葉を疑う人はいない。

当たり前だわ。『聖女が嘘をつけない』ことは、セイブスに暮らす民ならだれでも知っている。

そのリリーがなぜ嘘をつけるのか、それは私にも分からない。

「……クラウス殿下、リリー……なぜ。リリーは、聖女ではないのか？　……いや、でも」

いつのまにか側まで来ていたニールが苦しそうな声でぶつぶつと呟き続けている。

リリーが嘘をついていることだけは理解しているニールは混乱しているようだ。

ニールに気づいたリリーはまた声を上げた。

「まあっ、ニール！　あなたがいなくなってずっと心配していたのよっ。きっとメルディーナ・スタージェスに捕らえられて、酷い目に遭わされているのね……瘴気や澱みを生み出すだけではなくて、ニールまでっ」

セイブスの人々から、煽《あお》るような声が次々に上がる。

「メルディーナ・スタージェスのせいでこの国はめちゃくちゃだ！」

「そうよ！　瘴気のせいで作物は育たないし、忌々しい病気も広がっている！　こんなのあんまりだわ！」

「メルディーナ・スタージェスって、あの無能と言われる令嬢だろ？」

「だから聖女であるリリー様を妬《ねた》んでこんなことをしでかしたのね！」

「薄汚い獣人と組んで世界を脅かすなんて……！」

「人の心がないのか！」

心を突き刺すような鋭い言葉。憎しみの色を込めて睨みつける瞳。それが全て、私に向けられている。

……セイブスにいた頃の私だったら、辛くて苦しくて悲しくて、耐えられなかったかもしれない。

自分の心を守るために、憎しみを憎しみで跳《は》ね除《の》けて、そしてこの瘴気に心を囚《とら》われていたかもしれない。

ゲームのメルディーナがそうだったみたいに。

だけど、今の私はそうはならない。

私を庇うように、リアム殿下が前に出る。

隣にはお兄様が寄り添うように並んでくれた。

そして、後ろにいるアーカンドの騎士達や、民達がセイブス側からの声に負けないほどの声を上げた。

彼らの口から発されているのは……私を、庇う言葉。

「メルディーナ様が瘴気を生んでるなんて、そんな馬鹿なことあるわけがない！」

「俺はメルディーナ様に助けられたんだ！」

「私もよ！」

「なぜ……メルディーナ様と同じ人間でありながら……」

「愛し子様を冒涜するな！」

そう、今の私はそうはならない。

こんなふうに、私を信じてくれている人たちがたくさんいるんだから！

アーカンドの民から飛び出した、私を指す言葉にリリーが眉を寄せた。

「愛し子様……？　まさか、その女のことをそんなふうに呼んでいるの？　それこそ精霊王への冒涜だわ！　獣人たちはその女に騙されているのよっ！」

まるでその言葉が合図のように、獣人たちの間を縫うように人影が動いた。

驚く騎士たちが反応する前に、その人物は騎士たちを押し除け、すごい速さでこちらに近づいてくる。

ただ、人々の喧騒《けんそう》とリリーの声にかき消され、その人に気付くのが一瞬遅れてしまった。

「メルディーナ、危ない！」

叫んだのは隣にいたお兄様。

次の瞬間には私は守られるようにリアム殿下の腕の中にいた。

何が起こったのか理解する前に、私は温かい光に包まれていた。

キィンと金属が弾かれるような音が響いて、視界の端を何かが吹き飛んでいく。

地面に転がったのは、短剣。おまけにどうみてもその刃に瘴気を纏っている。

あれに貫かれてしまえば、普通の人ならばあっという間に命を落とすだろう。

予想外のことに後ろを振り向いたまま呆然とする私の前に、お兄様が手を伸ばし立ちはだかっていた。

これは……お兄様の守りの魔法！

光のベールがお兄様と私を守る盾《たて》のように広がり、向けられた短剣を弾いていた。

「メルディーナは、誰にも傷つけさせない」

「お兄様……！」

「お前を守るために、魔法を磨いたんだ。きっとメルディーナを守れるように、私はこの魔法を授かった」

光のベールの前には、力なくへたり込んだ――オリビア様がいた。

「オリビア・ウィルモット公爵令嬢、なぜ、あなたが……！」

頭上からリアム殿下の驚く声が聞こえる。

「見てください！　メルディーナ・スタージェスは獣人からも忌み嫌われている！　今勇敢にもその女に立ち向かった彼女こそが正常です！　誰もがあの女に心を操られているのです！」

これみよがしに叫ぶリリーの声に獣人たちから反発の声があがるけれど、もはや収拾がつかない。

側にいた騎士に取り押さえられたオリビアは……笑っていた。

「ふふ……わたくしはもうおしまい。リアム様をお前に奪われた時にとっくに終わっていたの。だから……お前も終わってしまえばいいのよ」

オリビアの叫びのあと、どこからか唸るような声が響く。

「グルルル……」

「グガアアァ」

動物の——怒りに満ちた獣の声が聞こえる。

「まさか」

ありえない……！

リリーの側に寄り添うように、体の大きな動物が歩み出てきた。

その身からは溢れ出るように瘴気が纏わり付いている。あんな状態で生きているだけでも不思議なくらいだ。

あの子たちはまさか……アーカンドから、突然姿を消した子たち？

ハッと息を呑む。

「やっと気づいたかしら？　わたくしが聖女リリーに手を貸したのよ！　偽物の聖女である忌々しいお前を排するために！」

牙を剥き出しにして唸り声をあげている。その中にはリオ様の森で見かけた子もいる。

だけど私にはかすかに伝わってきた。助けて、苦しいよ。そう言って助けを求めてる。

すぐに分かった。リリーはその力を使って、無理矢理心を操って、使役している……。

なんて酷いことを！

アーカンドの騎士達も動物たちの普通じゃない状態を目《ま》の当たりにして、あの子たちが何かをされたということに気付いたようだ。

ピリピリとした緊張感は長くはもたず、ついにアーカンドとセイブス、両方の騎士達が声を上げて武器を構え、お互いに攻撃を開始した。

ただしアーカンドの騎士達はリリーに従えられた動物たちを傷つけることはできない。

セイブス側の力が押しているのが分かる。

「メルディーナ！　君はイーデンと一緒に安全な場所へ！」

リアム殿下がこちらに向かってきたセイブスの騎士を抑えながらそう叫ぶ。

私は声も出せないまま、お兄様に守られるだけで。

せめて、あの動物たちを解放してあげないと……！

そんなふうに思って、攻撃のために距離の近づいた動物にどうにか浄化をかけようと思った瞬間。

「ぐっ、うわああ！」

リリーの悪意を受けすぎ、瘴気に包まれすぎて、自我を保てなくなった動物の爪がついに届いてしまった。

傷を負った人がうめき声をあげながら倒れている。

ただし、傷ついたのは動物を狙わないようになんとか避けていたアーカンドの騎士ではなくて。

――リリーを守るためにアーカンドの騎士と剣を交えていた、セイブスの騎士だった。

そして、その中にはクラウス殿下の姿もあった。

「きゃあー！　クラウスッ！　やだやだ、なんでえ⁉」

リリーは倒れた他の騎士には目もくれない。けれど、さすがにクラウス殿下が血を流し倒れたことには動揺したようだった。

リリーの声は甲高く、よく響く。そんな彼女の様子に気付いた人達が、戸惑いに一瞬足を止めた。

人々の動きが止まったことでアーカンド側の騎士がなんとか我を忘れた獣たちの元に辿り着き、傷つけないようにしながらも必死で抑え込む。

罪もないのにリリーの聖女の力でおかしくされている、あの子達に誰かをこれ以上傷つけさせないために。

私も動揺してしまっていた。

クラウス殿下が傷ついたことにではない。自分でもびっくりしたけれど、そんなことよりも抑え込まれても暴れるあの子たちのあまりに苦しそうな声に、人を傷つけさせてしまったことに胸が悲痛な痛みを感じていた。

――なによりもまず、早くあの子達を助けてあげなくちゃ……！　これ以上誰かを望まず傷つけてしまう前に！

抑えられた動物たちの元に走る！　手を伸ばして、浄化の魔法をかけながら。

やっとすぐ側までたどり着いて、ぎゅっとその首に抱きついた。視界に入ったその子の足先が赤く濡れている。

他の子にも順番に触れて、徐々に全員が落ち着きを取り戻した。

「グルルル……」

悲しい、唸るような鳴き声。

「もう大丈夫。大丈夫だよ……。あなたが悪いんじゃない。あなたのせいじゃないから」

「はあ⁉　そいつのせいでしょう！　やはり野蛮な獣だわっ！　見てください！　我が国の王太子殿下を傷つけた獣を抱きしめるメルディーナ・スタージェスを！　あの人が獣に命じてこんな酷いことをさせたんだわっ！」

リリー……もう許せない。

怒りに心を奪われそうになった、その瞬間だった。

「愚かな。まさか精霊王様の子供同然の聖獣たちを無理やり力で操り、このようなことをさせるとは」

この声！

振り向いた声の先には、大きくて真っ白い、神聖な体……。

「リオ様……！」

守りの森からは出られないはずのリオ様がゆっくりと歩いてくる。

「精霊王様の、我らが父の最期だ。駆けつけないわけにいかないだろう？　それに、こうなれば次代の精霊王様が無事に誕生するまではどこにいようが同じことなのさ」

リオ様は私のすぐそばまで来て優しく微笑むと、鼻先を私の頬に擦り付けた。

気づけばアーカンドの獣人たちが跪き、リオ様を見つめている。

「ああ……聖獣様があのように、心を許した行動を……。疑ってなどいなかった。だがやはりメルディーナ様こそが愛し子様だ……」

セイブス側の人達からも小さな声が聞こえる。

「待って、メルディーナ・スタージェスは本当に悪人なんだよね……？　さっき、あの暴れる獣たちを落ち着かせた力はなに……？」

「そ、それはほら！　リリー様も言っていたようにあいつが獣を操っていたわけだから」

「いや、そういえばスタージェス家のご令嬢といえば、かつて稀有な治癒魔法を使うとして王太子殿下の婚約者になったんじゃなかったか？」

「だが無能な令嬢として婚約は破棄されて」

「っ、あなたたち！　そんな女に惑わされてはダメよっ！」

リオ様に驚き言葉を失っていたリリーが、人々の疑心暗鬼な様子に慌てて声を張り上げる。

だけど、セイブスの誰かがポツリと呟いた声はそれよりもよほどよく通った。

「それなら——あの方のそばに見える、あの小さいのはなんだ」

その声に、視線が私に一斉に集まる。

……違う、私にじゃない。

みんなは、私のそばに寄り添うように飛んでいる、ロキを見ている——？

「愚かな人間たち。そんな女に騙されて、俺の大事なメルディーナを悲しませるなんて。……俺は精霊、可哀想な人間たち、これがどういうことか分かるだろ？」

あたりが一斉に騒《ざわ》めく。全員が、ロキの姿を認識している。

精霊王様の聖地が顕現したように、ここに瘴気だけじゃなく精霊王様の濃い力も集まって、精霊であるロキの姿まで見えるようになったの？

さすがにセイブスの人達も分かっている。精霊が側にいる。それがどれほど特別なことなのか。

そして、ロキが私の側にいるという事実。

リリーだけが。違う、そうじゃない、私が聖女よ、とわめき続けている。

「……ま、実際メルは聖女じゃなくて愛し子なんだけどな」

ロキは私にだけ聞こえる声でそう付け加えた。

そう、実際にこんなことを起こしているとはいえ、聖女は間違いなくリリーなのだ。

そう思ったけれど。

「でも、あの女ももう聖女じゃない」

「え？　どういうこと……？」

ロキの答えを聞く前に、クラウス殿下が苦しそうにうめき声をあげた。

「ぐっ、ごふっ……！　な、にが……どうなって……？」

「クラウス！　きゃあ！　血がっ……！」

クラウス殿下は肩からお腹にかけて、爪で切り裂かれたのか大きな傷がつき、血を流している。

リリーは涙目で寄り添っているけれど、側には同じように血を流し動けないセイブスの騎士が数人倒れていて。

そんな様子を見ながら、なんでもないことのようにリオ様が言った。

「そこの女よ、お前は聖女なのだろう？　それならばお前が抱くその人間や、周りの騎士を早く治してやれ」

えっ？

「っ！　い、言われなくてもやるわよ！」

動揺していたからか、私を悪者にすることで頭がいっぱいだったからか、今まで聖女の回復魔法を使おうとしなかったリリーは、リオ様に煽られるようにしてクラウス殿下の傷口に手をかざす。

だけど、私はリオ様の言葉が気になっていた。

……他の人の耳には聞こえなかったのか。でも、確かにリオ様は最後にこう言った。

「――治せるものならば」と。

クラウス殿下の傷にかざしたリリーの手から、ボウっと淡い光が放たれる。

……けれど、その光は小さなまますぐに消えた。

「えっ？　な、なんで？」

戸惑いながらも何度も何度も魔力を流すリリー。しかし、その度にほんの少し光るばかりで、またすぐ消える。それ以上何も起こらない。

何度も、何度も。繰り返しても変わらない。

「なんで⁉　なんでよぉ！　こんなのおかしいっ！　私は聖女なのよっ！」

リリーは、回復魔法を失った……？

なにがなんだかわからないけれど、今はそれどころじゃない。

急いでクラウス殿下の元へ向かう。

「私に治癒させてください！」

周りにいるセイブスの騎士たちは私を止めなかった。それどころかクラウス殿下に何度も回復魔法をかけようとし続けるリリーを引き離す。

「触らないで！　私は聖女よ！　こんなことありえない！」

他の倒れて動けない騎士を見ても、クラウス殿下の傷が一番重症なのは明らかだった。

クラウス殿下の手を握る。指先が冷え切っている。

「メル、ディーナ……」

「クラウス殿下、喋らないでください。すぐに治りますから」

強い光がクラウス殿下を包みこむ。今の私が使えるのは、小さな頃、婚約のきっかけになったあのときの治癒より、ずっと強い力で。

治癒は一瞬だった。傷は塞がり、あとは破れた衣服に血がついているだけ。

「傷が治っても血はすぐには戻りません。私の魔力で補完してますが、しばらくは動かないでいてください」

「メルディーナ、君は……治癒魔法を取り戻したのか……。君が、聖女なのか……？　私には一体、なにが、なんだか……」

「殿下。リリーは間違いなく聖女だったはずです。私にも何が起きているのかはよく分かりませんが」

まだ何かを言いたそうにしているクラウス殿下を残し、他の騎士たちも治癒していく。そこにいる誰もが呆然としている。

「こんなのっ！　こんなのどう考えたっておかしい！　そうだわ、きっとその女っ、メルディーナが私の力を奪ったのよ！　どんな禁忌の力を使ったの！」

その言葉を、もはや誰も信じてはいないようだった。

急展開の連続で気がつかなかったけれど、騎士たちの後ろにエリックの姿もあった。取り乱すリリーを信じられない面持《おもも》ちで見つめている。

エリック。リリーを心から信じていた、私の可愛い弟。

少し離れた場所にニールもいる。顔色を悪くして、口元を手で覆っている。

アーカンドに来て、リリーが嘘をついていることを一足先に知っていたニール。動物たちとも嫌悪感なく接していた彼は、今何を思っているんだろう。

「あっ……」

流れた血の代わりに殿下や騎士たちに一気に魔力を渡した私は、緊張も相まって立ち上がった瞬間に少しふらついてしまった。

そんな私の肩を温かくて大きな手がそっと抱き寄せてくれる。

「メルディーナ、お疲れ様」

「リアム殿下」

いつだって、支えてくれるのはこの人だ……。

ロキも、いつのまにかルーチェもそばにいる。

とにかく、誰も死ななかった。大丈夫。みんな生きている。

私の、リオ様の、精霊王様の大事な子供たちは誰の命も奪ってはいない。

喚き続けるリリーに、現実を突きつけたのはリオ様だった。

「お前は、嘘をついた」

「はあ!? 何を言ってるのよ！ デタラメ言うのはやめて！」

騎士に支えられて体を起こしたクラウス殿下が呆然とリオ様を見つめる。

「リリーが、嘘を……。聖女は嘘をつけない。だから私は彼女の言葉が全て真実だと……。なんてことだ、やはりリリーは」

「クラウスッ⁉　まさかそんな獣の話を信じるの⁉　みんなもっ！」

リリーは焦ったように周りを見渡したけれど、誰もが不審な目でリリーを見つめていることに気づいてさすがにひるんだようで、ぐっと言葉に詰まった。

当然だろう。リリーは治癒を使えなかった。おまけに傷つく人たちを癒したのは、偽物で全ての不幸の元凶だと彼女が断じていた私なのだから。

リオ様は哀れみさえ含んだ視線でリリーを見つめたまま。

「お前は確かに聖女だった。だが、今はもう違う」

「なによ、どういう、こと」

「人間は誤解している。聖女は嘘をつけないのではない。絶対に嘘をついてはいけないんだよ」

嘘をついては、いけない……？

どういうことだろう。聖女は嘘をつけないというのはセイブス王国では誰もが知る事実だった。リリーの言葉を、誰もが『聖女の言葉だから』『聖女は嘘をつけないから』と受け入れ、信じてきたのだ。

その事実が今、崩れようとしている。

「は？　嘘をついてはいけないってなによ……」

リリーの声も震えている。

「バカな……伝承でも、王国にいくつか残る文献でも『聖女は嘘をつけない』とされている。それが誤りだというのか……」

リオ様の言葉、リリーの様子を見て、クラウス殿下も困惑気味だ。

「人の国で事実がどのように伝わってきたのかは私には分からない。その表現も間違っているわけではない。ただ『嘘をつくことが不可能』なのではなく、正しく言うならば『嘘は最も能力が失われる行為であるから、ついてはいけない』だろうな。年月が経つうちに本来の意味が曖昧《あいまい》になったというところか。しかしこれまではその表現でも問題はなかったのだろう。聖女が誠実であることは当たり前のことで、本来は誠実な魂こそが聖女に選ばれるはずなのだから」

……リオ様の言葉を聞いてすんなりと理解できた。リリーも転生者であり、彼女こそがイレギュラーなのだから。イレギュラーな彼女がゲームの通りに聖女だったのは、ゲーム補正ということなのだろうか。

聖女は誠実であり、嘘などつかない。その前提が違っていたうえで、言い伝えについて間違った解釈がされて、リリーがどれほど疑わしいことを言っていようが、聖女が言っているのだからと真実だと思いこんでしまった。

そして、とくに王族として、王太子として誰よりも聖女について教育を受けたクラウス殿下が一番その傾向が強かったということかもしれない……。

そんなクラウス殿下は顔を真っ青にして呆然としている。

「う、うそよ……うそようそよ！　だって、私は聖女で、ヒロインで……そんな……」

うわ言のように繰り返すリリーを、ロキが忌々しげに睨みつける。

「嘘がどうして聖女の力を奪うかわかるか？」

「え……」

「嘘は瘴気を生むんだ。この世界に生きる生き物の中で、人は最も瘴気をうむ。はっきりと悪意を持っているからな。もちろん、お前がなけなしの力を悪用して動物たちをさらって操ったのなんか最悪だ。……お前がそうなったのは、全部お前自身の選択によるものなんだよ」

呆然としていたリリーの顔が、ぐしゃりと歪んだ。

「う、うわあああああ！　嘘よ嘘よ、嘘よ！　私は聖女でヒロインなの！　ヒロインなのにっっ！　そうよっ、元はと言えば最初からおかしかった！　攻略対象との思い出イベントが起こらなかった！　あれが最初だわ！　どうせメルディーナ、あんたが何かしたんでしょっ⁉」

リリーの金切り声を聞きながら、私に寄り添ってくれているリアム殿下が息をのんだ。

「この、声……覚えがある……」

「リアム殿下？」

警戒するように耳をピンと立てたリアム殿下は、ゆっくりと私を見る。

「ここにきて、あの女を見てからずっとどこか見覚えがあるような気がして考えていたんだ。今分かった」

リアム殿下の声が耳に入ったのか、喚いていたリリーがピタリと暴れるのをやめ、こちらをじっと見つめる。「りあむ……」とぽつりと呟いた。

リリーが名前を知っているということは、やっぱり……リアム殿下が、攻略対象の『隣国の獣人』だったんだわ。

だけどもう怖くない。

リアム殿下はスッキリしたような顔で言葉を続けた。

「メルディーナと初めて会ったあの日、セイブス王国で、狼姿から戻れなくなっていた僕を助けてくれただろう？　あの直前に、混乱してパニックのままに近くにいた女の子に近づいてしまって、蹴られてしまったんだ。やっと思い出した。あの聖女を名乗る彼女は、あの時の女の子だ」

驚きすぎて、一瞬なんの反応も出来なかった。

あの時、ボロボロになった狼さんが助けを求めた少女に蹴り飛ばされるのを私も見ていた。あれが、リリーだった……？

あの瞬間はもしや、リリーの言う『思い出イベント』だったの？

私はメインルートであるクラウス殿下のルートしかプレイしていない。だからこそ攻略対象の獣人がリアム殿下だということも知らなかった。

でも私に『あなたに捧げる永遠の愛』をプレイするように勧めてくれた友達が言っていたかもしれない。思い出イベントはゲーム開始の後、攻略対象とある程度仲良くなった時に『実は昔こんなことがあって……』と、その相手がヒロインのリリー本人であると知らないままに話してくれるのだと。

リリーは今度こそ、発狂したような悲鳴を上げた。

「嘘でしょ！　嘘！　あれがリアム⁉　獣人の攻略対象との出会いの思い出イベントが獣化姿だなんて誰が思うのよ！　じゃあ何？　あの時にあの汚い獣を抱きしめてやればよかったってこと⁉　私が失敗したの⁉　信じられない……信じ……いや…………いやあああ！」

リリーが髪を振り乱し、叫ぶのと同時に、その体から真っ黒なモヤのような物がぶわりと噴出した！

これは……瘴気！　なんて量、なんて濃さなの……！

リリーから溢れる瘴気があっという間に澱みに変わる。

リアム殿下が周囲の人たちを慌てて誘導して下がらせ、お兄様が私の側に来て守りの魔法を展開する。

クラウス殿下が必死に指示を出し、セイブスの騎士がなんとかリリーを取り押さえる。彼らも濃い瘴気に直《じか》に触れてしまい苦しそうだ。エリックがぶるぶる震えながら呪文を唱え、リリーを気絶させた。

ルーチェは怖がり、ロキは表情をなくしている。

このままでは……！

私は全力で浄化の魔法を展開する！

「きゃー！」

「う、うわああ！」

人々の悲鳴が飛び交う中で、リリーの上に集まり渦を描くようにしている澱みに、浄化の魔法をぶつけ続ける。

「うっ……！」

だけど、さっき動物たちを浄化してクラウス殿下達を治癒したばかりで、この量の澱みを浄化しきるには魔力が足りない……！

負けてしまわないように、必死で魔法を展開し続けている私の肩に、震える手が触れた。

振り向いて、驚いてしまった。

私に寄り添うようにして触れているのは……エリックだった。

「姉上……僕の魔力も使って」

泣きそうな表情で、触れている手も、声も震えている。

エリックの魔力が流れ込んでくる。すごく温かくて強い魔力。

そんな場合じゃないのに、なんだか泣きそうだった。

お兄様が守りの魔法を解除して、その手をエリックの手に重ねた。

エリックのものとは違う、清涼で澄んだ魔力が流れ込み、エリックのものと絡まり合うように私の体の中をめぐっていく。

「メルディーナ、私の魔力も！」

血の繋がった、たった三人の兄弟だからだろうか。なんの違和感もなく魔力が体に馴染《なじ》んでいく。

今なら、何でもできそうな気分だ。

「ありがとう、エリック、お兄様」

私は溢れんばかりの魔力を一気に放出し、全力で澱みにぶつけた！

パッと弾けるような音がして、澱みだった黒いモヤが霧散し、代わりにキラキラと光の粒のようなものが辺りに降り注ぐ。

よかった……これでもう、大丈夫……。

「メルディーナ！」

「姉上！」

力の抜けた体を、お兄様とエリックに支えられる。

——だけど、一瞬とはいえあれだけ巨大な澱みがうまれて、何も影響がないわけがないのだ。

ゴゴゴ…と地鳴りのような音が響きはじめる。

全ては遅かったのだと、嫌でも気付かされることになる。


——地鳴りが、止まらない。

精霊王様の聖地である、大きな泉の水面が大きく揺れ始めた。

泉の水が割れるように開かれていき、その中から澱みの塊のような、大きなモヤが蠢《うごめ》く球体のような物が浮かびあがってきた。

さっき浄化した、リリーの生んだ澱みよりもずっと大きい。

「そんな……」

モヤの中が見え始めて、言葉を失った。

中に人がいる。

白銀の長い髪。目を閉じたまま、まるで眠っているようで。

なんて綺麗な人なの……初めて見たのに、疑いようもなくわかる。

あれは、精霊王様——。

だけど禍々しい瘴気がその周りを巡るように漂い、噴出しているようにも見える。

やがて空が曇り、嫌な風が吹いたと思ったら、森の草や花、木が一気に枯れ始めた！

誰一人として言葉を発せない。

ダメだったの……？　このまま精霊王様は死んでしまう？　私は、魔王復活を防げない……？

ゲームでは、私が死ぬのをきっかけに、私がこの身の内にためにためた瘴気が噴出してその影響で精霊王様が代替わりを前に死んでしまい、魔王が復活することになる。

だからどうにか私が足掻いて、死なないようにすればなんとかなるのだと思っていた。

それなのに。

まさかここまでゲームと現実が剥離《はくり》し続けた結果、リリーの生んだ瘴気が私の死の代わりをしたというの？

どうすればいいのか分からなくて。愕然《がくぜん》としている私の前に、ロキが進み出た。

「メル……俺、思い出したんだ」

ロキの目はじっと、瘴気に包まれたままの精霊王様を見つめていた。

「メルが言っていた話は少し違う。精霊王が代替わり前に死んで、魔王が復活するんじゃない。上手く代替わりできなかった精霊王が、瘴気にのまれてしまった成れの果ての姿が魔王なんだ」

「そんなっ……！」

精霊王様はずっと目を閉じたまま、瘴気のモヤに包まれている。草花は枯れ、泉の水も濁り始めた。

精霊王様の力が弱まり、瘴気がどんどん濃くなっていることに外ならない。

ロキの言うことが本当なら、今まさに精霊王様は魔王化しているってことなんじゃ⁉

そんなことになれば……多くの人の命が失われてしまうだろう。

「メル！　メル！　落ち着いて。大丈夫だから！」

「ロキ……」

私の首元に抱きついて宥めてくれる、ロキのその顔を見てドキリとした。

ロキはいつだって私に優しかった。いつだって私を愛してくれた。ずっと一緒にいた。怒ったり笑ったり、ロキはいつだって感情豊かで。

だけど、こんなに穏やかな表情をしたロキは見たことがない。

「精霊王の魔王化は止まるよ。大丈夫、誰も死なない」

力強い断言だった。

「魔王化を止める方法があるの？　ロキはそれを知っているということ？」

「うん、知ってる」

なぜだろう。これほどに安心できる言葉はないはずなのに、なぜだか胸がザワザワする。

「悪意は瘴気をうむ。だけど、その瘴気は愛し子と、愛し子を守る聖女なら浄化はできる。浄化に必要なのは……愛だ」

「愛……？」

ロキは優しく微笑んでいるのに、どうしてこんなに胸がざわつくんだろう。

「代替わり前に力の弱まった精霊王は、自分が魔王化して誰かの命が奪われてしまうことがないように、愛を集めなくちゃいけない。愛し子は精霊王の愛しい子であると同時に、精霊王に愛を満たす子でもある」

ロキがそんなことを知っているのは、精霊だから。そうだよね？

それ以上の理由なんてないよね？

ロキに何か言わなくちゃと思うのに、どうしても声が出ない。

「精霊王は愛を集めるために純粋な子供の心だけの姿になって、愛し子の側で最期の幸せな時間を過ごす。生まれてから精霊王になるまでと、死ぬまでの最後の時間だけが、俺が俺だけの存在でいられる時間」

待って。話が見えない。

ロキは『思い出した』と言った。

俺が俺だけの存在でいられる時間、って。

まさか、そんな――。

「思い出したんだ、メル。俺は、俺は……私は、精霊王の別れた心、最期を過ごすための姿。――私こそが精霊王だった」

待って！

「メルにいっぱい愛をもらった俺が精霊王に還《かえ》れば、魔王化は止まる」

ロキ！


ロキが精霊王様？

ロキが精霊王様に還れば、魔王化は止まる？

でも、そうしたら、ロキはどうなるの……？

私は混乱していた。どうなるのかなんて、そんなの簡単で。答えなんて分かりきっているのに。

「ダメだよ、ロキ……」

「メルディーナ」

全身が震えて、堪える間もなく涙がこみあげてくる。

「そんなの、ダメ……ロキは私とずっと一緒にいたじゃない。これからもずっと、一緒にいてくれるよね……？」

ロキは少し悲しそうな目をしている。それでも何も言わずに私を見つめていて。

「だって、ロキがいなくなったら……ロキがいないと私……っ！」

「メルは、俺がいなくてももう大丈夫だ」

「そんなことない……！」

ロキが少しずつ私の側から距離をとっていく。

思わず手を伸ばそうとして、その手をぎゅっと握られて止められてしまった。

いつのまにかリアム殿下が私の側にいて、支えるように立っている。

そして私の目をじっと覗き込むと、ゆっくりと首を横に振った。

「メルディーナ、精霊王様を……いや、ロキをちゃんと見送ってあげよう」

眠ったままのような精霊王様の体は、今も瘴気を溢れさせている。

あたりの草花はすっかり枯れ果てて、世界から生気がどんどん消えていく。

もう、これ以上は耐えられないのだと私にも分かっている。

「ロキ……！」

それでも涙が止まらない！

リアム殿下が力の入らない私を抱きしめて支えてくれる。

ロキはそんな私を見て、とうとう顔をくしゃりと歪めた。

「ああ、メルディーナ、俺を想って泣いてくれてありがとう。メルの涙には愛がいっぱいだ……！　でももう十分だから、俺は愛で苦しいくらいに満たされているから、もう泣かないで。――最後だから、笑ってメル」

これで最後だなんて信じられない。それでも私は必死に笑顔を作った。涙を止めることは出来なかったけれど。

「やっぱりメルディーナにして正解だった」

ロキはこちらに体を向けたまま、精霊王様の体の方に近づいて行く。精霊王様とロキ、どちらの体も白く淡い光を放ち始めた。

それと同時にポワポワと浮かび始めた無数の光の玉のようなものが、漂う瘴気に触れては、瘴気を連れて行くかのようにはじけて一緒に消えていく。

少しずつ、瘴気が減っていく。

「精霊王の最期には愛が必要だ。どんな人がたくさん愛されるか分かる？　たくさん愛を渡せる人だよ。メルディーナはどんなに辛い目にあっても、ときには怒りを覚えても、誰かを許せないと思っている時だって、決して人を憎まなかった。愛することを忘れなかった。

だから俺は今、メルディーナの集めたいっぱいの愛で幸せだ。そして、メルディーナの愛で……だから、俺は魔王にならずに、転生に入れるよ」

私こそ、ロキのおかげで幸せで。今までのことを思うと、胸がいっぱいで。覚悟なんて到底でき

そうになかったけれど、それでも心にストンと落ちていく。

ロキの言う通り、最後ならば笑顔で見送りたい。

そんな私の気持ちの変化に気がついたのか、ロキの笑顔がどこか安心したような、柔らかいものに変わっていく。

ロキはふと視線を移すと、リアム殿下の側に隠れるようにくっついていたルーチェを見た。

「ルーチェ、こっちにおいで」

「……精霊王様………」

ルーチェはもう、彼をロキとは呼ばなかった。

「ルーチェ、あとは頼んだよ」

優しく微笑まれたルーチェは真剣な眼差しでロキを見つめ、ゆっくりと頷く。

そのままロキはもう一度こちらにくるりと振り向いて。

「ねえ、メル。俺の最期が近づいて、この瘴気にまみれて精霊たちが弱った世界で、どうして俺とルーチェだけがメルやリアムの側にいられたと思う?」

えっ……?

思わぬ質問に一瞬考えてしまった。

だってそれは、ロキは実は精霊王様だったから、他の精霊よりずっと力が強くて、きっとそれで……。

それなら、ルーチェは?

ふとよく見ると、ロキの隣にいるルーチェの姿も光っている!

言葉に詰まった私に向かって、ロキはまるでいたずらが成功した子供のようににやりと笑った。

「俺の可愛い後継者。――ルーチェが次の精霊王だ！」

ロキの、精霊王様の体から放たれる光が一気に強くなる！

眩しくて思わずぎゅっと目を閉じた。強い光に、瞼を閉じていても世界が真っ白なことが分かって。目が開けられない……！

「そうそう、この聖女だった人間だけど、どうやらまがい物が混じっていたみたいだね。彼女は存在そのものが瘴気にのまれてしまっている。次の精霊王が誕生して清廉な空気に満たされた後のこの世界ではとてもじゃないけどもう生きられないだろうから、一緒に連れて行くよ」

ロキの声は途中からもっと低い、大人びた声に変わっていった。

目は開けられないままだったけれど、ロキが精霊王様に還ったのだと分かった。

最後に、耳元ではっきり聞こえた。

「メルディーナ、私の愛し子。ずっとずっと愛しているよ」

またいつか、きっと会えるよ――。

キーンと空気が張り詰めるような音があたりに響いて、世界を満たしていた光は収まっていく。

やっと目を開けられた時には、ロキの姿はもうなかった。

ロキがいなくなり、光が消えた世界で、ルーチェだけがまだ光を放っている。

「今度は僕の番だね」

ルーチェは誰に向けるでもなく、納得したようにそう呟いた。

精霊王様が眠っていた泉の上まで進んでいくうちに、だんだんとその体が大きくなっていく。

「ルーチェは知っていたの？　自分が次の精霊王になるってこと……」

なんて声をかけていいか分からなくて、つい口をついて出たのがそんな質問だった。

「ううん、知らなかったよ。だけどロキくんのことは初めて見た時から大好きだったし、メル様の側にもずっといたいなって思ってた。ロキくんが精霊王で、メル様がロキくんの愛し子だったから、きっと僕も強く惹かれたんだね。……もちろん、それだけじゃなくて、メル様自体が大好きだけど」

今思えば、ロキよりルーチェの方が子供みたいだと思ったことも何度かあった。

年齢という概念があるのか分からなくて、それぞれの個性や性格なのかなと思っていたけれど、本当にルーチェの方がずっと生まれたてだったから、なんて影響もあるのかもしれない。

「僕、リアムの側にいるの、ずっと楽しくて仕方なかった。……ロキくんが言ってたのを聞いて納得したんだ。生まれてから精霊王になるまでと、死ぬまでの最後の時間が自分という存在としてだけいられる時間だって。リアム、メル様、僕に大事な思い出をありがとう」

ルーチェが振り返って満面の笑みを浮かべる。

その瞬間、枯れていた草花が一気に生気を取り戻し咲き誇った。

泉の水もどんどん澄んでいくのが分かる。

そっか、ルーチェとも、これでお別れ……。

「ああ！　大事な大事な僕の精霊王としての初仕事、今でもいいよね？」

大きな体になっても、ルーチェはなんだか変わらない。

慌てたように身を翻すと、彼はリオ様の元へぱあっと向かって行った。

そしてその側にいる、リオ様の赤ちゃんの額《ひたい》に優しく口づけを落とす。

そのまま小さな声で何かを話しかけているようだった。

「……いい？　それが君の名前だよ？　いつか君も立派な聖獣の主になれますように」

聖獣の名前は、精霊王様に授けていただく――。

今、あの子には初めてのプレゼントが贈られたんだわ。

「さて！　それじゃあせっかく溢れに溢れた瘴気をロキくんがぜーんぶ消していってくれたんだから、もう増えてしまわないように今度は僕が頑張らなくちゃね！」

うーん、といつものように伸びをして。

あっけないほどあっさりと、こちらを振り向きもせずに、ルーチェはその姿を消した。

一瞬その事実が理解できなくて、ぽかんと呆《ほう》けてしまう。

きっとそれは私以外の人達も同じで、辺りが不自然なほど静まり返った。

だけど、もうルーチェがあらわれることも、その声が聞こえる気配もない。

「――え!?　こ、これで終わり？　これで最後なのに、お別れもまだ言えてないのに……？」

やっと我に返って驚く私の隣で、リアム殿下が思わずと言ったふうに吹き出した。

「ぷっ、あはは！　ルーチェらしいね。きっと、これでお別れだなんて微塵《みじん》も思っていないから、さよならを言って行くなんて考えつきもしなかったんだ」

「お別れだなんて、思っていない……？」

「そう。……だって、精霊王様は姿が見えないだけで、ずっと僕たちの側にいてくださるのだから」

ロキやルーチェが姿を消して、花や泉が元に戻り、やっとその場が落ち着いた頃。

あれだけ憎しみや怒りをぶつけあっていたセイブスの民も、アーカンドの民も、憑《つ》き物が落ちたように穏やかさを取り戻していた。

もちろん、今日まで年月をかけて根付いてきた価値観がそう簡単に変わるわけもなく、セイブスの人たちは相変わらず獣人や動物たちに恐怖や少しの嫌悪を抱いてはいるようだったけれど。

それでも攻撃しようと思う人はいないようだし、距離を取り、胸に抱く悪感情を見せないようにしている姿は、お互いを傷つけないようにしているようにも見える。

……きっと、今はこれで十分。

セイブスの騎士だったニールは、倒れたまま起き上がれずにいたアーカンドの獣人を助け起こしてあげている。怪我をしているのかと思ったけれど、見ている限り平気そうだ。

どうやらルーチェの光は自然のものだけじゃなく、ここにいる人たちの傷も癒してくれたらしい。

クラウス殿下も立ち上がり、いつの間にかハディス殿下と言葉を交わしているようだった。

二人の間にも不穏な空気は見当たらない。

ゲームの中で、ヒロインが攻略対象の獣人と結ばれて、ふたつの種族の架け橋になるんだと思っていた。

だけど、きっとヒロインの力なんてなくとも、その気になればいつだって手と手を取り合うことはできる。

精霊王様は人も獣人ももちろん動物も、等しく見守ってくださるのだから。

あとは、私たち自身の気持ちだけ。


その場に穏やかな空気が漂い始めた頃、私はふいに声をかけられた。

「ディ、ディナ！」

「ビクターさん⁉」

そこにはセイブスで私を助けてくれて、なおかつこれまでもずっとひっそり連絡を取り続けていたビクターさんがいた。

久々の再会で嬉しくなる。……けれど、なんだかものすごく慌てている？

「これを！」

その手には、いつだったか私がビクターさんに言われて育てた花の種がたっぷり乗っていた。

ビクターさんに認めてもらえるきっかけになった、とてもいい回復薬になるという種。

それがどうしたのかと不思議に思う私の前に急に跪くと、ビクターさんは種をひとつ、何もない土の部分に植える。

すると、ほんの数秒後には土から芽がでて、みるみるうちに花が咲いていった！

「え⁉」

「見ただろう⁉　咲かせることがあんなに難しかったこの種がなぜか一瞬で花を咲かせるんだ！

おまけに……」

異様なことではあるが、たくさんの白い花を咲かすはずの種が、ひとつの種でたくさんの芽を出し、いくつかに分かれ、さらにそのうちのほとんどがそれぞれ全然別の花を咲かせている。

そして種の通りに白い花を咲かせたものだけはそのまますぐに枯れ、新たな種を落とす……。

側で見ていたリアム殿下が息をのんだ。

「これは……ひょっとして種が魔力を帯びている？　こんなものは見たことがない……」

けれどその呟きで、ビクターさんはなぜかとても納得したように喜んだ。

「そうか！　そうだよ、この種は元々ディナが信じられない力で咲かせた花の種だ！　この花は咲かすのが難しい上に、滅多に種を残せないものなのに！」

「え⁉　そうだったんですか？」

私にとっては初めて聞く話だった。

でも、あの時の花は約束の時間を待てないほどすぐに咲いては種を残した、異常に育つのが早い花だったような……。

「だから、きっとディナが特別で、そんな特別な力を受けた種だからこそこいつも特別なんだ！　ああ、なんてことだ！　俺の手の中に奇跡の欠片がこんなにたくさんある！」

ビクターさんは興奮して、見たこともないほどはしゃいでいた。

本当にそんなことがあるのかは分からない。けれど、実際にこの種が不思議な力を持って、不思議な種をまた残すことは事実だ。

おまけに新たにできた種も同じような力があるらしい。これは、つまり……。

「荒れ果てた、セイブス王国に、また花を咲かせられる……？」

精霊王様の代替わりが無事になされた今、きっとセイブスは元に戻ることができる。

けれど、それには長い時間がかかると思っていた。

草花を育て、荒れた土地を生き返らせることはすぐにできることじゃない。

でも、この種なら。

――命を落としかけて、リアム殿下に救われてなんとかアーカンドへ逃げ延びた。

もう、セイブス王国へ戻ることは二度とないのだと思っていた。

けれど、セイブス王国を憎んで離れたわけじゃない。だって、どんなことがあっても私が生まれた祖国なんだもの。

「メルディーナ様～！」

「お久しぶりです！」

「ご無事で何より……！」

「まあ、あなたたち！」

私とビクターさんのところにやってきたのは、あの日、地下牢から、セイブス王国から私を逃がしてくれた三人の衛兵達だった。

皆涙ぐんで、私との再会を喜んでくれる。

言葉を交わしていると、三人はすっと頭を下げ、その場に膝を着いた。

「えっ……？」

「メルディーナ様、よくぞご無事でここに戻ってきてくださいました」

はっと周りを見る。

私達を遠巻きに見ていた、セイブスの民たちも次々に膝を着き、ある者は祈るように胸の前で手を組み、ある者は地面に額を擦りつけるように伏している。

「聖女様っ、あなたにあれだけ救われたのに、あなたを憎むような気持ちを持ってしまった私をお許しください……！」

「言い訳にしかならねえが、本心じゃなかったんだ！　ただ、なぜかあの時はそれが正しいと思い込んでいて」

「それなのにあなた様は私達を見捨てずにいてくれた！　……本当に、ありがとうございます」

民たちが攻撃的になっていたのは、瘴気の影響だったと分かっている。

それでも、こんなふうに言葉をかけてもらえたり、お礼を言ってもらえたりするのは素直に嬉しかった。

「おい！　この方は聖女様じゃなくて愛し子様だったんだろ？」

誰かの言葉に、また別の誰かが大声で返す。

「メルディーナ様が本当は何者かなんて関係ないじゃないか。この方は、確かに俺達を救ってくれた『市井の聖女様』なんだから！」

私のことを認めて受け入れてくれている。

それが心から伝わるその言葉が、何よりも嬉しい。

「リアム殿下」

「なあに、メルディーナ」

リアム殿下は優しく微笑んで私の言葉を待ってくれていた。

「私、皆を助けたい。できることをしたいです。……セイブス王国に、戻ります」

エピローグ

精霊王の代替わりが無事に終わり、一か月ほどが経った頃。

アーカンドではハディス王太子が盛大にため息をついていた。

「リアム、少しはしゃきっとしろ！」

「兄上……」

目の前には執務机に突っ伏しているリアムの姿。兄であり王太子であるハディスに呆れたように叱られても、なかなか力が入らない。

仕事はきちんとしているのだ。休憩している時間ぐらい腑《ふ》抜《ぬ》けることを許してほしい。

精霊王の代替わり後、メルディーナがセイブス王国に帰ってしまった。

自分の側に愛する彼女がいない。長く一緒に過ごしたため、その事実が思っていたよりもリアムにダメージを与えていた。

「そんなに辛いなら、行かないでくれとでも言えば良かったではないか」

「言えるわけがないでしょう」

「まあそうだろうな。内心ではどうであれ、お前は快く彼女を送り出した。それならばあとはどんと構えて待っているしかないだろう？　何をそんなにうじうじと悩んでいるんだ」

そう、言えるわけがない。セイブス王国に帰り、祖国を救いたいと願うメルディーナのあの決意と強い意志に満ちた目。いつだって綺麗な紫の瞳がこれまで以上に澄み渡り、美しく燃えていた。

(愛する彼女の願いをどうして邪魔できるだろう?)

止めるなんて選択肢は存在していなかったのだ。

それに、メルディーナが今自分の側にいないことだけがリアムをこうさせているわけではない。

聖女を名乗る少女がいなくなり、ロキのおかげで精霊王の魔王化がとまり、ルーチェが無事に新たな精霊王となった。そのおかげで長い間存在し続けていた濃い瘴気が消え去り、人々の気持ちがおちついた。

瘴気の影響は色々な人に出ていた。特に、愛し子であるメルディーナを失い、瘴気を払う力を持つはずの聖女が誰よりもその瘴気を生み出していたことで、セイブスの民への影響はこれ以上ないほどだった。

その影響がなくなったことで、セイブスの人々は目が覚めたように本来の姿を取り戻したのだ。

メルディーナの弟であるエリック、そして婚約者だったクラウスはその筆頭と言えた。

リアムは知っている。メルディーナが婚約者であるクラウスを愛していたことを。

その彼から蔑ろにされて、どれほど傷ついていたか。

けれど、それも全ては瘴気の影響があったことは否めない。

(クラウス殿下は、憑き物が落ちたように穏やかな目をしていた)

そうなれば、メルディーナの想いを踏みにじるものはもうないのである。

『精霊王の代替わりを無事に終えることができたら、私の気持ちを聞いてくださいますか?』

……メルディーナは確かにリアムにそう言った。

けれど、もうその機会は来ないかもしれない。

自分の返事を待つハディスから目をそらし、リアムはぽつりと呟いた。

「メルディーナは……もう僕の側へは戻ってきてくれないかもしれない」

そうなっても……仕方ない。受け入れるしかない。彼女の意思を尊重する。

そうは思っても、この胸の痛みに、平気な振りをすることなどできない。

そんなリアムの耳に信じられない声が飛び込んできた。

「あら、私は戻って来てはいけなかったのでしょうか？」

「――っ!?」

驚いて振り向いたリアムの目の前に、ちょっと意地悪気に微笑むメルディーナが立っていた。


「メルディーナ、どうして……」

信じられない。どうやらリアム殿下は心の底から驚いているらしい。

私が戻ってこないかもって、本気で思っていたの？

私がセイブスに戻ると言ったとき、リアム殿下は優しく微笑んでくれた。

まさかそんな不安を抱いているだなんて全く気付かなかった。

そんなの……言ってくれればよかったのに。

――セイブスに帰って一か月。いろんな事があった。

国中をまわり、あの不思議な種を植えて回って。今ではセイブスは花と緑で溢れている。

そうしていくのと同時に、最初は申し訳なさに俯くことが多かった人々には活気が戻り、どこにいても明るい笑い声が聞こえるようになった。

最初は向き合うことが少しだけ怖かったけれど、エリックとも改めて話をすることができた。

「姉上、本当にごめんなさい……ずっと、ずっと僕が姉上を、誰よりも傷つけて……！」

「エリック……」

「ずっと、悪い夢を見ていたような気分だ。だけど、僕が姉上を傷つけたのは夢などではなく全て現実で、その事実から目を背けるつもりはありません。僕に出来る償いを探します」

長い間私を蔑むようになっていたエリックは、憑き物が落ちたような穏やかな顔で、だけど自分のしたことの重さに少し憔悴しているようだった。

瘴気の影響は、魔力が高ければ高いほど強く受ける。最後のダメ押しとしてセイブス中に広がる悪意の種を芽吹かせたのがリリーの行いだったことは間違いないけれど、それより前からこの世界は瘴気に耐えられなくなっていた。だからこそ、精霊王の代替わりがなされたのだから。……つまり、誰よりも才能と魔力を持ち、天才と呼ばれるエリックは、誰よりも瘴気の影響を受けていたはずだ。それこそ、リリーが現れるよりずっと前から。エリックは、私に治癒魔法がなくなったとき、そのことを深く悲しんでくれていた。それは恐らく、私が治癒をなくして傷ついていた気持ちに共感してくれていたのだと思うけれど、強い瘴気の影響で、その悲しみや、私に対する親愛の気持ちが、全て憎しみに変換されていったのではないかと思う。それが瘴気の恐ろしいところだった。

小さな頃は、何をするにも私の後をついて回っていたエリック。

誰よりも、私を嫌悪し、蔑んでいたエリック。

どちらも現実で、どちらも消せない事実。だからこそ、すぐに仲の良い姉弟に戻ることは難しいけれど……きっと、いつかは。そう思えることだけでも、今は嬉しい。

……お父様とも、まだ少しぎくしゃくしているけれど。それでもこの一か月でお父様ともエリックとも食事を共にするようになって、少しずつ会話も増えている。お母様が亡くなって、私をいないものとして扱うようになったお父様。瘴気の影響だけじゃない。きっとお父様は心の弱い人で、そしてお母様を本当に深く愛していた。今はまだ、これでいいと思える。

王宮に上がると、一番にカイル殿下が迎えてくれた。

「メルディーナ様！　僕は、ずっとずっと、メルディーナ様が無事で戻ってきてくださると思っていました……！」

「カイル殿下……。殿下がずっと、私を信じてくださっていたこと、聞きました。本当にありがとうございます」

あれほど、セイブス中が私を嫌悪していた中で、カイル殿下だけが私の無実を信じ、私の無事を祈ってくれていたことは、セイブスに戻る途中に聞いていたのだ。私がお礼を告げると、カイル殿下はぽろりと零れた涙をぐいっと拭いながら、微笑んでくれた。

「メルディーナ様が今後どんな選択をしようとも、僕はこれからもずっとあなたの味方です。メルディーナ様は……僕の、初恋の人でした」

「カイル殿下……！　私も、いつも、カイル殿下の幸せをお祈りしています」

カイル殿下の存在が、どれほど私の心を慰めてくれたか分からない。

亡き母を恋しく思い、涙をこらえていた小さなカイル殿下が、これほど心強い味方になってくれる日が来るなんて。きっと、カイル殿下ならば、この先必ず自らの幸せを掴めるはずだわ。

――そして、クラウス殿下とも顔を合わせた。

「メルディーナ、本当にすまなかった。君を信じられなかったこと。私達は幼い頃から互いを知り、ずっと婚約者として側にいて、君がどんな人なのかを分かっていたはずなのに……」

クラウス殿下は今にも死んでしまうんじゃないかというほど悲痛な顔で私に頭を下げた。

「殿下、もういいんです。聖女は嘘をつけないのだと、この国ではずっと信じられていました。殿下が王族として自覚と誇りを強く持っていたからこそ、私を信じるなどできなかったのだと分かっています」

「それでも……私は君を信じるべきだった。もしも聖女の言葉が本当に嘘ではなかったとしても、私だけは……愛する君を疑い、君を傷つけたのは間違いなく私の罪だ」

「え……？」

愛する君。クラウス殿下は確かにそう言った。

「私はずっと君に恋をしていた。君がニールを好きなのだと思って、情けなくも嫉妬に狂い君を大事に出来なかった」

「！」

信じられない告白に、息が止まった。

クラウス殿下にずっと疎まれていると思っていた。リリーが現れたからではなく、そもそも殿下は私が嫌いなのだと。

でも……違ったんだわ。

「今更だと分かっている。それでも、言わせてほしい。どうか、もう一度私に君とともに歩むチャンスをくれないだろうか。私は君を、心から愛している」

私は――。


「もちろん、断りましたとも」

「え……？」

顔を真っ白にして私の話を聞いていたリアム殿下が、ポカンと口を開けた。

むしろ、どうして私がクラウス殿下の申し入れを受け入れると思ったのか。さすがの私も呆れた顔をしてしまう。

ハディス殿下は何かを察して、騎士たちを連れてそっと部屋を出て行った。ここは殿下の執務室なのにね。まったく、気の利く王太子様である。

「私に居場所をくれたのはアーカンドで、リアム殿下ではありませんか。どうして戻って来ないだなんて寂しいことを言うんですか」

「メルディーナ……！」

そう、私が帰る場所はすっかりアーカンドになってしまった。それなのにそんなに不安になるなんてひどい。その責任はとってもらわなくては。

「……精霊王様の代替わりは無事に終わりました。約束を、覚えていますか？」

感極まったように、口を手で覆ったリアム殿下。それでも真っ直ぐに私を見つめて、こくこくと頷いている。

優しくて、強くて、温かい人。私の黒い狼さん。

いつだって私を見つめてくれていた金色の瞳が、今は少し潤んでいて。

ああ、なんて可愛い人だろう。

「リアム殿下、私はあなたが好きです。愛してます。狼のあなたも、人としてのあなたも。ずっとずっと、私のそばにいてくれてありがとう」

満面の笑みで告げると、ついにリアム殿下は泣いた。けれどその耳はぴくぴく動いているし、尻尾も揺れているので、どうやら喜んでくれているらしい。リアム殿下はそのまま素早く近づいてきて、私を強く抱きしめてくれた。

「ふふふ、どうして泣いてるんですか」

「メルディーナ！　僕も、僕も君を愛してる！」

「……はい。これからも、ずっと愛していてくださいね？」

「もちろんだ！」

──あの日、前世の記憶を取り戻して。自分はこの世界の、ゲームのシナリオの舞台装置でしかないと絶望した。

何とか生き延びたとき、私はどこで何をしているだろう？　そんなことを考えたこともあった。いろんな想像をした。

けれど現実は、どんな想像より幸せなもので。

「メルディーナ、もう離さない。ずっと君のそばにいる」

「はい、もう離れません」

『メル様、リアム、おめでとう！』

『やーっとか。リアムのヘタレめ！　俺のメルを泣かせたら許さないからな！』

……どこからか、そんな声が聞こえた気がした。

きっと私は、もっともっと幸せになれる。

心から愛する人に、うんと愛されて。


〜FIN〜

ArianRose
アリアンローズ
アリアンローズ新シリーズ
大好評発売中!!
家族を借金取りから守るため、途方に暮れたセイランは、紹介された話に飛びつく。
しかし、それは、“嫌われ”『聖女様の替え玉』を務めるというお仕事であった……!?
美味しい話にはもちろん裏がある!?　身代わり少女による異世界ファンタジー！
ニセモノ聖女が本物に
担ぎ上げられるまでのその過程
著：エイ　イラスト：春が野かおる

アリアンローズ既刊好評発売中!!

最新刊行作品

二周目の悪役令嬢は、マイルドヤンデレに切り替えていく
著／羽瀬川ルフレ　イラスト／くろでこ

リーフェの祝福　全2巻
～無属性魔法しか使えない落ちこぼれとしてほっといてください～
著／クレハ　イラスト／祀花よう子

公爵令嬢は我が道を場当たり的に行く　①
著／ぽよ子　イラスト／にもし

狐仙さまにはお見通し　①
―かりそめ後宮異聞譚―
著／遊森謡子　イラスト／しがらき旭

逆行した元悪役令嬢、性格の悪さは直さず処刑エンド回避します！　①
著／清水セイカ　イラスト／鳥飼やすゆき

王立騎士団の花形職　全2巻
～転移先で授かったのは、聖獣に愛される規格外な魔力と供給スキルでした～
著／眼鏡ぐま　イラスト／縞

転生令嬢は乙女ゲームの舞台装置として死ぬ…わけにはいきません！
著／星見うさぎ　イラスト／花染なぎさ

ニセモノ聖女が本物に担ぎ上げられるまでのその過程
著／エイ　イラスト／春が野かおる

コミカライズ作品

目指す地位は縁の下。
著／ビス　イラスト／あおいあり

悪役令嬢後宮物語　全8巻
著／涼風　イラスト／鈴ノ助

誰かこの状況を説明してください！　①～⑨
著／徒然花　イラスト／萩原 凛

魔導師は平凡を望む　①～㉛
著／広瀬 煉　イラスト／⑪

転生王女は今日も旗を叩き折る　①～⑧
著／ビス　イラスト／雪子

侯爵令嬢は手駒を演じる　全4巻
著／橘 千秋　イラスト／蒼崎 律

復讐を誓った白猫は竜王の膝の上で惰眠をむさぼる　①～⑦
著／クレハ　イラスト／ヤミーゴ

婚約破棄の次は偽装婚約。さて、その次は……。　全3巻
著／瑞本千紗　イラスト／阿久田ミチ

平和的ダンジョン生活。　全3巻
著／広瀬 煉　イラスト／⑪

転生しまして、現在は侍女でございます。　①～⑨
著／玉響なつめ　イラスト／仁藤あかね

魔法世界の受付嬢になりたいです　①～④
著／まこ　イラスト／まろ

どうも、悪役にされた令嬢ですけれど　全2巻
著／佐槻奏多　イラスト／八美☆わん

脇役令嬢に転生しましたがシナリオ通りにはいかせません！　全2巻
著／柏てん　イラスト／朝日川日和

騎士団の金庫番　全3巻
～元経理OLの私、騎士団のお財布を握ることになりました～
著／飛野 猶　イラスト／風ことら

王子様なんて、こっちから願い下げですわ！　全2巻
～追放された元悪役令嬢、魔法の力で見返します～
著／柏てん　イラスト／御子柴リョウ

婚約破棄をした令嬢は我慢を止めました　①～③
著／棗　イラスト／萩原 凛

裏切られた黒猫は幸せな魔法具ライフを目指したい　①～②
著／クレハ　イラスト／ヤミーゴ

明日、結婚式なんですけど!?　全2巻
～婚約者に浮気されたので過去に戻って人生やりなおします～
著／星見うさぎ　イラスト／三湊かおり

Twitter
「アリアンローズ／アリアンローズコミックス」
@info_arianrose

TikTok
「異世界ファンタジー【AR/ARC/FWC/FWCA】」
@ararcfwcfwca_official

その他のアリアンローズ作品は https://arianrose.jp/

転生令嬢は乙女ゲームの舞台装置として死ぬ…わけにはいきません！

＊本作は「小説家になろう」（https://syosetu.com/）に掲載されていた作品を、大幅に加筆修正したものとなります。

2023年6月20日　第一刷発行

著者 …………………………………………………… 星見うさぎ

イラスト ………………………………………………… 花染なぎさ
発行者 …………………………………………………… 辻 政英
発行所 …………………………… 株式会社フロンティアワークス
〒170-0013　東京都豊島区東池袋 3-22-17
東池袋セントラルプレイス 5F
営業　TEL 03-5957-1030　FAX 03-5957-1533
アリアンローズ公式サイト　https://arianrose.jp/
フォーマットデザイン ……………………………… ウエダデザイン室
装丁デザイン ………………………… 鈴木 勉（BELL'S GRAPHICS）
印刷所 ……………………………………………… シナノ書籍印刷株式会社